殿下讓我還他清譽

三千大夢敘平生 著

蓮花落 繪

目錄

【第一章】

傳聞 小侯爺身懷琰王血脈

嘉平元年，冬月，朔日。

汴梁，御史臺。

雪是昨夜停的，凜風捲著嘯了半宿，將京城白茫茫壓了一層。

御史臺人來人往，已經忙碌了整整一個早上。

「卷宗，案冊。」御史中丞親自帶人安排，忙得焦頭爛額，「都要齊備，不准錯漏一樣！囚車鐐銬用新的……沒有就去找！」

有人小跑著呈上了一副鐐銬，中丞拿袖口一蹭，又扔回去，「怎麼髒成這樣？去擦！白布拭三遍，不准見一點土鏽！」

「這一早上，囚車都換三回了。」一個侍御史低聲道：「什麼陣仗，皇上要來法場監斬？」

「噤聲。」旁人悄聲道：「還沒被罵夠？快去擦就是了。」

「這東西有什麼好擦？」侍御史實在一頭霧水，抱著鐵鐐嘟囔，低聲道：「擦得再乾淨，還不是一刀的事……」

前朝囚獄設在大理寺，本朝以為不妥，於立國之初改制。將地牢留在大理寺，天牢分遷到了御史臺。

尋常犯人不入天牢，進了御史臺獄的，不是位高權重，就是罪大惡極。

御史臺送走了不知多少囚車，出了門走北街，不出一刻就到鬧市法場。

今天這等陣仗，還是頭一回。

「跟聖上沒關係。」老文吏走過來，俯身將案卷歸總，「今日問斬的，是內監關著那一位。」

侍御史愣了一下。

任誰腳不沾地忙了一早上，脾氣也好不了。說話工夫，場院當中，御史中丞的火氣已經壓不住

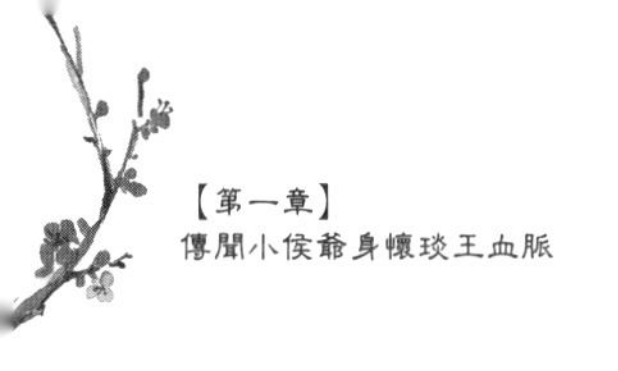

地掀了房蓋，「歷來囚車也沒有簪花的！沒有！」

眾人嚇了一跳，紛紛尋聲望過去。

換了三次的囚車拾掇得整潔，車軾都擦得乾乾淨淨。

囚車裡的犯人也被吼得有點懵，從木枷裡把手撤出來，揉了揉震得不輕的耳朵。

內監專門拘押凶悍惡犯，等閒之人見不著。從半月前人被綁得嚴嚴實實，連夜押進來，侍御史也是頭一次見著這位傳聞中「極端凶惡、殺人如麻」的悍犯。

看年紀不過二十來歲，眉目生得英氣疏朗，身上只套了件單薄的囚衣，漿洗得格外乾淨。絲毫看不出剛提了要在囚車上插花的過分要求，犯人剛揉著耳朵，不甚在意地安撫了中丞大人，正無所事事地倚著乾草堆打哈欠。

「這是什麼人物？」自己辛辛苦苦翻曬了三天的乾草，侍御史一眼就認了出來，瞪圓了眼睛，「將死之人，如何還這等做派？」

「這幾年才來京城吧？」老文吏放下卷宗，「那是雲小侯爺。」

侍御史不解，「誰？」

老文吏嘆了一聲，「知道鎮遠侯嗎？」

京城最荒敗的地方，不在京郊村落、不在道觀野廟。

在鎮遠侯府。

當年鎮遠侯謀逆兵變、構陷皇子性命，滿門抄斬，侯府也從那時起就跟著荒置了下來。

一晃五年，門上的封條早已破敗不堪，分封的王爺諸侯換過一茬，這座侯府也依然沒能易主。

「當年有人誣陷端王謀逆，害得端王歿在了天牢。」這是天大的事，侍御史自然記得，「先帝震怒。徹查之下，才知道原來是這個鎮遠侯膽大包天，妄圖謀逆，又構陷皇子。」

老文吏點頭，「鎮遠侯是皇后親侄，卻闖下這等滔天大禍。皇后陡聞這等變故，連驚帶痛，沒多久就也薨了。」

侍御史心驚肉跳，「果然是抄家滅族的大罪……」

「不錯。」老文吏點點頭，「鎮遠侯府，正是雲府。」

侍御史愣住，「那這位雲小侯爺……」

「那年冬月初一，先帝親自下旨，將鎮遠侯府滿門抄斬。」老文吏道：「封城十日，殿前司將整個京城翻了一遍，盡斬雲府上下五十餘口。天羅地網，唯獨跑了一個。」老文吏：「便是雲府的長子嫡孫。」

「……」侍御史聽得撼然怔忡，抬頭望過去。

雲琅打好了哈欠，撣了撣囚車上的浮雪，把手塞回木枷。

「雲小侯爺。」御史中丞自打接了這個燙手山芋，已經不錯眼盯了他半月，一雙眼盯得通紅，「御史臺不曾虧待你。」

雲琅拱一拱手，「是。」

「酒杯是琉璃的。」御史中丞開始細數：「菜蔬和肉縱然平常，也都十足新鮮，一片隔夜的筍尖也沒有。」

雲琅誠誠懇懇，「有勞。」

御史中丞：「一共三罈竹葉青，大理寺上元時送的，一滴不剩。」

「酒其實不好……」雲琅低嘆一聲，迎上中丞陰森森視線，改口：「破費。」

御史中丞：「仁至義盡。」

雲琅心服口服：「確實。」

「只剩一個時辰。」御史中丞：「閣下若越獄，下官一頭撞死在這囚車上。」

雲琅：「……」

時辰未到，御史中丞一屁股坐在地上，牢牢盯著他。

鎮遠侯府滿門抄斬是五年前的事，雲小侯爺逃了五年，也不是一次都沒被抓到過。

五年間，地方郡、縣圍剿十餘次，京城殿前司封城三次，千里追襲七次，一無所獲。

雲琅身手超絕，又長年提兵征戰，在北疆邊境滾出一身生死之間的恐怖直覺，哪怕一時被擒住了，稍有疏忽便能藉機脫身。

這些年來，因著雲府一案被罷官免職的官員已不下五指之數。

御史臺接了人，御史中丞就沒完整闔眼過一宿，予取予求，務求伺候得雲小侯爺不再跑一次。

雲琅被他盯得無奈，揉了下耳朵，正要說話，眸光忽然微動。

一隊格外齊整鏗鏘的馬蹄聲停在了門外。

依本朝律例，凡罪大惡極者伏法，一律北街遊街、鬧市問斬。

震懾宵小，以儆效尤。

精銳騎兵黑壓壓摞在門口，將雲琅重枷鐵鐐鎖進囚車，押出御史臺，離午時尚有半個時辰。

「什麼來頭？」侍御史抱著卷宗，悄聲同老文吏打聽，「殿前司還有這等兵馬嗎？」

老文吏：「不是殿前司，是侍衛司。」

侍御史不解，「押送犯人不是殿前司的事，今日怎麼改了侍衛司？」

老文吏望了一眼，將他往後扯開幾步，搖了搖頭。

本朝京中駐兵八萬，分殿前司與侍衛司，侍衛司下又分步軍、騎軍，各自都有都指揮使。二司三衙，共為禁軍，負責京城內外防務。

此次拿獲雲琅的是侍衛司的騎軍暗衛，來提人的正是侍衛司騎兵都指揮使，高繼勳。

御史中丞親自交接，扶著囚車送出御史臺，上前拱手，「高大人。」

「御史臺吃齋念佛了？」高繼勳神色倨傲，沒受御史中丞那一禮，朝囚車掃了兩眼，「此等罪大惡極、死有餘辜之輩，中丞倒是厚待。」

「御史臺只管看押人犯。」御史中丞道：「審判定罪，是大理寺卿的職分。」

高繼勳被他不軟不硬一頂，神色驟沉，「妄言！」

「妄言、妄言。」御史中丞隨口附和，一手牢牢把著囚車，說道：「都指揮使還是看好人犯，小心生變……」

高繼勳冷嘲，「罪臣餘孽！僥倖逃脫幾次罷了，能有多少本事？」

殿前司屢次緝拿犯人不力，已被聖上一再斥責處罰，這個差事才落到了侍衛司頭上。整個侍衛司枕戈待旦，雞犬不寧地折騰了大半年。高繼勳親自帶人爬冰臥雪埋伏了數日，才終於尋到破綻，將雲琅一舉拿住。

高繼勳為捉人吃盡了苦頭，眼看雲琅衣著整潔囚車舒適，更覺無端刺眼，「停車！」

御史中丞上前一步，「高大人！」

「我朝慣例，罪大惡極之輩，遊街、示眾、梟首。」高繼勳瞇起眼睛，慢慢咬字，「在這囚車裡遮遮掩掩，如何算得示眾？如何彰我朝綱、以儆效尤？」

「大人。」中丞攔在車前，「午時將至，何必多生事端？」

「多生事端……」高繼勳斟酌半晌，忽然冷笑道：「你這是怕多生事端，還是感念舊恩、暗中照拂？」

御史中丞腳步一頓，沒出聲。

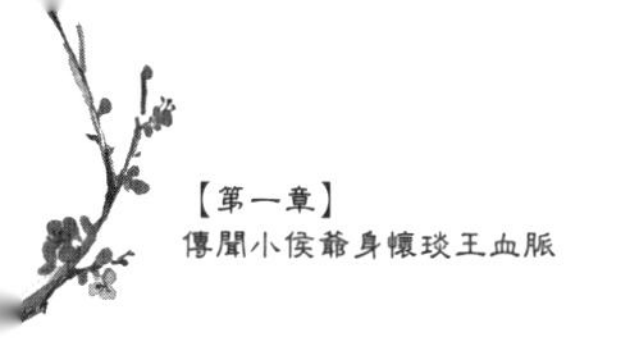

「你想叫他死得乾淨體面。」高繼勳負手俯身，悄聲貼近中丞肩頭，「可我拿的是聖旨，奉的是皇命。」

御史中丞臉色微變，「何至於此！世人皆知，少侯爺與雲府明明……」

高繼勳陰沉沉道：「明明如何？」

御史中丞硬生生剎住話頭，臉色蒼白下來，不再出聲。

「來人，將雲小侯爺拴在戰馬後頭，拖行北街。」高繼勳直起身，睨一眼雲琅，意味深長笑道：「記得，拿絞了鐵絲的牛皮繩索，往勒筋見骨了捆，免得小侯爺說不定上天遁地又逃了……」

兩個凶神惡煞的兵士撲上來，抄著牛皮繩，就要勒雲琅的雙腕。

御史中丞還要阻攔，被侍衛司雪亮刀光一攔，長嘆一聲，失魂落魄退了幾步。

「依我看，那些流言也不過以訛傳訛。」侍御史遠遠跟在囚車後，低聲同老文吏道：「這雲琅哪有那般厲害？落到人家侍衛司手裡，不也老老實實？」

老文吏嘆了一聲，側過頭避開視線。

侍御史不解，還要再說，忽覺一道厲風自耳畔掠過，寒毛陡豎，一聲驚呼憋在了嗓子裡。

那兩名兵士尚自威風不已，嘴上不乾不淨地呼喝訓斥，手中皮繩不及捆上雲琅手腕，已被兩支精鋼勁矢狠狠射穿了肩膀。

變故陡生。

高繼勳臉色變了變，佩刀出鞘，厲聲道：「什麼人！」

囚車正在御史臺外側巷，要繞過兩條街口才到北街，此處背靠天牢，兩側高牆林立，半個人影都不見。

十餘道黑衣蒙面身影冒出來，無聲無息自高牆掠下，攔在路前。

「你等可知這是什麼地方！」高繼勳好歹也打過仗，一眼看出這些人身上血浸的森森殺氣，冷汗頓生，「天子腳下，豈容爾等宵小放肆！」

「高大人。」御史中丞扯住他，「不可。」

高繼勳被他一拉，腦子驟然清醒。

他如何也想不到有人敢在京城劫囚，有心趁此機會折辱磋磨雲琅，帶的人並不多，又特意挑了個僻靜的地方。

侍衛司離得太遠，縱然支援，也要些時間。

這些人周身殺意凜然，一眼便看得出久在沙場殺人如麻，若真不顧一切豁出去，什麼亡命行徑都做得出來。

「諸位。」御史中丞定定心神，拱手道：「京城劫囚，是抄家滅族的大罪。」

「我等都是亡命徒，無家可抄。」為首一人嗓音怪異沙啞，聽在耳中也像是砂礫摩擦般難受不已，「放了少將軍，留你們一條狗命。」

御史中丞咬了咬牙，攔在囚車前。

黑衣人喝道：「放人！」

御史中丞額角已滿是冷汗，閉上眼睛，負手站直。

兩個黑衣人再按捺不住，抽刀縱身撲上。高繼勳本能拔刀相抵，卻只刀刃一交便被震得半掌發麻，不及反應，雪亮刀光已襲至面前。

御史中丞閉緊雙目，依稀覺得刀鋒寒氣劈面而至，電光石火間一聲清脆磕碰。

寒意偏開，順著臉頰狠狠掃了下去。

御史中丞怔了怔，愕然睜眼。

雲琅輕嘆一聲，握著手腕揉了揉。

沉重木枷被他隨意扔在一旁，精鐵鑄造的鎖扣虛合著，不知什麼時候早已被解開了。

兩名黑衣人手中仍握著刀，刀身上尚有白痕。

兩枚白石子落在地上，骨碌碌滾了幾圈，停在牆角。

「少將軍！」為首黑衣人撲上前，「快走——」

雲琅冷叱，「胡鬧！」

黑衣人一滯，俯身跪倒。

「高大人。」雲琅並不理會，轉向高繼勳，「我救你一命，怎麼報答我？」

高繼勳剛想示意身邊衛兵叫人，便被刀鋒牢牢逼住，冷汗淌下來，「你……你要如何？」

「不難。」雲琅笑笑，「你盡可以將我遊街、示眾、帶上法場，以儆效尤。」

高繼勳臉色慘白，抬頭牢牢盯住他。

「今日。」雲琅俯身，拾起木枷，「沒有劫囚。」

「少將軍！」黑衣人撲跪上前，抱住他雙腿，「跟我們走！去北疆，弟兄們不怕死！縱然死也護著你！那鳥皇帝……」

雲琅抬腿，重重踹在他胸口。

黑衣人不閃不避，被他踹在地上，哽聲：「少將軍……」

雲琅闔了下眼，拎著那副木枷，朝囚車走回去。

黑衣人膝行上前，扯住他衣角。

「這位……義士。」御史中丞定定心神，上前道：「少侯爺隨你們脫身之日，便是北疆將士獲罪之時。」

「少侯爺再逃下去，只能逃到北疆……聖上早對北疆疑慮。」御史中丞回頭看了看，「朝堂議政，已經提了削減軍費糧草。」

黑衣人周身狠狠一顫，愕然抬頭。

御史中丞低聲道：「少侯爺……求仁得仁。」

黑衣人目色惶恐，來回望了望，抬頭看向雲琅。

雲琅拎著那副重枷，回了囚車。

剛叱退了舊部，他神色平淡，一身叫人不寒而慄的凌厲氣勢卻還沒來得及斂淨，坐沒坐相地懶洋洋倚在乾草堆裡，偏偏叫囚車都像是變成了戰場揮斥拚殺的戰車。

黑衣人看著雲琅，眼底希冀一點點滅了，咬死牙關，握緊刀柄正要轉身，忽然聽見身後雲琅出聲：「刀疤。」

黑衣人狠狠打了個激靈，霍然轉身。

「誰說我是去求仁得仁的？」雲琅笑笑，「我……」

雲琅揉揉額頭，拍拍忽然牢牢抱住囚車的御史中丞，「我不越獄。」

御史中丞不信，死死抱著囚車門抬頭。

「少將軍！」黑衣人眼中迸出驚喜光彩，「你不會死，是不是？你早有辦法……」

雲琅頷首，「自然。」

幾個黑衣人面面相覷，都不由自主露出笑容。

「誰都不准去法場，那邊那位高大人現在不敢出聲，一旦脫身，就會全城通緝你們。」雲琅給自己扣上木枷，「不要急於出城，四散匿去，在京城裡躲幾天。內城防務歸殿前司管，高大人不敢鬧大，沒辦法在皇上眼皮底下大肆搜捕。」

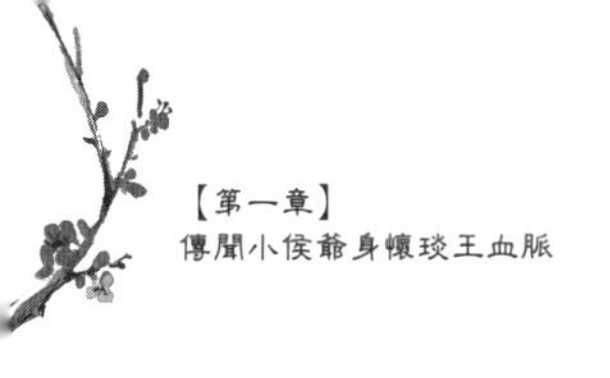

高繼動神色變了又變，偏偏不敢造次，恨恨地咬緊牙關，向後退了幾步。

「等風頭過了，自己想辦法出城。」雲琅回頭朝他和和氣氣一笑，轉回車前，不緊不慢道：「若是混不出去，也不必回北疆等我了。」

黑衣人們早已一掃頹色，齊齊朗聲應是。

為首的一個又上前，緊攥著囚車追問道：「少將軍，你有萬全之策了，是不是？」

「放心。」雲琅成竹在胸，篤然笑道：「倘若沒有萬全之策，我又如何敢來自投羅網呢？」

罪臣伏法，當街問斬。

囚車繞到菜市口，已至午時二刻。

菜市口人頭擠擠挨挨，一早就開始熱鬧，過了午時，已支起了幾個茶攤。

御史中丞搶上幾步，趕在兵士前，伸手扶住車轅。

雲琅掃一眼那幾個兵士手中的殺威棒，低頭笑笑，不以為意，戴了枷鎖走下囚車。

駐守北疆的是朔方軍，沿革了幾朝的悍勇鐵騎，有名的軍紀森嚴法令如山，軍令既出莫敢不從。少將軍下了明令，誰都不准來法場。那些軍中莽漢無法無天、敢奔襲千里潛入京城劫囚，可縱然給他們十個膽子，也絕不敢靠近法場哪怕半步。

雲琅向人群裡大致一掃，正要上法場，被御史中丞按捺不住攔下，「少侯爺——」

雲琅朝他囫圇抱拳，「酒真的不好。」

御史中丞定定望著他，張了下嘴，沒能出聲。

雲琅自覺不是挑事的人，想了想，誠懇奉告：「大理寺送的是假酒。」

御史中丞：「……」

法場是臨時搭的，難免草率，階下還是一片雜草磚石，刮著囚衣格外粗糲單薄的布料。

雲琅振落牽衣蓬草，舉步踏上石階。

臺上人高高坐著，眼皮也不抬，「犯臣何人，犯下何罪？」

御史中丞尚未及開口，高繼勳已上前一步，抱拳俯身，「回老太師，犯臣是雲府餘孽雲琅，犯的是抄家滅族的滔天大罪。」

御史中丞晚他一步，怒目而視，「你——」

「怎麼？中丞接手雲府一案，熟讀文書卷宗，莫非以為……」高繼勳側頭看他，冷冷笑道：「以為我說得不對？」

御史中丞胸口起伏幾次，掃過臺下指指點點觀斬人群，沒再說話，向後退開半步。

午時二刻，太陽正是刺眼的時候。

雲琅瞇了下眼睛，抬頭往臺上看了一眼。

監斬的是當朝國丈、太師龐甘。

三朝老臣，頭髮鬍子都白透了，拄著御賜的龍頭拐，顫巍巍路都走不穩。整個人倒還老而彌堅地捧著詔書，念得抑揚頓挫：「天生民，而立之以君。夫君者，奉天養民者也……」

雲琅向來對這些之乎者也頗感頭痛，找準一根木柱，跪坐下來靠著，閉目養神了一陣。

太陽當頭，既無雲又無風，哪怕是冬日，跪聽聖旨也有幾分苦曬。

不少人恭敬伏地，跪得難熬，也已偷偷換了好幾次腿。

龐甘不緊不慢念了一炷香，終於念到最後：「聖上繼位，感天承運，奉先帝之遺詔大赦天

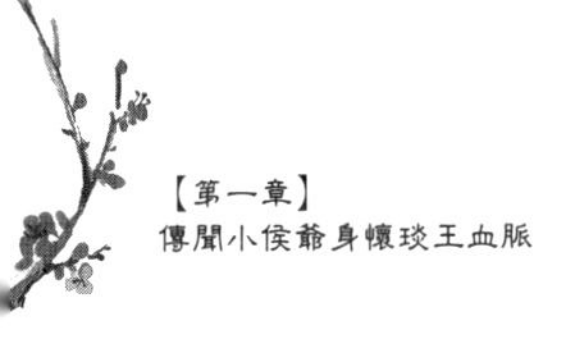

下……然，謀反大逆、罪大惡極者，皆不在此列！」

不少人被懾了一跳，本能抬頭。

「雲府之罪，罪無可恕！」龐甘放下聖旨，沉聲道：「雲琅，你可知罪？」

雲琅起身，「知道。」

雲府抄斬滿門、夷九族，是五年前的舊事。

佑和二十七年，先帝尚且在位。

上元節當晚，宿衛禁軍宮變，殺校奪兵，直逼寢宮。

這是本朝最慘烈的宮變。先帝抱劍親守宮門，先皇后捨命護駕，宮人削髮死戰，殿前司趕來時，血已染紅了白玉石階。

宮變震動朝野，六皇子奉皇命，將八萬禁軍篩子一樣過了一遍，凡是有些含糊可疑的，一律下獄徹查。

人太多，連御史臺帶大理寺的牢獄都被塞滿了，刑場的鍘刀也砍得捲了刃。

年頭過得不久，人們還都記得清楚。京城裡稍年長些的，都能歷歷數出那時的瀰天血氣。

當時的禁軍統領，正是端王。

禁軍嘩變，端王難辭其咎，也被下獄徹查。

只是誰也沒能料到，不等案子徹底查清楚，到第三日，端王就無故暴斃在天牢之中。

端王妃聞訊，隻身攜劍入京，闖宮自盡。

聖上震怒，令六皇子雷厲風行徹查始末。才查出來了竟是鎮遠侯意圖謀逆，又藉機滅口，意圖盡數將嘩變罪行栽贓端王。

如此滔天大罪，鎮遠侯府一朝傾覆，滿門抄斬，也是罪有應得。

「罪有應得，你卻公然逃罪亂法，罪加一等！」龐甘居高臨下，厲聲：「你可伏罪？」

雲琅點頭，「伏。」

他答得太過痛快，龐甘凝起的氣勢無處著落，虛晃一著，視線落在雲琅身上。

四周愈靜。

龐甘語氣愈沉了幾分：「隱匿之後，你逃去了什麼地方？」

雲琅想也不想，「天大地大，四海為家。」

龐甘追問：「都做了什麼？」

雲琅笑笑，「亡命之徒，自然是逃命。」

龐甘緊迫不捨，「何人助你脫身？」

「眾叛親離。」雲琅嘆道：「孤家寡人。」

案問到此處，便再也問不下去。

龐甘仍不甘心，拄著拐杖緩步上前，近身低聲：「雲琅，你如今已命懸一線，該說些什麼，心中總該有數……」

雲琅笑一笑，在刑臺前盤膝坐定。

龐甘看著他。

五年前一場變故，整個京城都被翻了個底朝天。

全城戒嚴，禁軍裡三層外三層把京城包了個結實，雲琅逃出城，不可能無人相助。

龐甘一心要追出同黨，一併問罪論處。卻不想這宮中養尊處優、鐘鳴鼎食驕縱出來的少年紈絝，到了生死之際，嘴竟仍緊得半個字也撬不出。

龐甘再要說話，一旁監斬官低聲道：「大人，時辰……」

龐甘臉色沉了沉，拂袖回了高臺。

御史中丞再也忍不住，急道：「少侯爺！」

他站得離刑臺近，聲音壓得雖低，雲琅卻聽見了，跟著回身望了一眼。

御史中丞臉色脹紅，牢牢盯著他。

雲琅被他盯了半個月，一陣頭疼，下意識保證：「我不越獄……」

「少侯爺還記得那時說的什麼？」御史中丞有官階，不被禁軍阻攔，激切啞聲道：「萬全之策……」

雲琅失笑。

他這一笑，御史中丞背後忽然騰起寒意，整個人怔怔地立在原地。

雲琅被侍衛司暗衛拿獲，押進御史臺，就已不能再逃。

聖上與端王兄弟情深，對鎮遠侯府餘孽從未放鬆。朝中已有雲琅逃往北疆的流言，再逃下去，流言早晚要變成懷疑。

北疆苦寒，將士爬冰臥雪死守燕雲朔方，糧草是命。

半點經不起動盪。

黑衣人劫囚時，御史中丞聽雲琅說法，以為雲琅當真心中有數，還多少鬆了口氣。這一刻，御史中丞卻忽然想明白了。

雲琅從沒想過什麼萬全之策。

雲琅現身被擒，是來赴死的。

「老太師。」監斬官低聲稟道：「時辰已至，監斬大臣只剩琰王告病未到。」

龐甘神色冷峻，「開斬。」

「是否不妥？」監斬官猶豫，「琰王畢竟奉命監斬，可要派人去請一請？」

「琰王不是告病嗎？」龐甘沒能從雲琅口中逼出同黨，正連惱帶怒，冷然嗤道：「真當皇上處處護著他？有了今天沒明天的短命小兒，讓他來看監斬，再叫血氣衝撞了，一不小心一命歸西，是誰之過？」

監斬官稍一遲疑，硬著頭皮道：「可是皇上……」

「皇上如今忙著處理北疆之事，早已不勝其擾！」龐甘厲聲斥喝道：「我等為臣，豈不正該替君分憂！」

監斬官額頭淨是冷汗，不敢再開口，稱是後退。

雲琅原本闔眸盤膝靜坐著，不知聽見哪一句，睜開眼睛。

「琰王蕭朔？」侍御史在刑臺下，悄聲問老文吏：「可是端王那個……」

老文吏沉聲：「噤聲。」

侍御史臉色也跟著變了變，低下頭閉緊了嘴。

人群原本議論紛紛，聽清臺上聲音，一瞬竟也靜了靜。

有人探頭探腦看了看，「這琰王什麼來頭……」

「不可說！」一人急聲打斷：「被琰王府上人聽見了，要割舌頭的。」

那人愕然，「天子腳下，如何竟容得下這般殘暴行徑？」

「新近來京城的吧？」有老者離禁軍衛士遠些，低聲嘆息：「當年亂得很，先帝只說要把端王下獄，沒成想奸人作梗，竟害得端王一家死於非命。」

「先帝痛悔，徹查後，就讓端王的小兒子把爵位給襲了。」

「聽說是因為端王幼子那時尚且年少，先帝不想他傷心，便下旨將封號也改了。」

「新賜下的封號，正是琰字。」

「因著這一層，先帝和今上都對他格外寬容。」

老者拍拍那人，悄聲道：「琰王冷酷殘暴，沒什麼事做不出來的，咱們京城的人私下裡都叫他活閻王。」

「可不是。」一人點頭附和，說道：「他就算割了你的舌頭，也不會有半點事，最多閉門思過幾日罷了。」

那人半驚半疑，臉色也跟著白下來，牢牢閉上嘴。

「雖說凶險，但那閻王府大門長年不開，說是抱病閉門謝客。」

有人悄聲道：「這兩年連他們府上的人也見得少了，倒是鬆快許多。」

「不是告病了？」又有人道：「聽說是父母族人死得太慘，留他一個，哀思過度，說不定這兩年真是病得不成了……」

「雲氏餘孽。」龐甘看向刑臺，厲聲道：「謀逆作亂、殘害忠良，滿門抄斬，並脫逃之罪，今認罪伏法……」

雲琅出聲：「且慢。」

龐甘臉色驟沉，又當他臨死嚇得改了念頭，打算供出別人來保命，壓著脾氣等他說。

雲琅好奇，「你們說的那位琰王，便不來了嗎？」

「放肆！」龐甘怒火沖頂，厲聲叱道：「來與不來，與你何干！」

已經看出雲琅打定了主意不配合，龐甘再不由他打岔，寒聲道：「開斬——」

雲琅：「與我有干。」

他嗓音清冽明朗，壓著龐甘蒼老渾濁的嗓音，吐字格外清晰篤定。

龐甘臉幾乎氣成了豬肝色，死死瞪著他。

雲琅被人按著，躺在鍘刀底下，神色誠懇，「此事說來話長，尚得慢慢理順。老太師若有閒暇，還請飲一杯涼茶敗敗心火，尋個僻靜之處坐穩當，摒退閒雜人等……」

「雲公子。」監斬官小心打斷：「時辰緊迫，長話短說。」

雲琅：「我懷了琰王的兒子。」

整個法場都跟著靜了靜。

監斬官扶得慢了半步，老太師眼睛瞪得溜圓，沒能坐穩，險些一頭栽下了監斬臺。

御史中丞張口結舌，看著雲琅，「小、小侯爺……」

二十三年前，先帝佑和十年秋。

司天監報西方白虎異象，參下三星動，臨昴畢、伐天街。

第二天，內監來報，鎮遠侯府得了長子嫡孫。

此事傳得極廣，京城沒人不知道，雲小侯爺是星動而生，命犯白虎、不同常人。

街口專給人看相算命的先生還說，這白虎命格是剋身大凶，主血光橫死，災煞怕克，福少禍連綿。但先生沒講，白虎命格還有些別的特異能耐。

比如懷孩子。

還是琰王的孩子。

刑臺之下，百姓路人議論紛紛。

「真是孩子？不是別的什麼？」

「還能是什麼？」

「琰王那般凶惡，傳言閻王府的侍妾都有命進沒命出，更是一個子嗣都沒留下來，這雲小侯爺

怎麼就平平安安懷上了？」

「且不論這個，雲小侯爺又不是女扮男裝，怎麼能懷孩子？」

「莫非是這白虎命格？」

「說不準，小侯爺天賦異稟……」

「荒唐。」一個年輕書生實在聽不下去，「子不語怪力亂神，天道有常，人倫不可逆，豈有乾坤顛倒之理？」

他話音未落，邊上立刻有人搖頭，「別人不一定，雲小侯爺可不一樣。」

「正是，這白虎命格邪乎得很。」

有人插話：「你們記不記得？前些年……」

「得有二十來年了，那時候侯府剛得了嫡孫子，先皇后喜歡，叫給抱進了宮。」

一人道：「宮裡頭給看了，說小侯爺災禍綿延，只怕體弱多病多災多難，三歲都活不過。」

「正是。」又一人點點頭，「結果小侯爺五歲就掀了紫宸殿的房頂蓋，宮裡傳召工匠坊，還是我爹和我大哥去給修的。」

「還有十多年前，雲小侯爺染了病，命在旦夕。太醫院說九死無生，無論如何也是救不過來的了。」邊上站著醫館的坐診郎中，接著再添一樁傳聞：「誰知小侯爺昏睡十日十夜，起來要了口水喝，竟徹徹底底好了。」

郎中搖搖頭，撫著鬍子唏噓，「結果太醫羞愧難當，上了辭呈告老還鄉，才開了我們這家醫館……」

「佑和二十三年。」人群中有太學的學子，低聲道：「諫議大夫上奏，說雲小侯爺目無綱紀無法無天，再在京裡待下去，遲早要闖下大禍。」

這些都是坊間故事，年輕書生聞所未聞，聽得愣怔，「後來呢？」

「次年春祭，有契丹使節居心叵測，藉大典之際行刺生變。」那學子整肅神色，拱一拱手道：「幸虧雲少侯爺恰好在京中，將使節貢車攔下，才將一場滔天大禍消弭在無形之中。」

京城的茶樓酒肆，雲小侯爺的奇聞軼事向來是最多的。

白虎命格百年難得一見，大劫至凶，可也正因九九之數都逼到了極處，反而會生出意料之外的變數。

雲琅十六歲領兵征戰，京城沒人以為一個金尊玉貴鐘鳴鼎食的少年紈絝能打仗，捷報卻一封連一封地送回了汴梁。

禁軍號稱至精至銳、水潑不進針扎不出，誰都以為雲琅在重兵封鎖下在劫難逃，五年前偏偏叫他平平安安逃出了京城。

旁人無論如何也想不到、不敢想的事，叫雲琅做來，便未必不能成。

念及往事，眾人莫名便信了不少，再抬頭時神色都已有些不同。

「荒謬……荒謬！」侍衛司奉命護衛法場，高繼勳聽著眾人議論，怒聲呵斥：「胡言亂語，妖言惑眾！」

雲琅枕著鍘刀底座，仰頭見他氣得面紅耳赤，好心關懷，出聲道：「高大人飲一杯涼茶，敗敗心火……」

「住口！」高繼勳上前一步，「時辰已至！老太師不必聽他妄言，儘快行刑……」

雲琅抬了抬手，拿木枷卡住鍘刀，「且慢。」

高繼勳喘著粗氣，死死盯著雲琅。

「雲氏一族，滔天大罪。知罪逃亡罪加一等，合該當街處斬，以儆效尤。」雲琅嘆息一聲：「然，稚子何辜。」

御史中丞站在法場邊上，深吸口氣，用力按了按額頭。

「這段話有些文雅。」雲琅怕侍衛司的高大人不懂，卡著鍘刀，好心解釋：「意思就是說，雖然我罪大惡極死有餘辜，但我肚子裡的孩子是沒有罪的。」

「我聽得懂！」高繼勳幾乎惱羞成怒，「少在這故弄玄虛！就算你身懷異數，也不過是個雜種餘孽……」

雲琅奇道：「莫非高大人認為，昔日冤案雖然早已平反多年，琰王卻還有罪不成？」

高繼勳正要呵斥，話到嘴邊，忽然不自覺打了個激靈。

五年前那一場冤案，正是聖上死穴，朝野上下至今卻仍然諱莫如深。

滿朝文武都知道，聖上和端王兄弟情深，卻因為人微言輕，只能眼睜睜看著端王獲罪入獄。後來端王平反、鎮遠侯獲罪，如今的聖上那時尚是六皇子，監斬時尚且一度哀痛過甚，吐血昏厥。

沒能救下端王，皇上始終心懷愧疚，對端王遺子的厚待已到了不論規制、不講道理的地步。

平日裡私下說說便也算了，此時眾目睽睽，若是真被雲琅繞進去、順著話頭說了，難免要惹皇上雷霆之怒。

高繼勳驚出一身冷汗，閉了閉眼定定心神，沉聲道：「琰王……自然無罪。」

「這就是了。」雲琅嘆息一聲，「孩子是他的，自然也是無罪的。」

「縱然我有心伏法，卻不該牽連無辜。」

「若是孩子已經足月，我捨了這條命，剖腹取子，也算對得起琰王。」雲琅慨嘆，「偏偏他尚不足月，卻要隨我一屍兩命，幼子何辜。可憐端王血脈飄搖，竟自此斷絕……」

鍘刀懸在半道，被木枷卡著落不下來。刑臺上下聽著雲琅唏噓慨嘆表完了心跡，一時都有些茫然怔忡。

衙役愣愣扛著鍘刀，抬頭看向監斬官員。

「大人……稍坐。」監斬官出聲，勉強恢復神智，「雲小侯爺，此事實在離奇，本朝也無此先例。時辰已至，恕下官……」

老太師龐甘忽然出聲：「且慢。」

監斬官愣了下，轉過頭。

「雲琅。」龐甘扶著拐杖上前，一雙蒼老渾濁的眼睛緊盯住他，「依你所說，你與琰王……關係匪淺？」

雲琅點頭，「自然。」

龐甘看著雲琅，心中一喜。

他始終欲從雲琅口中逼問出同黨，不想雲琅此刻竟自己露了馬腳，當下不動聲色，緩聲追問：「是何關係？」

雲琅有些莫名，「老太師不知道？」

龐甘冷笑一聲，正要開口點破這兩人的勾當，雲琅已經繼續說下去：「我爹害死了他爹、害死了他娘。」

雲琅稍坐起來，耐心給他講：「他爹一清二白，罪名是我爹誣陷的，謀逆是我爹栽贓的。」

龐甘原本還凝神聽著，卻不想竟又被他戲耍一次，怒氣沖心，咬牙呵斥：「豎子！你——」

「端王府上下四十餘口回京奔喪，途中又遭山匪截殺，手段殘酷非人。」雲琅緩緩道：「端王血脈，只剩他一個。」

龐甘盯著他，枯瘦肩背起伏，臉色隱隱發青。

「我與琰王。」雲琅幫他總結，「生死血仇。」

當年舊事被這般赤裸提及，極端慘烈懾人，刑臺上下一時都跟著靜了靜。

雲琅沒再往下說，抬頭向雲邊看出去。

天色陰沉，眼見著還要落雪，厚重雲層一疊接一疊蔓到山頭。

隱約可見一線天光。

御史中丞定定看著雲琅，心口跟著一緊，背後冷汗涔涔透出來。

「黃口小兒，謊也編不圓！」龐甘臉色變了又變，半晌坐回監斬臺，冷笑，「既然血海深仇，你又如何能與他攪在一起？還不是矢口狡辯！」

「這有何難。」雲琅失笑，「這種事，無非灌灌酒下下藥。我對他傾心已久，潛進他府裡，尋個月黑風高良辰日，趁他半醉半醒神混沌時……」

御史中丞天翻地覆咳嗽起來。

雲琅沒能說完，有點惋惜，「這樣這樣，那樣那樣。」

御史中丞：「……」

人群尚在愣怔，鴉雀無聲。

御史中丞站了半晌，實在不忍再看下去，按著額頭往角落退了退。

「斯文掃地……斯文掃地！」老太師龐甘氣得鬍鬚打顫，抖著手指他，「天子腳下，豈容此等惡行！」

監斬官聽雲琅說得信誓旦旦，雲裡霧裡間竟已不知不覺信了七八分，猶豫勸道：「老太師，畢竟稚子……」

「何來稚子？分明孽種！」龐甘厲叱一句，抄起斬簽，劈手摔下監斬臺，「荒唐至極！午時三刻已至，速速行刑！」

亡命牌落地，鍘刀必須見血。

劊子手屏息凝神，咬牙正要行刑，忽然聽見清脆蹄聲。

兩匹飛馬破開人群，人立嘶鳴，剛好到了監斬臺下。

勁風擦身而過，亡命牌被墨羽箭當中射穿，死死釘在木柱上。

馬上是兩個身形驃悍的黑衣人，其中一個手中弓弦仍在輕震，神色漠然，沉默立馬。

人群一陣騷動，有見識過的，忍不住低呼出聲：「玄鐵衛！琰王府的人……」

龐甘臉色變了數變，落在那兩個冷硬如鐵的黑衣護衛身上。

玄鐵衛是端王留下的親兵，朔方軍裡的精銳，飲血無數殺人如麻，沒一個是好惹的。

皇上憐惜琰王少年失怙，特准玄鐵衛在京城內持刀縱馬。縱然是當朝大臣權貴，也沒人願意同這些只知道護主奉命的殺胚對上。

「本朝律例，從無死囚赦免一說。」龐甘勉強壓下怒火，上前道：「琰王既然告病，法場便該由監斬大臣處置……」

「我家王爺養病，聽聞有子嗣流落府外。」其中一人冷冰冰道：「遣我二人前來尋回。」

「子虛烏有，不過垂死掙扎、胡編亂造罷了！」龐甘：「琰王何必當真……」

「我家王爺說，端王一脈，子嗣艱難，血脈凋零。」另一人道：「不能放過一個。」

龐甘一時被噎住，還要再說，那人已下了馬，至鍘刀下將躺得溜扁的雲琅提起，扛下了刑臺。

「我家王爺吩咐，琰王府借去十月，驗看血脈。」先前說話的玄鐵衛探向懷中，摸出一方生鐵權杖，拋在刑臺之上，「十月之後，要殺要剮，把人剁成幾段，隨你們就是了。」

雲琅從鍘刀下被扛出來，囫圇塞進了馬車。

侍衛司不得號令不敢妄動，人群向來畏懼琰王，訥訥向兩側退讓出條路。

玄鐵衛漠然沉肅，護持著馬車緩緩出了鬧市。

雲琅還想矜持，拿腦袋把簾子頂開一小半，看著越來越遠的刑臺，「諸位稍待……」

為首的玄鐵衛稍勒馬韁，看了他一眼。

雲琅不太好意思，清了下嗓子，「能再回去一趟，讓他們幫我把枷鎖摘下來嗎？」

「不是為我。」雲琅有理有據，很客氣，「枷鎖刑具五行屬金，是大凶之物，主肅殺，對養胎不利。」

玄鐵衛並不理他，扶著身側長刀，催馬前行。

雲琅灌了口風，咳嗽兩聲，倚著車廂，「端王血脈要緊。」

他扶著車窗，往外找了找，看著為首那個依然不為所動的玄鐵衛，「連大哥……」

雪亮長刀倏然出鞘，停在他頸前。

雲琅停下話頭。

「再提端王名諱，刀下見血。」為首的玄鐵衛盯著他，神色終於不再漠然，嗓音冰冷：「忘恩負義之徒，該被千刀萬剮。」

雲琅靜靜坐了一陣，笑了笑，將那把刀輕輕推開，坐回車裡。

一聲鞭響，馬車緩緩前行。

雲琅放下車簾，嘆了口氣，不知從哪摸出一截機巧鐵釺，隨意擺弄兩下，熟練摘了鐐銬，隨手扔在一旁。

這條路他再熟不過。

京城內城自朱雀門始，出了金水門就是外城。

沿金水河向西北走，再向南，過了金梁橋，就是端王府。

雲琅少時沒少惹禍，每次禍闖大了，不能靠耍賴糊弄過去，就往端王府跑。

端王執掌禁軍，把他塞進房間裡藏嚴實，叫殿前司在京裡聲勢浩大地搜雲家的小兔崽子。

禁軍也早都跟他混得熟透，一本正經地一通亂找，拖到老御史們堵不到人，氣得哆嗦著鬍子回去，再把雲琅悄悄放出來。

雲琅在京城長到十五歲，出入端王府的次數，遠比那個鎮遠侯府更多。

凍透了尚且不覺得，這會兒在車裡暖和不少，寒意反而從四肢百骸往外鑽。雲琅打了個哆嗦，把暖爐整個抱過來，舒舒服服揣進了懷裡。

馬車裡拾掇得很舒適，大概是琰王平日裡自用的。

車廂都釘了棉布，簾子嚴嚴實實遮著風。

車裡厚厚墊著上好裘皮，備了暖爐，還熏了檀木香。

車走得極穩，不用細看，聽蹄聲就知道是匹上等的大宛馬。

好馬不駕轅，雲琅揣著暖爐，操心地嘆了口氣。

兩年征戰、五年逃亡。七年沒見，小皇孫手底下沒譜的毛病還是一點沒改。

拿汗血寶馬拉車，簡直暴殄天物。

雲琅已經幾年沒碰過好馬，手癢得很。盡力壓了壓心動，慢慢活動著手腕，耳不聞心不煩地閉目養神。

一路緘默，馬車再停下，已到了琰王府門外。

端王過世後，先帝讓端王幼子蕭朔襲爵，爵位分例供享一律不變，唯獨改了封號。王府被下旨重新精心修繕過，向外擴了一條街，圍牆高聳，比以前氣派了不少。

雲琅自覺套上了木枷，被押下馬車，站定抬頭看了看。

琰王府的匾額是先帝親筆寫的，蒼勁飽滿，氣魄雄偉。將作監找了雕正大光明匾的雕工，金絲楠木作底，刻好字後還嵌了層足金，禮部尚書親自作了頌。

無上的殊榮恩寵。

雲琅上次看見這塊匾，還是它剛被掛上去的時候。

長年閉鎖，正門已厚厚積了層灰，足赤金的匾額也難逃例外，早變得灰蒙暗淡。

雲琅站在府門前，多看了幾眼，視線被玄鐵衛牢牢擋住。

雲琅抬頭，朝他笑笑。

為首的玄鐵衛姓連，叫連勝，端王給起的名字。

玄鐵衛都是端王親兵，從朔方軍時就跟著端王。後來端王從朔北回京，連勝也跟著回來，進了禁軍殿前司，做過三年的殿前指揮使。

雲琅老往端王府跑那些年，沒少被老御史暴跳如雷地堵門，多半都是靠連勝替他瞞天過海、蒙混過關。

「正門不能走。」玄鐵衛凝注他半晌，側開頭，向旁邊一指，「西門入。」

雲琅點點頭，朝西門走過去。

待斬死囚，在監牢內必須鐵鐐重鎖。御史臺縱然盡心盡力，也摘不掉雲琅的鐵銬。

鐐銬都是上等精鐵打造鑄成，冰冷粗礪，沉甸甸壓著手腳。

雲小侯爺和那些皮糙肉厚的死囚差得遠，逃了五年，身形又早比當年京城裡錦衣玉食單薄了許多，腕間已被磨得傷痕累累。

他手腕白皙瘦削，被木枷牢牢禁錮著，寬大囚衣下腕骨清晰分明，襯得傷處血色格外顯眼。

西門的僕從去稟報王爺，玄鐵衛停在門外，沉默良久，霍然出刀。

雲琅不閃不避，凌厲刀風劈面掠下，狠狠颳過眉心，臂間緊跟著微微一沉。

木枷應聲碎開。

僕從從府裡小跑出來，將門敞開。

玄鐵衛收刀還鞘，揮手領屬下牽過馬車，進了王府。

府裡遠比想的清淨得多。

當年重修王府，先帝一再升格規制，禮部尚書三代老臣脾氣古板，險些氣得辭官告老還鄉。京城傳說，琰王府白玉作底琉璃為瓦，屋裡堆得全是奇珍異寶，地上鋪的都是銅錢金子。

自端王過世後，雲琅就再沒進過王府。只當坊間傳言誇張離譜，一路走過來，才發覺傳言也有傳言的道理。

雕梁畫棟都還在，前府後園，一進富麗堂皇，二進秀麗幽深，曲廊亭榭，遠比尋常王府氣派。

雲琅被人領著，穿過大半個王府，帶到了一處格外不起眼的偏殿。

「王爺說，他還有棋局未了，脫不開身。」下人引他入門，在殿中坐下，恭聲道：「請雲公子在此稍待。」

室內暖意融融，大概是燒了地龍取暖。雲琅順手換了個暖爐抱著，正在研究太師椅的木料，聞言抬頭，「什麼局？」

下人一板一眼，「棋局。」

「打攪一下，你這裡真是琰王府？」雲琅撐著桌沿，向窗外看了看，「琰王蕭朔。從玉，炎聲，琰琬的琰，意思是美玉的那個……」

「不是。」下人道：「琰圭的琰。」

雲琅微頓，收回視線。

下人朝他一拱手，出了門。

雲琅扶著桌沿，站了一陣，低頭笑了下。

他放下暖爐，撈住鐐銬叮噹作響的鐵鍊，攥在手裡，慢慢坐回黃花梨木的太師椅上。

琰圭九寸，專伐不義。

有背德、棄義、行卑、信劣者，使誅討之。

雲琅深吸口氣，閉上眼睛。

從御史臺到刑場鍘刀底下、再一路到琰王府，他臉上始終帶著的笑意終於一點點淡了。

他向後靠進椅子裡，抬手捏了捏眉心，肩背又撐了幾息，也一點點、無以為繼地鬆懈下來。

琰王府很安靜，偏殿就更安靜。窗外連走動的聲音也沒有，偶爾能聽見幾聲鳥鳴，和越來越凜冽的風聲。

雲琅側過頭，隔著窗紙向外看了看。

暮色已經極濃，天陰沉得動輒能撲面壓下來，燈籠下面已經隱約能看見細碎雪粒，被風捲得毫無章法。

這場雪已經憋了幾天，遲早是要落下來的。

雲琅未雨綢繆，把暖爐往懷裡抱了抱，扯了條厚實的裘皮搭在腿上。

他認識蕭朔的時候，人們還不會或恭敬或畏懼地叫一聲「琰王」。

先帝還在，先皇后還是雲家實際的當家家主。他從小被抱進宮裡養著，仗著先帝先后寵愛，無法無天上房揭瓦，那天剛好看見了端王帶進來的小皇孫。

先帝為人寬善，又已到了含飴弄孫的年紀，其實並不太過要求諸皇孫學業。但蕭朔不知天資不好還是開蒙太晚，即使在皇孫之中，也全然算不進中上。

不要說下棋，書都讀不好。半點沒能隨著父親的天賦過人、驍勇善戰，脹紅著臉在大殿之中站了半晌，磕磕絆絆背了篇《孟子》，勉強練了一套軍中拳法。

練到一半，腳下踩著個栗子沒站穩，一頭栽在了地上。

雲琅有一搭沒一搭地想，沒繃住，笑了一聲。

小皇孫粉雕玉琢，穿著鼓鼓囊囊的厚實夾襖，摔得灰頭土臉茫然怔忡。

故人往事，依稀還在眼前。雲琅唏噓一陣，往囚衣夾層裡摸了摸，翻出個從御史臺搜刮的栗子，正要捏開拋進嘴裡，房門忽然被人推開。

雲琅捏著栗子，張著嘴，愣了下。

門外，甲兵衛士漠然森嚴。

天已黑透了，掌了燈，光從廊間投過來，在屋內落下分明人影。

一別經年，琰王身形軒峻，墨衣壓著層疊金線，血紅內襯映在燈燭下，翻出一片黑巒一片血海。蕭朔背著光立在門口，眉目陰鷙，視線冷冷落在他身上。

雲琅手一鬆。

栗子掉在地上，滾了兩滾，落進暗影裡。

這不是他第一回看見襲爵後的蕭朔。

當年端王歿後，蕭小王爺被接回京，先帝親自給行的冠禮。禁軍圍拱、文德殿前百官朝賀，聲勢傳遍了整個京城。

雲琅趴在鐘樓頂上，遠遠看見了一眼。

皇族加冠不按年紀，出閣方能開府主事，蕭朔那年滿打滿算也才十八歲。

旦夕慘變，端王府一案後，小王爺第一次現於人前。立在一片昇平歌舞奉承恭賀裡，被層疊繁複的華貴禮服壓著，漠然由著禮官指引。

眉宇間已透出分明冷鬱。

雲琅回神，把暖爐往懷裡揣了揣。

他抱著暖爐，在懷裡焐了一會兒，重新坐直，目光落在蕭朔身上。

佑和二十七年。

端王平反，蕭朔襲爵，皇后驚痛憂思過度離世。

京城漫天飛雪、滴水成冰，六皇子奉皇命徹查端王冤案。

蕭朔封閉府門，不迎拜訪、不受賀禮。

他在王府外站了三天，拎韁上馬，掉頭回了北疆。

都是那一年的事。

第二年，端王案沉冤昭雪，鎮遠侯府一朝傾覆。

雲琅從京城脫身，潛回朔北，經潼關一路逃進茫茫秦嶺。

那之後的五年，雲琅再沒回過京城。

雲琅揉了揉手腕，放下暖爐，撈住腕間墜著的鐐銬鎖鏈，撐起身。

知道蕭朔就是那個京城談及色變的「閻王爺」，雲琅憂心了一路，生怕小皇孫這些年出落得青面獠牙、眼似銅鈴。

如今看來，倒也變得不多。蕭朔天賦異稟，不知道吃什麼長大的，十來歲時就比他高出半個頭，眼下看只怕也沒差出多少。

單論相貌，變化也並不大。

輪廓更鋒利了，氣息更薄涼了，無波無瀾的視線落在他身上，茫茫一片凍雪苔原。

雲琅在凍雪苔原裡站了一會兒，往後挪了挪，有點想把那個剛放下的暖爐摸回來。

手一動，玄鐵衛長刀霍然出鞘，厲聲：「不准動！」

雲琅收回手。

玄鐵衛身手了得，不容他喘息，刀風凌厲，燭影跟著一晃。

薄薄血刃泛著寒意，已經抵在了頸間。

雲琅舉起雙手，苦笑，「我還戴著鐐。」

「世人都知道。」蕭朔冷冷地站在門前，凝注他良久，緩聲開口：「雲小侯爺身手絕倫，暗器功夫了得。」

雲琅有點不好意思，抱拳客氣，「世人謬讚……」

「佑和二十八年。」蕭朔看著他，「潼關守將報，雲麾將軍擅離軍營，抗旨闖關。」

雲琅張了下嘴，抬頭，放下手。

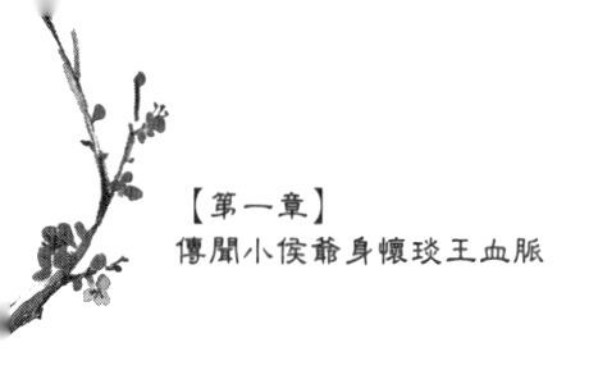

蕭朔的語氣平，神色也淡漠，冷意卻依然潛在暗影裡，絲絲縷縷透出來。

他並沒斥退持刀挾持雲琅的玄鐵衛，緩步走過去。

「二十九年，江南西路報，飛騎尉查獲叛逆蹤跡，一無所獲。」蕭朔翻了頁密函，「次年，江寧府報。三百精兵圍堵數日，輕車都尉被暗器擊落馬下，功虧一簣。」

雲琅低頭笑笑，右手張開，一把瑩潤光滑的飛蝗石撒在地上。

「兩年前，你的蹤跡在黨項。」蕭朔：「一年前你在大理。」

玄鐵衛死死盯住雲琅，刀刃抵著他頸間皮肉，血色隱約沁出來。

「王爺……心細如髮。」雲琅將開鎖的鐵釬也放開，落在桌上，「京城傳說琰王體弱多病、封府避世，如今一見，就叫人放心得多了。」

「京城也傳說。」蕭朔看著他，示意玄鐵衛將刀收起，「雲小侯爺知罪悔罪、自覺羞愧無顏見人，畏罪自盡。」

「我原本也想。」雲琅咳嗽一聲，輕輕嘆氣，「可惜天有不測風雲，端王血脈……」

蕭朔合攏密函，放在桌上，「雲琅。」

雲琅怔了下，抬頭看他。

「你這些年的蹤跡，禁軍、皇上清楚的，我知道。」蕭朔緩聲：「禁軍、皇上不清楚的，我也知道得十之八九。」

「你猜。」蕭朔傾肩，冷戾眉眼沒進燭影裡，「我為什麼會知道這些？」

小王爺話音輕緩，殺意像是日暮薄雪，隨著暗影悄然覆落下來。

食肉寢皮，挫骨揚灰。

雲琅看著他，輕扯了下嘴角。

他動了下唇，要說話，神色忽然微變，驟然抬手襲向蕭朔胸肩。

電光石火。

玄鐵衛尚且來不及反應，雲琅已將蕭朔縱身撲倒。

幾支暗箭破窗而入，狠狠扎在了兩人方才站的位置。

「什麼人！」玄鐵衛厲聲呵斥，拔刀破窗而出，「防衛，有刺客！」

窗外有人快速跑動，夜色寂靜，兵器碰撞聲格外響亮。

雲琅很識時務，沒站起來當靶子，還在窗戶底下溜扁趴著。

這一下砸得太結實，哪怕底下有蕭朔墊著，也撞得金星直冒。雲琅眼前一陣一陣地起霧，晃了晃腦袋，緩過口氣，才來得及告罪，「事急從權，冒犯王爺……」

蕭朔抬眸，視線落在他身上。

雲琅被他一看，也覺得自己趴在王爺身上告罪確實不大合適，用力撐著翻了個身，坐在地上。

蕭朔起身。

「不用謝，舉手之勞。」雲琅長話短說：「王爺若是方便，不如幫我把鐐銬解開。」

「雲琅。」蕭朔撣淨衣襬塵土，「經年不見。」

「是。」雲琅點點頭，幫他算，「六、七年了。」

蕭朔：「你還是這樣恬不知恥。」

雲琅：「……」

蕭朔走過去，將那幾支箭逐一拔起，看了看。

箭從窗外進來，雖然扎在兩人立處，要取的卻顯然只是雲琅性命。

雲琅不躲，在窗口擋著，傷不到蕭朔。

雲琅要躲，往哪裡撲都一樣，偏偏戴著十幾斤的鐐銬結結實實把蕭朔一塊兒砸在了地上。

雲琅摸摸鼻子，張了下嘴，輕咳一聲，「差不多……」

「我原本以為，日日恨不得殺你的只有我一個。」蕭朔走過去，將刺破的那一扇窗戶推開，「現在看來，你找死的本事也不比當年差。」

燈燭都在窗戶，蕭朔走到窗前，整個人就徹底站在了光下，可整個人也並沒添上多少暖意。

雲琅還有點暈，晃了晃腦袋，順手拉了把椅子坐下。

「當年你在朔方軍中，已有三次刺殺。」蕭朔又拿起那封密函，「這些年來，暗殺無數，如影隨形。」

雲琅揉了揉額頭，盡力讓心神清明些，抬頭看他。

……雖然這麼說對小王爺有些冒犯。

但他確實忍不住覺得，琰王閉門不出，不涉朝政，這些年的公事可能都算在了自己身上。

玄鐵衛久經沙場，訓練有素。外頭埋伏的刺客大約已受了傷，原本便跑不快，沒隔多久便傳來慘叫聲。

「但你始終警惕機變，狡兔三窟。」蕭朔道：「那些殺招，也都被你逃過了。」

雲琅咳了咳，跟他謙虛，「運氣好……」

「我想知道。」蕭朔並不理會他，在桌邊坐下，拿起暖爐把玩，「要你性命的人，是血海深仇，還是因為別的什麼。」

「是血海深仇。」雲琅盯著他的暖爐，試圖插話：「王爺，能不能……」

「比如。」蕭朔：「因為當年舊事，或是一些見不得人的祕辛。」

蕭朔揭開暖爐看了看，將只剩餘溫的冷炭潑在窗外，「想滅你的口。」

雲琅：「……」

「雲琅。」蕭朔隨手扔下空暖爐，「你究竟還知道什麼？」

「我知道的其實不比小王爺多。」雲琅苦笑，「我有些冷，勞駕小王爺幫我再添個暖爐，好歹……」

蕭朔：「好歹你懷了我的孩子？」

雲琅張了張嘴，戛然而止。

蕭朔坐在燈燭下，偏了偏頭，視線落在雲琅身上。

他神色平淡，這樣微微歪頭，幾乎將那一身冷戾殺意盡數粉飾乾淨，隱約透出些極具誤導的舊時神色。

雲琅看著他，不自覺怔了下。

大約是冷糊塗了，他腦海裡一瞬恍惚，又騰起來蕭朔少年時的樣子。

粉雕玉琢的小皇孫長到少年，厚積薄發後來居上，學問做得好了不少，可依然一點也沒有端王風範。提兵戰陣不必說，被端王往手裡塞了把匕首，連兔子都不敢殺。

還割破了自己的手。

玄鐵衛將刺客盡數絞殺，入門回稟。

雲琅撐著地，使了幾次力氣起身，讓到一旁。

他方才撲過去的時候，蕭朔的袖箭也在瞬息間破窗而出。

其中一個刺客，喉間釘著的正是那支精鐵袖箭。

「雲琅。」蕭朔並不看他，「你想逃去北疆，是不是？」

雲琅正打算摸口茶喝，手一頓，停在杯沿。

「你若越獄，會牽連御史臺。刑場劫囚，朔方軍危在旦夕。」蕭朔淡聲道：「從我這裡走，無論琰王府如何分辯，外人都會以為所謂逃走不過是個幌子。我將你接入府中養胎是假，對外說你脫逃，其實早已為了洩憤將你凌虐打殺、挫骨揚灰。」

「後幾個不大方便。」雲琅人在屋簷下，乾咳一聲，適當退讓，「小王爺實在生氣，凌一凌虐倒也……」

雲琅頓了頓。

「當年。」蕭朔道：「鎮遠侯構陷謀逆、戕害栽贓時，你的思慮也是這般周全嗎？」

蕭朔身後，玄鐵衛原本垂手肅立，聞言倏而抬頭，冰冷視線牢牢釘在他身上。

雲琅靜了半晌，低頭笑笑。

「打殺——」雲琅拂袖，「也可。」

雲琅抬頭，閉上眼睛，「麻煩王爺，留個全屍。」

玄鐵衛眸光驟然冷冽，上前一步，被蕭朔抬手止住。

屋內靜了半晌，蕭朔忽然笑了一聲。

雲琅背後隱約發涼，睜開半隻眼睛，悄悄瞄了瞄。

「好歹。」蕭朔將那封密函拾起，隨手撕碎，拋進火盆，「小侯爺懷了我的孩子。」

玄鐵衛：「……」

雲琅：「……」

玄鐵衛低頭，「是。」

「收拾了罷。」蕭朔掃了一眼那幾具刺客屍首，吩咐：「去拿個暖爐。」

玄鐵衛應聲，正要出門，又被蕭朔叫住：「還有。」

玄鐵衛回身，候著他吩咐。

「找間上房。」蕭朔抬眸，看向雲琅，「撥下人丫鬟，為小侯爺延醫用藥。」

雲琅不好意思，剛要客氣，「倒也不必……」

蕭朔：「讓他生。」

雲琅：「……」

【第二章】

叫太醫來，就說有人胎氣不穩

屋裡屋外都跟著靜了靜。雲琅張了下嘴，清清喉嚨，欲言又止。

……小王爺盛情難卻。

王府的下人動作很快，說話間，新的暖爐已經填好獸金炭，重新送了上來。

雲琅眼睛一亮，把話暫且嚥回去，伸手去接，「謝王爺……」

蕭朔饒有興致，「謝？」

雲琅抬頭。

「你最好生得出來。」蕭朔看了他半晌，忽然笑了下，「雲琅。」

雲琅抱著暖爐，目光落在蕭朔身上。

六年不見，如今的蕭朔和當初相比，當然已經很多地方都不一樣。

但一笑起來，就變得更多。

平時尚能掩飾，冰冷笑意掠過眼底，翻騰戾意就沾著血，壓不住地溢出來。

「懷胎十月，我會等足。」蕭朔起身，語氣不帶半點溫度，落在雲琅耳中，「十月之後……」

雲琅：「……」

小王爺文采斐然。同門七年，講文章的師傅換了八個，沒見有這麼用的。

蕭朔：「任選，一屍兩命。」

任選。

要麼他生個兒子兩命。

要麼他自己一個人屍。

雲琅揣著有點燙手的暖爐，算了算十個月自己能恢復到什麼地步，有點猶豫要不要現在就跟蕭朔改口，說自己懷了個哪吒。

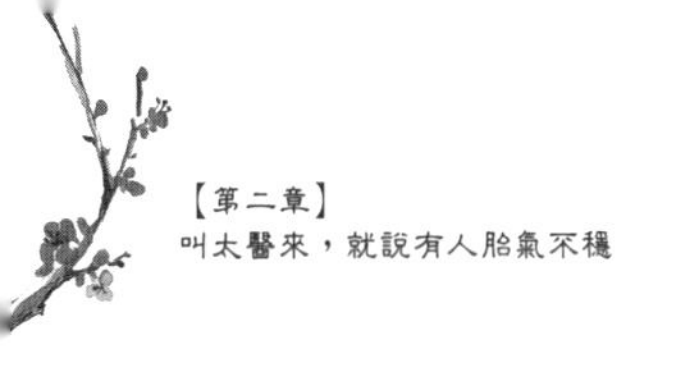

沒等他下定決心，玄鐵衛已推門而入，同蕭朔低聲說了幾句話。聲音極低，雲琅心裡惦著哪吒的事，隱約聽了個大概。大抵是查過了那些刺客的屍首，發現些特異處，要蕭朔親自辨認。

刺客是朝著自己來的，雲琅有心幫個忙，撐著桌沿起身。玄鐵衛時刻提防他，雲琅一動，立時有刀跟著出鞘。

蕭朔交代到一半，抬眸看過來。

雲琅扶著桌沿，被刀抵在頸間。

燭火下，雲琅臉色隱隱泛白，微闔著眼睛晃了晃，勉強站穩。為首的玄鐵衛怕雲琅又有什麼伎倆，正要上前，被蕭朔舉手止住。

雲琅驅散眼前黑霧，緩了口氣，皺起眉。

情形不對。

雖說從法場下來，他就自覺有些畏寒不適，可也該沒多嚴重。當年京城慘變，一年沙場五年逃亡。幾次命懸一線，病得只剩一口氣，嚼嚼草藥就爬起來了，也沒這麼風一吹就倒，更不要說站都站不穩。

雲琅靠著桌子，警惕抬頭，「暖爐裡下了毒？」

蕭朔淡聲道：「獸金炭。」

雲琅找了一圈，「茶水？」

蕭朔：「龍井茶。」

雲琅仍覺得手腳頗發沉，呼出的氣也灼燙，心頭越發不安，「那只怕是小產，中了紅花，孩子要保不住了……」

蕭朔耐心徹底耗盡，打斷：「雲琅。」

雲琅還在愁，憂心忡忡抬頭。

蕭朔看著他。

屋內茶香氤氳，燭火輕躍，玄鐵衛漠然肅立。

「六年前。」蕭朔走到窗前，「也是今日。」

雲琅手輕輕一頓，無聲攥實。

蕭朔背對著他，窗外呼嘯風雪。

雲琅胸口起伏了兩下，將咳意憋回去，慢慢撐著站直。

「這六年，每到今日給父親上香，我都會將一卷密函也燒掉。」蕭朔緩聲：「告訴他，我還在找你。」

雲琅閉了閉眼睛，低頭笑笑。

「這些年來，每每想起過往。」蕭朔道：「我最後悔的，就是以你為友。」

「我甚至還將你帶回了王府。」蕭朔轉回身，視線落在雲琅身上，「我父親教你騎射輕甲，教你提兵戰陣。」

「母親每次置辦點心衣物，無論何等精細，都有你一份。」

「府上管家下人，都與你熟識，任你來去自如。」

風雪凜冽，屋內靜得懾人。

蕭朔逐字逐句，聲音冰冷：「是我告訴了你，禁軍虎符放在什麼地方。」

雲琅屏住呼吸。他撐著桌沿，肩胛繃了繃，喉間漫開一片血腥氣。

「我若要你的命。」蕭朔緩聲：「絕不會是下毒這麼舒服。」

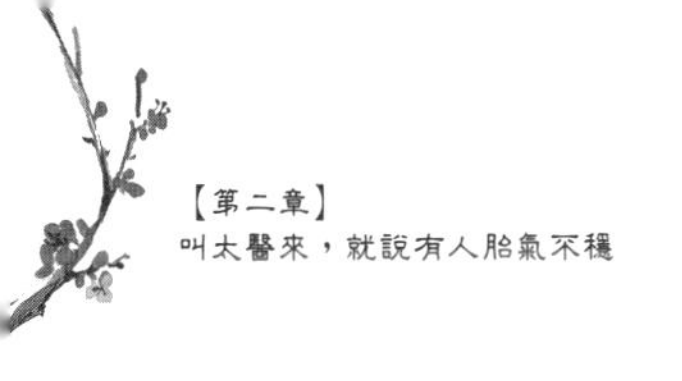

雲琅靜立半晌，抬起頭，輕抬了下嘴角。

蕭朔不再與他浪費時間，拋下柄鑰匙，帶玄鐵衛出了門。

不出半炷香，屋內已徹底清淨下來。

雲琅扶著桌沿，盡力想要站直，胸口卻依然疼得眼前一陣陣泛黑。

他抬起手，攥住衣料緩了緩，每喘一口氣卻都如同千斤重錘，高高舉起，結結實實砸下來。

雲琅有些昏沉，撐著慢慢滑坐在地上。

視野被冷汗沁著，看什麼都是模模糊糊。

雲琅靠著牆，閉著眼緩了一會兒，低聲開口：「刀疤。」

窗戶被猛地推開，一道身影躍進來。

風雪盤旋半宿，也總算尋到機會，跟著打著旋往窗戶裡灌。

黑衣人想去扶雲琅，又怕他著了冷風，手忙腳亂去關窗戶，被雲琅叫住，「透透氣。」

刀疤咬牙，半跪下來。

雲琅咳了兩聲，不甚在意地抹了抹唇角，拭淨了殷紅血色。

刀疤再忍不住，愴聲：「少將軍！」

「死不了。」雲琅深吸了口氣，一點點呼出來，「刺客是哪裡來的？」

刀疤跪在地上，沉默半晌，摸出一塊沾血的侍衛司腰牌，放在他面前。

雲琅了然，點點頭，「怪不得。」

他才到了蕭朔府上，就有人急哄哄來滅口，無疑是怕他說些不該說的話、做些不該做的事。

當初一場慘變，盤根錯節、牽扯太廣。

為了滅他這最後一個活口，已經上天入地折騰了五年。

刀疤雙目通紅，跪了片刻，又去使蠻力掰雲琅腕間手銬。

雲琅試著挪了下胳膊，實在沒力氣，「不必費事……」

刀疤啞聲：「少將軍若再逞強，勿怪屬下魯莽，動了少將軍胎氣。」

雲琅一陣頭疼，「你怎麼也……」

刀疤皺緊眉抬頭。

「……算了。」雲琅指指桌邊，「鑰匙。」

刀疤愣了愣，撲過去拾起那把鑰匙，替雲琅開了鎖。

自從進了御史臺，雲琅被釘了大半個月的鐐銬終於拿下來，手腳陡輕，忍不住鬆了口氣。

雲琅活動著手腕，察覺到刀疤神色，啞然：「這就要哭了，沙場上受的傷不比這個重得多？」

「沙場殺敵，豈是這般折辱！」刀疤壓不下激切，「少將軍，難道就任由他們這樣對你？那個琰王……」

雲琅睜開眼睛。

刀疤被他淡淡一掃，懾得呼吸微屏，本能閉上嘴，埋頭跪回去。

「當年之事。」雲琅輕聲：「於他而言，我該挫骨揚灰。」

當年端王被投入獄中，禁軍察覺有異，一度幾乎按捺不住，想要去聖前請命、闖御史臺救人。

雲琅拿了兵符，死令禁軍不准妄動，叫朔方軍水洩不通圍了陳橋大營。

風雪刺骨，雲琅深吸口氣，又一點點呼出來。

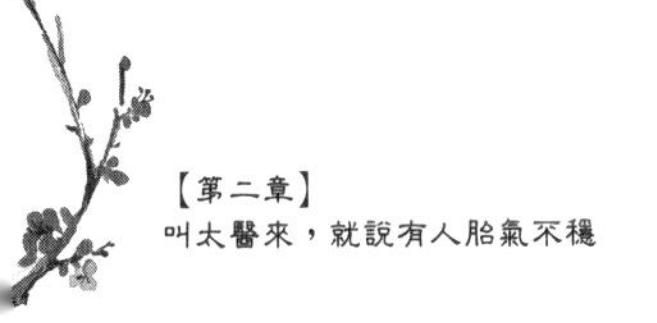

有聲音在他腦海裡，盤踞不散。

「……讓我們去救人！那些人定然要陷害王爺！」

「是我們自行請命，不牽累旁人……」

「放我們出去！」

「鎮遠侯覬覦禁軍統領已久，莫非就是你們雲家搗的鬼？」

「監守自盜，卑鄙小人！」

「雲琅。」

雲琅閉上眼睛。

六年前，也是風雪夜。

禁軍陳橋大營，內有雲琅拿來的虎符死鎮，外有雲琅帶來的重兵圍守。

連勝站在他面前，殿前指揮使的腰牌擲在地上。

「忘恩負義之徒，該被千刀萬剮！」

雲琅咳了幾聲，隨手抹淨唇角血痕，「去，幫我做件事。」

刀疤埋頭跪在地上，一聲不吭。

雲琅有些頭疼，撐著坐直，緩了些語氣：「好事。」

刀疤悶聲：「自從少將軍回來，沒一件好事。」

「……」雲琅近來越發糊弄不了他們，想抬腿踹人，實在沒力氣，開口吩咐：「幫我去買些棉花，棉布也要。」

刀疤愣了愣，「做什麼？」

雲琅看了看自己的肚子，有些犯愁，「保胎。」

刀疤：「……」

「叫你去你就去，哪兒那麼多廢話。」雲琅沒了耐性，擺擺手，「去吧，你們幾個都給我藏好，少來王府晃悠。」

少將軍脾氣向來大，刀疤不敢反駁。

低聲應了是，關嚴窗戶，又小心扶著雲琅起身，坐回椅子裡。

雲琅算算時間，估計上房丫鬟應當都備得差不多了，往外轟人，「快走，看著就頭疼。」

「少將軍什麼時候回了朔北。」刀疤小心抱過絨毯，替他蓋上，「我們天天讓少將軍頭疼。」

雲琅失笑，抬腿虛踹。

刀疤不閃不避，由著他踹了一下，「少將軍。」

雲琅抬頭。

「當初的事……」刀疤沉默半晌，「為什麼不跟琰王說實話？」

雲琅呼吸輕滯，靜靜坐了半晌，低頭一笑。

他垂了視線，將暖爐揣在懷裡，往椅子裡靠了靠。

刀疤知道他脾性，沒再追問，悄悄翻出窗戶，沒進風雪裡。

隔了良久，雲琅終於睜開眼睛。

歇了這一會兒，他也攢了些力氣，撐起身，從香爐中取了三枝香。

雲琅把香拿在手裡，輕輕攏了攏。

屋內空蕩，風雪呼嘯。

雲琅回憶著來時路徑，找了找方位，朝舊時端王府的祠堂跪伏在地，無聲拜了三拜。

雪夜寂靜，雲琅額頭滾燙，用力抵在地上，閉緊眼睛。

京城的雪下了一整夜。

雪霽天明，御史中丞奉聖旨，一早就匆匆趕到了琰王府。

御史中丞在正門外鍥而不捨地候了兩個時辰。

終於在叫人搭梯子、準備一頭撞死在先帝親手題的匾額上的時候，被從房檐上請下來，進了王府側門。

蕭朔在書房，披著件玄色外袍，正專心致志打著棋譜。

「琰王。」御史中丞雙手奉著聖旨，在門前站滿了一炷香，終於再忍不住，「聖上有旨——」

蕭朔點點頭，「放下吧。」

御史中丞看得詫異，還要說話，被邊上的傳旨太監笑呵呵拉了一把。

太監接過聖旨，朝蕭朔恭敬俯身，呈到了桌案上。

御史臺奉命監察官員行止，御史中丞晾在一旁，眼睜睜看著違禮破例的條目一條一條往上加，不由皺眉，「公公……」

「大人頭一回來這琰王府，不明白裡面的規矩。」傳旨太監笑笑，「皇上對琰王寵愛有加，這些小事，一律都是不管的。」

街頭巷尾傳說的那些，最多只是尋常人眼中的表面文章。在朝裡宮中，厚待更是有增無減。有朝不必上，有錯不必審。一應貢品分例俱由琰王先挑，大宛進貢的汗血寶馬，禁軍和朔方軍都沒輪到，先給了琰王府。

御史臺上了彈劾的條文，聖上看都不看，就撥給龍圖閣燒了火。

哪怕和幾個皇子比，琰王的恩寵也是獨一份。

御史中丞聽得隱約心驚，眉頭蹙得反而愈緊，「長此以往，豈不……」

太監笑道：「大人。」

御史中丞醒神，忙剎住話頭。

「前幾任御史臺，睜一隻眼閉一隻眼，也都過來了。」傳旨太監與他私交尚可，頓了一頓，又低聲道：「敢來府裡的，都被結結實實打了一頓扔出去。非要彈劾的，都去補了冷清閒缺。」

「中丞是佑和年間榜眼，不涉黨派，底子乾淨。」太監悄聲提醒道：「前程無量。何必給自己找不痛快？」

御史中丞聽得怔忡，站在門口，看著蕭朔掌中棋子。

太監不再多說，笑吟吟告了罪，由府內下人領著出了殿門。

蕭朔打完了一副棋譜，落下最後一枚黑子，拂亂棋局。

那封聖旨被晾在桌旁，蕭朔看了看，隨手擱在一旁，「中丞還有事？」

「下官……」御史中丞定了定神，拱手道：「有些私事。」

蕭朔點點頭，「來人。」

御史中丞剛聽了朝堂祕辛，心頭一緊，往後退開半步。

蕭朔抬眸，似是覺得有趣，輕輕笑了一聲。

他眉眼薄涼，不笑已足夠懾人，一笑便更叫人心中發寒。

御史中丞看了看兩側玄鐵衛，下意識要再退，又聽見蕭朔出聲：「不必找柱子。」

御史中丞抱著門框，愣愣抬頭。

「原來靠這個辦法，就能困住他不跑。」蕭朔饒有興致，拾了兩枚棋子，「中丞這半個月，撞了幾次？」

御史中丞臉脹得通紅，鬆開手，飛快整理衣冠，「此事與王爺無關！」

「佑和二十六年榜眼。」蕭朔今天難得的好興致，並沒計較他言語冒犯，看著下人分揀棋子，「你是那個剛賜了瓊林宴，族中就有人觸法抄斬，被他保下來的？」

蕭朔言語間已提了兩次「他」，御史中丞來不及裝聽不懂，咬牙低頭，「是。」

「他那時還同先帝說，一家之人也有同室操戈，一樣血脈未必同氣連枝。」蕭朔道：「一人犯罪抄斬全家，十分不好。」

「只可惜，先帝當時並未當真……笑談幾句，便罷了。」

下人分揀乾淨棋子，重新擺正棋盤。蕭朔拾起一枚黑子，在手裡掂了掂。

御史中丞越聽越皺眉，「王爺，陳年舊事，不必再提……」

「巧的是，他與他家，關係也勢同水火。」蕭朔道：「鎮遠侯不曾養過他一日，連爵位也沒留給他。父子冰炭不能同器，真論起來，早和決裂差不多。」

鎮遠侯家事，京中知之者甚多。

御史中丞入仕雖晚，卻也清楚這些祕辛，看著蕭朔，慢慢站定。

「鎮遠侯不喜正妻，當初他才生下來，就被放逐偏院自生自滅。再過幾年，連正妻也歿了，更無人看顧。」蕭朔：「若不是被先皇后抱進宮裡養著，說不定連命也沒了。」蕭朔拈著那枚黑子，落在天元星位上，「鎮遠侯想幹什麼，瘋了才會同他商量。」

「既如此。」御史中丞抬頭，「王爺如此，豈非與遷怒無異……」

他話音未落，餘光瞥見玄鐵衛冷戾目光，不及反應，刀鋒已抵在頸間。

御史中丞身形不動，咬牙站直。

炭火劈啪一響。

蕭朔偏了偏頭，像是聽到了什麼格外有趣的話，「遷怒？」

御史中丞想要說話，被他眼底冰寒一懾，沒能立時出聲。

蕭朔看了片刻，輕笑一聲。

他顯然已沒了談興，隨手揮了揮叫人送客，再要去拿白子，忽然被人搶在了前面。

「王爺。」御史中丞牢牢攥著白子，胸口起伏，「王爺同小侯爺究竟有何恩怨，下官確實不知。可下官還是要說……」御史中丞將那枚白子落在角星，抬起頭，「進御史臺獄的第一日，小侯爺同下官要了三樣東西。」

蕭朔：「飛虎爪、夜行衣、蒙面巾？」

御史中丞：「……」

「這是三日後才要的！」御史中丞連氣帶惱，拂袖沉聲：「小侯爺整整三天，都沒說要逃！」

蕭朔不知道這種事有什麼可自豪的，看了御史中丞半晌，稍一頷首，又落了一子。

他與雲琅實在太熟，幾乎不用細想，便能猜出十之八九，「太師椅、龍井茶、獸金炭？」

「……」御史中丞：「這是七日後才要的！王爺……」

蕭朔按住棋盤，笑了笑，「說罷。」

面前琰王實在陰晴不定，不知碰上了哪句話，眼下竟又似和緩了幾分。

御史中丞警惕看了他半晌，摸起枚白子，放在棋盤上。

「人是大理寺獄連夜送來的。」御史中丞道：「送來的時候，鐵鎖重鐐，一身病傷。」

蕭朔神色不動，又拾了枚棋子。

「當夜，侍衛司並太師府提審三次。」御史中丞：「太師府主審，侍衛司動刑。一問端王當年

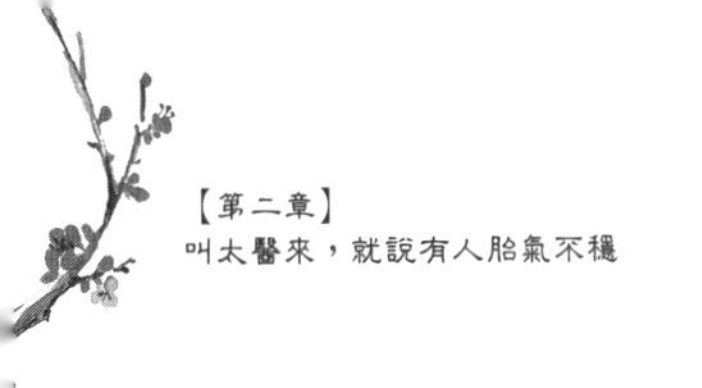

暗中行止，二問……昔日脫逃同謀。」

蕭朔看著棋局，手中棋子輕頓，敲了下桌面。

「胡言亂語！」一旁玄鐵衛怒喝，「端王之事，分明已早有定論……」

「兩夜一日，手段用盡。」御史中丞：「小侯爺只要說了同謀，就能免去一死。只要揭發端王……」

玄鐵衛再聽不下去，又要出刀，被蕭朔抬手止住。

御史中丞定定看著蕭朔，臉色煞白。

「揭發端王。」蕭朔道：「如何？」

御史中丞：「下官不知道。」

蕭朔放下棋子，視線落在他身上。

「問到第二日。」御史中丞道：「小侯爺和下官要了三樣東西。」

蕭朔：「什麼？」

御史中丞：「毒酒，寶劍，三尺白綾。」

燭火一跳，屋內靜了靜。

玄鐵衛立在窗前，胸口起伏目眥欲裂。

「下官常恨登科太晚，入朝之時，同戎狄和談已畢，戰火已熄。」御史中丞抬手，又落了一子，「那一日，下官終見少將軍風姿。」

幽暗天牢，雲琅靠在乾草堆裡，身前是那三樣要命的物事。

神色平淡，偏偏帶了一身叫人不寒而慄的凌厲氣勢，沙場鐵血淬出的一身冷冽鋒芒，叫天牢都像是變成了中軍的營帳。

哪怕稍微一動，都會被強弓硬弩瞬息穿喉。

「小侯爺寫了封血書。」御史中丞深吸口氣，「與下官說……他若真死在牢中，就叫下官去殿前撞柱死諫。」

室內愈靜，落針可聞。

蕭朔拈著棋子，視線落在窗外。

幾個玄鐵衛沉默對視，又垂下視線，一人上前，替御史中丞看了座。

「京城安寧久了，禁軍多年沒打過仗。」御史中丞斂衣落坐，「那些人是暗中來的，怕聖上知道，怕犯人身死交不了差，又心虛膽怯……」

蕭朔靜坐良久，忽然出聲，「哪隻手？」

御史中丞愣了愣，「什麼？」

蕭朔看他半晌，笑了一聲。

昔日對弈，雲琅棋力便遠勝於他，行事向來步步縝密。他已足夠提防，卻沒想到雲琅能布局到這麼遠。

困在府中，還能叫御史中丞來編故事求情。

若是不多此一舉，連寫血書這等故事都編出來，說不定當真能唬弄過他。

「他寫血書。」

蕭朔昨夜看得清楚，除了腕間血痕，並沒見雲琅手上有傷，不動聲色落了一子，「哪隻手？」

御史中丞：「下官的手。」

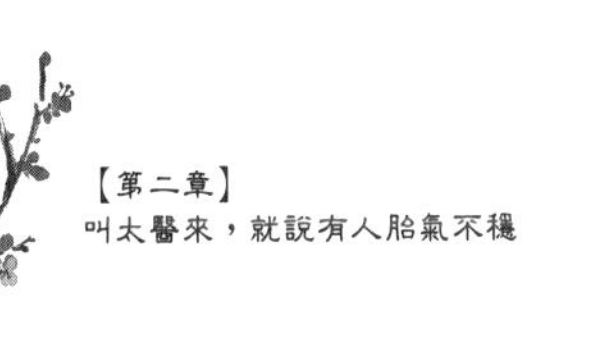

蕭朔：「……」

御史中丞正氣凜然，昂首抬頭。

蕭朔放下棋子，按了按額角。「他用你的手。」蕭朔道：「寫了血書。」

御史中丞坦坦蕩蕩，「是。」

蕭朔：「讓你去殿前撞柱死諫。」

御史中丞問心無愧，「是。」

蕭朔坐了一陣，「來人。」

王府主簿就在門外候著，小跑進來，跪下聽命。

「今日起，繼續探聽朝野消息。」蕭朔道：「近幾年入朝為官的，身分來路，多查一查……」

蕭朔抬頭，「神智。」

御史中丞不料他這等事竟也做得毫不避人，愣愣聽到最後，不由怒從心中起，「下官神清智明！王爺……」

「送客。」蕭朔道：「這副棋子，送給中丞。」

「小侯爺受侍衛司私刑，傷在臟腑。御史臺盡力調理，眾目睽睽，收效甚微！」

御史中丞還想求見雲琅，被連人帶棋往門外推搡，奮力掙扎，「下官受小侯爺大恩，冒死一言，別無他意！王爺不必忌憚下官立場……」

蕭朔原本也並不在意他立場，「病因不清，本王怕傳上。」

「……」御史中丞氣得手腳發抖，來不及說話，已被人請出了門。

文人一怒，禰衡擊鼓。人已被拖得遠了，還能聽見遙遙傳來的捶柱怒斥聲。

王府不見人不迎客，老主簿這些年不曾見過此等陣仗，有些遲疑，「王爺……」

蕭朔起身，走到窗前。

老主簿小心跟上去，「王爺……可還要探查百官？」

蕭朔推開窗戶，從袖口摸出包精細黍米，隨手撒在窗外。

雪後鳥雀無處覓食，正是饑餓的時候，沒多久便密密匝匝聚了一片。

老主簿候了一陣，不見回音，低聲：「……是。」

屋中靜得落針可聞，主簿向後退了幾步，正要出門，又聽見蕭朔出聲：「那個中丞。」

老主簿停下腳步。

蕭朔手上仍剩了些黍米，有膽大的雲雀餓得狠了，遲疑著湊過來，撲棱了兩下翅膀。

「跟著。」蕭朔伸手，讓雲雀跳上來，「盯準他都去了什麼地方、見了什麼人。」

「王爺還有所懷疑？」老主簿愣了下，「中丞大人神智雖然有些反常，心性大抵……」

「他信不過我，也清楚我不會對他心軟。」

蕭朔淡聲道：「不可能只布了這一步棋，定然還有後招。」

老主簿聽到最後，才反應過來蕭朔口中的「他」不是御史中丞，「您是說……雲公子？」

「是雲公子特意讓中丞來說的？」老主簿有些愣然，「這麼說，雲公子來咱們府上，難道也是早計劃好的？只是利用王府，設法脫身……」

蕭朔抬眸，「不然呢？」

老主簿原本幾乎還有些期待，聞言嘆一口氣，低下頭。

蕭朔不打算細問老主簿期待的內容，垂下視線，看著掌中幼雀。

他又添了些穀粒，看著那隻雲雀一點點吃乾淨，振翅飛遠。

「雲琅心思，遠比你們縝密得多。」蕭朔道：「留他在府裡，是為了弄清他身後的人。」

老主簿有心相勸，瞄見蕭朔神色，嚥回去，「是。」

「御史中丞來說不動，他會再想別的手段。」蕭朔神色平淡，「裝病耍賴喊委屈，都是他用慣了的，無非要人要東西，不必心軟。」

老主簿低聲，「是。」

「日夜著人把守，圍牆上嵌一層釘板，尖頭朝上。」蕭朔：「門口多放幾個獵戶用的獸夾。尋個能容人的竹籠，吊在門上，有人推門就掉下來。」

「……」老主簿：「是。」

王爺心思同樣縝密，老主簿不敢再說，低聲告退，快步出門。

走到門口，又聽見蕭朔出聲：「還有。」

老主簿停在門前，屏息凝神等王爺吩咐，還要再怎麼對付雲小侯爺。

「城西醫館。」蕭朔：「有個致仕的太醫。」

老主簿等了半晌，小心翼翼，「叫來拿針扎雲公子嗎？」

「……」蕭朔深吸口氣，閉了閉眼。

老主簿猜錯了，不敢說話，守在一旁。

「叫他來，就說有人胎氣不穩，要他來對症下藥、調理身子。」蕭朔拂開窗前雪色，將剩餘穀粒盡數撒下去，拭淨掌心，「鬧得盡人皆知些，琰王府月前有喜，為保血脈，闔府閉門不出、精心調理……」

「偏在半月前，去御史臺喝茶，叫侍衛司的人打了。」蕭朔眸色冷了冷，淡聲道：「不給說法，御前說話。」

琰王府，獨門小院。

雲琅醒來時，已經好好躺在了榻上。

琰王府的人看起來對子嗣頗看重，說上房就是上房，收拾得乾淨整潔。王府當初蓋得精巧，直接將牆壁中間砌成空心，添炭的口放在外牆廊簷底下，煙從牆裡走，半點也熏不著。

雲琅忍了半個月的火盆乾草，難得尋回幾分舊日舒適懶倦，展開手腳攤在榻上。

雪徹底停了，陰雲散淨，日色正好。

雲琅躺在明暗日影裡，懶洋洋瞇了會兒眼睛，長吁口氣，輕輕咳了兩聲。

昨夜端王忌日，雲琅一時不察，有些失態，趴在地上跟端王他老人家聊了半宿的天。

嘮得太晚，雪停香盡，雲琅也一頭栽在地上睡死過去。

後來又出了些什麼事、怎麼到的這間屋子，就已一律全然不清楚了。

雲琅仰面躺著，回想一陣，往懷裡摸了摸。

刀疤昨晚截下的那塊侍衛司令牌，還好好揣在懷裡，流蘇位置同昨晚的一樣。

沒被動過。

雲琅放心了，鬆了口氣。

權杖沒動，說明他只是被人抬到這間屋子，沒被扒衣服。

沒被扒衣服，說明他還沒被驗明正身。

沒被驗明正身……兒子就還能再懷幾天。

雲琅決心好好利用這幾天，往身上仔細又摸了摸。確認了褲子也還在，撐身下床，蹬上了鞋。

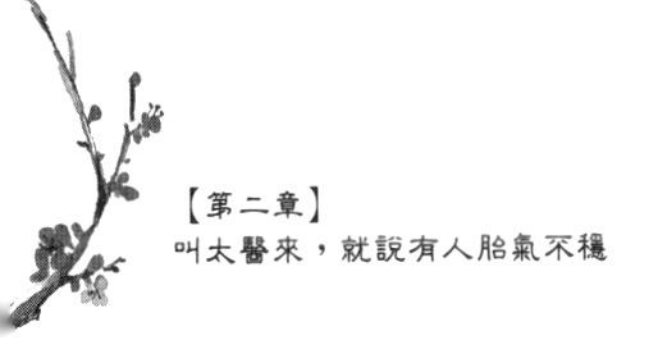

身上徹底暖和過來，蟄痛就跟著一併復甦。

雲琅撐著桌沿，低咳了幾聲，按按胸口，躡手躡腳走到窗前。

意料之中，重兵圍守。

雲琅有心理準備，不急不慌，沉穩繞到背陰一側，往窗外望了望。

意料之中。

雲琅深吸口氣，咬著牙環顧一圈。藉牆角桌椅發力縱身，扒著房梁，推開天窗。

新雪明淨，日色清亮。風被曬了半日，攏著細細雪霧，吹面不寒。

雲琅抹乾淨唇角血痕，靜靜坐在琰王府的房頂上，看著下面重重圍守水洩不通的玄鐵衛，俯首沉思。

當初在刑場上，事急從權。

他就躺在鍘刀底下，恰好蕭朔又不在。

千鈞一髮，靈機一動。

雲琅實在沒想到，這個孩子對琰王府而言，竟已重要到了這個地步。

雲琅咳了幾聲，看著嚴陣以待的玄鐵衛，心中忽然有些不忍。

他雖說不是個輕信流言蜚語的人，可要是蕭朔真的如傳言一般……有些暗疾，不是很行，偏偏又信了這個，心中有了期待。

要是蕭朔把他們家傳宗接代的重任，真放在了他的肩上。

要是蕭朔真想要個兒子……

「……小侯爺，怎麼又跑到房頂上去了！」

雲琅還在進退維谷，聽見下面喊聲，怔了下，往下探身看了看。

老主簿奉命請來了城西醫館的退休太醫，好說歹說把人拽來，一眼看見坐在房頂的雲琅，急得團團轉，「快下來！剛下過雪，摔著怎麼得了……」

雲琅回神，靜了兩息，笑笑，「龐主簿。」

雲琅遙遙拱手，語氣客氣疏離。

老主簿一手拽著太醫，站在簷下仰著頭，不自覺愣了愣。

王爺吩咐了不少東西，都要臨時採買購置。

老主簿剛看著人紮好竹籠，還沒來得及掛在門上。好不容易請來的太醫進了府門，一聽說是要醫治雲小侯爺，又死活不肯再走一步。

老主簿一手拉著人一手拖著竹籠，怔然良久，才忽然記起這已不是七八年前、雲小侯爺在府裡上房揭瓦的時候。

雲琅單手一撐，輕輕巧巧落在地上，「這位……」

雲琅仔細看了看，有些訝然，「梁太醫？」

太醫身形微僵，草草拱手作禮，掉頭就要走。

「雲公子……認識？」老主簿回過神，連忙把人拽住，「認識就更好了，這是王爺請來的，替雲公子調理身子，順便看看傷……」

雲琅正發愁，格外熱絡，拉住了送上門的太醫另一隻手，「自然認識。」

「可是當初在宮裡，曾替雲公子看過病？」老主簿高高興興，「若是曾經看過，再看定然有把握得多了。」

「正是。」雲琅拽著太醫，熱情點頭，「十多年前，我不小心身患重疾。多虧梁太醫切了脈，說我九死無生……」

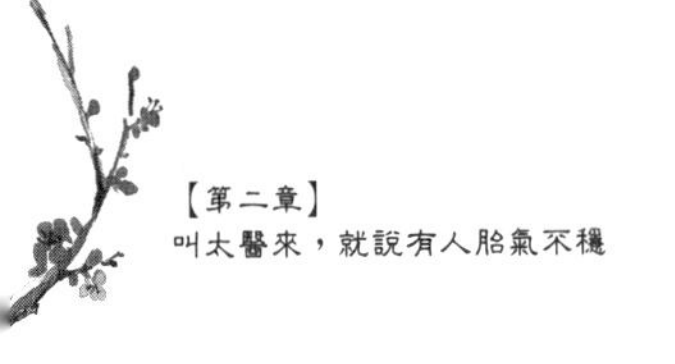

老主簿：「……」

酒肆茶館的說書唱曲，這段軼事早是固定折目，京城裡的小兒幾乎都會背。

雲小侯爺染了病，命在旦夕，太醫院說九死無生，不必再救。

命格特異，天意垂憐。小侯爺昏睡十日十夜，喝了口水，不藥而癒……

「老夫不曾說過不必再救！」梁太醫一提就惱，氣得鬍子直往起飛，「小侯爺十日後只是醒了，又喝了半月的藥才能下地！」

梁太醫年紀也已不小，老主簿生怕他氣出好歹，好生安撫，「是，巷間流言實在可惡……」

「小侯爺那也不是病，是傷！誰從三丈高的山崖上掉下去砸在寒潭裡也是九死無生！」

梁太醫這些年飽受議論，怒氣勃發，「那水是端王府百年山參熬的！若不是……」

雲琅靠在廊下，目光掃過院角，輕咳一聲。

老主簿倏地回神，連忙插話：「梁太醫，此事不提。」

梁太醫氣得鬚髮皆張，還想再提，已被老主簿牢牢捂住了嘴。

昔日慘變後，端王府無疑已成禁忌。

老主簿不敢讓王爺聽見，連拉帶拽，將太醫拖進了雲琅房間。

雲琅不急著進門，靠著廊柱站了一陣，不知想起什麼，低頭笑了笑。

屋內紛亂了一陣，老主簿安撫好了太醫，悄悄出門，「雲公子……」

雲琅撐起身，「有勞。」

老主簿欲言又止，伸手替雲琅擋著門，等他進去，才悄悄離開。

雲琅進了屋內，在桌前坐下，挽起衣袖，將手擱在脈枕上。

十五年前，戎狄犯邊，奪了燕雲十三城。端王臨危受命，率軍守邊。

兩軍拉鋸三年，朔方軍死戰拒敵，終於逐漸占了優勢。可奪回五座城池後，京城竟忽然發現了戎狄細作。

為保京城安寧，不得已才將端王調回，做了禁軍統帥。

雲琅閉了閉眼睛，向後靠進椅子裡。

第一撥戎狄細作，陰差陽錯，是被兩個偷偷牽了府上汗血寶馬出來的皇族子弟撞破的。

雲琅自小喜歡馬喜歡槍，聽說端王府新得了匹汗血寶馬，心心念念惦記了三個月。總算尋著機會，把小皇孫和馬一併騙了出來。

京城裡縱不成馬，兩人去了京郊，放開了肆意催馬飛馳，一時忘了形。誤打誤撞，竟發現了戎狄紮在京郊的據點。

戎狄都是狼崽子，不會心軟留活口。兩人被追到崖邊，無路可退，面前是強弓勁弩，腳下是深淵寒潭。

雲琅坐直，咳了一聲：「梁太醫。」

梁太醫一聽他說話就頭疼，還診著脈，警惕抬頭。

「您看……」雲琅清清嗓子，示意，「我這脈象。」

「確實不好。」梁太醫道：「外虛內虧，損耗過甚，況且……」

「不是說這個。」雲琅有點不好意思，臉紅了紅，低聲暗示：「與常人……可有什麼不同？」

梁太醫費解，「虛成這樣，與常人哪有一點相同？」

「……」雲琅深吸口氣，更進一步，「太醫聽沒聽過，京中近日有些流言？」

梁太醫凜然怒斥，「老夫從不信流言！」

「有些不妨信一信。」雲琅按按額頭，循循善誘，「比如……法場附近傳的。」

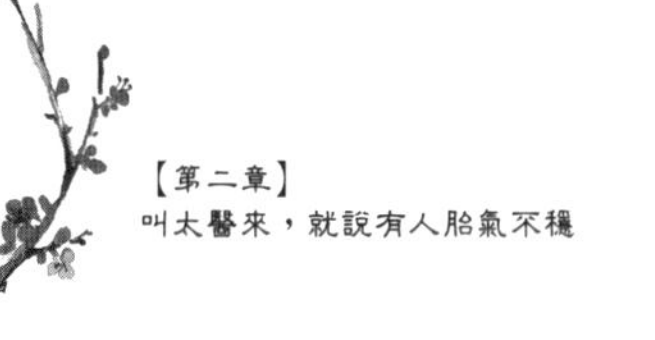

「有關琰王府，抑或是琰王。」

「抑或是……小琰王。」雲琅字斟句酌：「小小琰王。」

「什麼小不小的？」梁太醫聽得雲裡霧裡，不耐煩地皺眉道：「老夫不擅打機鋒，小侯爺有話直說……」

雲琅：「您診出喜脈了嗎？」

梁太醫：「……」

雲琅：「……」

梁太醫勃然大怒，拂袖起身，氣沖沖就往外走。

雲琅眼疾手快，將他扯住。

「乾坤陰陽，老夫尚能分清！」梁太醫氣得哆嗦，抬手指著雲琅鼻子，「當年替你請假，老夫什麼病情都編過了！你長到十五歲，百日咳得了八次，出痘出了十七回，得了七十二次傷寒！」

「……」雲琅輕咳一聲，「有勞太醫，只是……」

梁太醫怒髮衝冠，正義凜然，「只是這孩子，無論如何也生不出來！」

雲琅揉揉額頭。

太醫這些年不容易，他原本不願使這一招，但現在看來，也只好事急從權了。

雲琅撐著，坐得正了些，「千真萬確，我生不出孩子？」

梁太醫慷慨激昂，「自然！」

雲琅好奇，「您怎麼知道的？」

「何必知道！」梁太醫冷聲：「只消一看……」

雲琅輕嘆一聲，「當年，我躺在榻上，不成人形，您也說只消一看。」

梁太醫：「……」

梁太醫一生行醫無數，唯獨這一件事栽得太狠，僵了下，「老夫、老夫診脈亦可……」

雲琅喟然，「當年，您幾次診脈，也說絕無生機。」

梁太醫莫名其妙就被他繞了進去，茫然立了半晌，磕磕絆絆，「自、自古至理……」

「自古至理。」雲琅唏噓，「重傷至此，斷無生路。」

梁太醫晃了晃，恍惚著立在原地。

雲琅好聲好氣，扶了太醫，耐心引著他坐下，「萬事，都並非只有一定之規的。」

「古人說，置之死地而後生，說的就是這個。」雲琅：「人，一旦被放在了死地，在生死之間走得多了，縱然一開始不能生，漸漸就也變得能生了……」

「縱然……」梁太醫幾乎被他說動，隱約只剩一線神智，訥訥道：「也總要同房，行房事，另一方怎會不知……」

「我對琰王用情至深。」雲琅這些年藏匿民間，沒少翻看話本，張口就來，「情難自已，趁他醉倒，自己動的。」

梁太醫神色怔忡，無話可說。

雲琅朝他笑笑，伸出手，「您看，我有喜脈了嗎？」

屋外院中。

老主簿戰戰兢兢躬身，不敢出聲。

蕭朔神色冷清，沉聲：「只此一次。」

「是。」老主簿忙保證，「今後定然盯緊，不讓雲公子亂跑。」

簷下新雪原本明淨平整，雲琅從房頂跳下來，踩出了幾個腳印，被僕從重新灑掃乾淨。

蕭朔看了一陣，收回視線。

老主簿在邊上候了半晌，猶豫著小聲道：「王爺，當初救了雲公子的，可是咱們府上的那株至寶血參？給您保命的……」

「他是為救我。」蕭朔淡聲：「無非還他情分，不虧不欠罷了。」

老主簿在府裡三十餘年，一直管著府上帳冊庫房，竟直到今日才知道珍藏多年的寶貝早沒了，心如刀絞，「是。」

蕭朔靜了一陣，又道：「我本該死在那天。」

「您胡說什麼？」老主簿嚇了一跳，「死生之事，豈可輕言……」

蕭朔不再開口，轉向廊下雪色。

當年從崖上跳下去的時候，兩人都以為必死無疑。

他原本害怕，看見雲琅朝他笑，心中竟也莫名釋然。

然後，他被雲琅扯住了手臂。

雲琅那時的身手遠勝過他，他不清楚雲琅做了什麼，只記得從冰冷刺骨的寒潭裡醒過來，天色已然半晚。

雲琅墊在他身下，半個身子浸在冰水裡。

他一動，護在背後的手臂跟著滑下來，砸開一片淡胭水色。

曾幾何時，他縱然不計代價，也想信得過雲琅。

「看著。」蕭朔不再多想，回身朝院外走，「他若不胡言亂語了，可以放出來透透氣。」

「您不等太醫回稟了？」老主簿愣了愣，小跑著追上去，「雲公子身子怕是不好，我看他從房上下來，緩了好一陣才有力氣進門……」

蕭朔道：「不必，他……」

話未說完，梁太醫已搖搖晃晃自屋裡飄了出來。

「正說您呢。」老主簿一喜，忙將人扶住，「雲公子如何？」

梁太醫勉強站定，看了蕭朔半晌，神色複雜。

蕭朔被他看得莫名，蹙緊眉，「有話就說。」

梁太醫欲言又止，又細看了看。

蕭朔有些煩躁，拂袖要走。

老主簿忙扯著太醫，低聲道：「快說，王爺聽著……」

「恭喜琰王。」梁太醫張了張嘴，道：「雲公子……是對龍鳳胎。」

老主簿：「……啊？」

老主簿不敢去看蕭朔神色，把太醫往遠請了請。

這些年來，雖說眾人確實都盼著府裡有個子嗣，可府中上下，向來對王爺深信不疑。

既然王爺已說了，雲公子是為脫身才進了他們府上，那定然是這麼一回事。

請太醫來，無非是驗一驗御史中丞說的話，看看侍衛司手段。

「太醫……可定得準？」老主簿悄聲：「王爺不曾說過，何時出的事？如何懷上的？」

梁太醫怔怔站著，照著雲琅的話：「他對王爺用情至深，情難自已，趁王爺醉倒……」梁太醫是正經人，實在說不出最後一句，憋了半天，磕磕絆絆，「乘虛而入，奪了……王爺清白。」

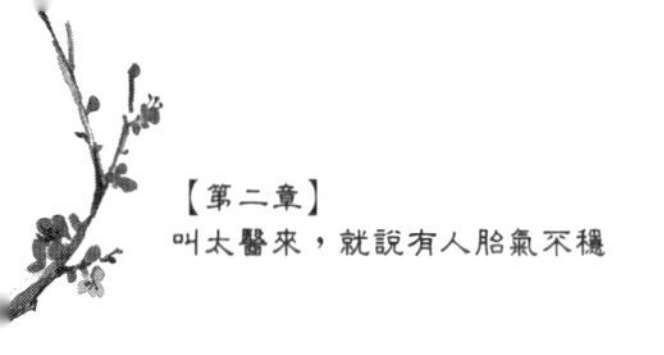

老主簿瞪圓了眼睛，一把捂住太醫的嘴，悄悄回頭看了看。

蕭朔站得稍遠，垂眸看著廊下，神色晦暗不明。

看情形，大抵是沒聽見他們的話。

老主簿稍鬆了口氣。

如果是當年的小王爺，酒後不察被人占了便宜，倒也尚有幾分可能。

可如今的蕭朔，無疑已同舊時徹底不同了。

當初先王歿在獄中，王妃攜劍闖宮自盡，府中無人主事，一度人心惶惶。

喪禮過後，蕭朔跪在宗廟前，接聖旨襲爵受印。

自此往後，府上就只剩了琰王。

「萬萬不可亂說！」老主簿親眼看著蕭朔一步步走到今日，清楚王爺脾氣，沉聲低斥：「我們王爺的清白，豈是旁人隨隨便便奪得去的？」

「不一定的。」梁太醫輕嘆，「此等事，每每天有不測風雲。」

梁太醫的晚節清白已經不保，對旁人的清白也頗為感懷，悵惘嘆息，「原以為守住了，遇到個人，一不小心便沒了。」

梁太醫頓足，「遇到個孽障，再小心也保不住……」

老主簿聽他越說越離譜，幾乎懷疑梁太醫也已經被御史中丞傳上，瞄了瞄蕭朔，眼疾手快將仍在慨嘆世事無常的太醫送出了王府。

梁太醫命不好，被個煞星折騰了十來年，失魂落魄走到門口，忽然想起件事，「還有……」

「我們王爺清清白白！」老主簿離蕭朔遠了，底氣足了不少，沉聲道：「縱然酒後亂性，也是雲小侯爺酒後，我們王爺……」

「不是這個。」梁太醫被懷孩子的事糾纏了半日，走到門口才稍許清醒，「是正事。」

老主簿怔了怔。

梁太醫拉住他，低聲說了幾句。

老主簿越聽越皺眉，半晌點點頭，交代下人守好王府，跟著匆匆去了醫館。

琰王府，獨門小院。

雲琅盤著膝，坐在從天而降的鐵籠裡。

哄走太醫後，雲琅試了不少辦法脫身，沒想到蕭朔這些年精進不少，竟都被結結實實堵了回來。雲琅不信邪，潛心謀劃調虎離山，終於一舉突破。

走到院門口，鬆了口氣。

被籠子扣了個結結實實。

王府下人不少，時不時有小侍從抱著東西經過鐵籠，偷偷瞥上一眼，不等他招呼，戰戰兢兢拔腿就跑。

玄鐵衛沉默一如往日，牢牢以院門為界，既不後退一步，讓雲琅有機會出院子，也絕不向前一步，干涉雲公子坐在鐵籠子裡賞雪。

熱茶是被從籠子縫顫巍巍遞進來的。上好的龍井，梅花瓣上積的新雪，小丫鬟拿毛筆一點點掃下來，攏在花甕罈裡，細細煮出來的三道茶湯。

斗篷是狐裘的，極保暖，絨毛潔白內襯大紅，層層疊疊繡著精緻章紋。

雲琅坐在被從籠子縫塞進來的蒲團上，裹著從籠子縫塞進來的斗篷，捧著茶，問候了第二十七遍蕭朔的六大爺。

「王爺有令，雲公子不出院門，便算是守規矩。」玄鐵衛被他拿雪球一砸一個準，仍巍然不動，守在院前，「一律不得干涉。」

雲琅遞過去杯茶水，脾氣很好，「幫我把籠子打開，不算干涉。」

玄鐵衛頂著腦袋上的雪，堅如磐石。

雲琅誠懇道歉：「做假人放在窗前，迷惑你們，是我不對。」

玄鐵衛巍然屹立，穩如泰山。

雲琅：「三番兩次扔小木條，觸發機關，讓你們徒勞結陣禦敵了九次，也是我不對。」

玄鐵衛不為所動。

雲琅長這麼大沒道過這麼多次歉，深呼深吸，壓壓脾氣，「把太師椅拆成小木條，也是……」

玄鐵衛打斷他：「雲公子。」

雲琅沒壓住脾氣，一個雪球飛過去，砸了他一臉。

玄鐵衛抹乾淨臉上的雪，一絲不苟，「我等奉命在此駐守，要做什麼，都要報給王爺定奪。」

雲小侯爺已經困在籠子裡賞了一個時辰的雪，豁出去了，鐵骨錚錚，「那就去報！我還能把你們王爺怎麼……」

玄鐵衛：「侍衛司的人來了，王爺正在書房會客，不准人進。」

雲琅微怔，抬了下頭。

玄鐵衛靜了片刻，又道：「御史中丞來過，同王爺說了些話。」

玄鐵衛：「那些話，是雲公子叫他說的嗎？」

雲琅靜坐一陣，笑了笑，拿起茶杯抿了兩口。

玄鐵衛靜等一陣，不見他開口，想回到值守位上去，忽然聽見雲琅出聲：「自然。」

玄鐵衛皺了皺眉，看著他。

「我替你們府上挨了頓揍。」雲琅在蒲團上坐得累了，伸直雙腿，往後靠在籠子上，「就白揍了？總得告訴你們王爺吧？」

玄鐵衛抬頭，怔了下。

斗篷畢竟不嚴，一動就跟著灌了滿腔的風。雲琅咳了兩聲，抹了抹唇角，「真像那些話本裡說的，為他平白受了苦、遭了罪，還無緣無故憋著不肯說，自己忍著委屈？」

「近來話本都是這個調子，還有一夜風流，被風流的反倒心虛不占理，帶著孩子東躲西藏的。」雲琅嗤之以鼻，「有什麼意思？就該找上門叫他負責，不能慣著。」

玄鐵衛臉色變了變，俯身跪下來。

雲琅沒在意，他五年沒和人好好聊過天了，不在乎對方是站是跪，「還有最近那些，鮮少風月，都是相顧無言淚千行，無聊得很……」

話音未落，忽然覺出不對。

雲琅撐了下蒲團，別過頭，正看見蕭朔負手立在他身後。

一個坐在籠子裡、一個站在籠子外。

相顧無言。

蕭朔身後跟著面色焦灼的老主簿，再往遠點，還跪了個瑟瑟發抖的侍衛司校尉。

雲琅：「……」

蕭朔不知聽了多久，似是覺得有趣，仍頗有興致地看著他。

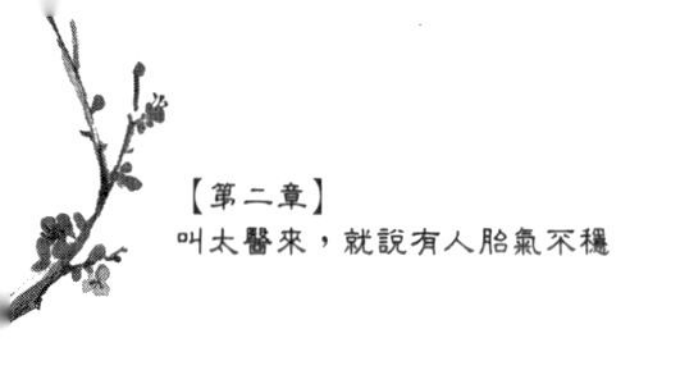

雲琅喉嚨有點癢，輕輕咳了一聲。

蕭朔看他一陣，慢慢道：「哪種不……」

雲琅一迭聲咳出來，抬手掩了下，倉促打斷：「王爺怎麼進來的？」

雲琅的籠子就堵在院門口，裡面的人出不去，外面的人進不來，這才敢和門口的玄鐵衛聊天。

一來，蕭朔過去的輕功始終不如他。

二來，蕭朔畢竟是王爺，在自己的王府裡，從全是釘子碎玻璃的圍牆翻進來，顯然不很合適。

雲琅心思斗轉，暗自斟酌蕭朔如今身手進益到了什麼地步。

他早晚要走，玄鐵衛護衛王府尚可，機變卻畢竟弱了，難以放心。

倘若蕭朔自身也有一戰之力……

「走到後牆。」蕭朔道：「恰巧看見一個窟窿。」

雲琅：「……」

「岔口尚新，像是被人扒的。」蕭朔饒有興趣，不緊不慢，「可惜有礙觀瞻，進來後，便叫人堵上了。」蕭小王爺長這麼大，第一回見牆上的洞，有些新奇，「堵上不要緊吧？」

雲琅費盡艱辛像隻大號土撥鼠般扒了兩個時辰，深吸口氣，慢慢磨牙，「不要緊。」

蕭朔點點頭，抬了下手。

兩個玄鐵衛將那個侍衛司校尉拽過來，扔在雪地上。

雲琅低頭，看了看，輕蹙了下眉。

「侍衛司來人，說……」蕭朔慢慢道：「經查證，此人與你有仇，為洩憤，曾潛入獄中對你動用私刑。」

「侍衛司說，將此人交予琰王府，任打任殺。」蕭朔：「冤有頭，債有主。」

雲琅握著茶杯，眉峰一點點蹙起來，抬頭迎上蕭朔漠然視線。

回京之前，他已六年沒見過蕭朔，也清楚對方和自己記憶裡定然大不一樣。

他在蕭朔眼底尋不到絲毫溫度，幽深岑寂，冷得像是深淵寒潭，連水花都激不起來半個。

「……替罪而已。」雲琅轉了轉手中茶杯，收回心神，「算不上債主。」

蕭朔：「誰算得上？」

雲琅心中微沉，倏而抬眸。

蕭朔神色平靜，像是絲毫不覺得自己問了個什麼要緊的問題，看了看他神色，叫過玄鐵衛，「打開籠子。」

雲琅一時看不透他，不知是不是自己想多了，扯了下嘴角，撐著站起來，「侍衛司那麼多人，過了這麼多日，記不準了，哪知道誰算得上……王爺問個別的。」

蕭朔抬眸看他，「別的？」

雲琅很大方，「對。我知無不言。」

蕭朔看他半晌，笑了笑，「知無不言？」

「言無不盡。」雲琅拍胸口保證，「只要……」

蕭朔看著玄鐵衛挪開鐵籠，不經意道：「那日你將我灌醉後，做了什麼？」

「……」雲琅：「啊？」

「景王叔年紀大了，府上人丁始終不旺。」蕭朔道：「聽聞我府上添了對龍鳳胎，甚是豔羨，問我訣竅。」

雲琅：「……」

蕭朔：「環王叔也想知道，還特意遣了房事嬤嬤來學。」

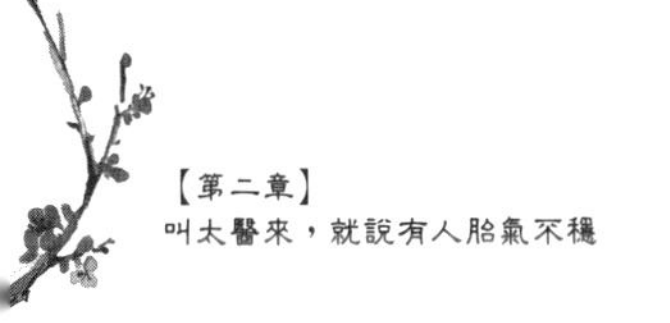

雲琅：「……」

蕭朔不緊不慢，「衛王叔……」

雲琅咬牙，一瞬幾乎想厥過去問問先帝，沒事給蕭朔生這麼多皇叔幹什麼。

「既是替罪，直接砍了，平白增府上殺孽。」蕭朔話鋒忽而一轉，回了正題，「不該無端喊打喊殺。」

雲琅心說你還知道，也不看看京城琰王能止小兒夜啼的傳說是怎麼來的。深吸口氣，抓緊時間點頭，「燙手山芋，不如……」

「不殺。」蕭朔垂眸，打量著腳下校尉，「我又不高興。」

雲琅莫名其妙，瞪了他半晌，才發覺蕭朔像是沒在開玩笑。

雖然不清楚緣由，侍衛司找麻煩，受刑拷問的是他，不高興的確實是蕭朔。

雲琅扶著籠子，靜靜站了一陣，胸口螯得微微一疼。

「要怎麼……」雲琅耐著性子，緩了語氣：「要怎麼，王爺才能高興？」

蕭朔看他一陣，道：「那一晚……」

「……」雲琅無話可說，轉頭就走。

從回京被擒，一直到送去法場砍頭，雲琅就連蕭朔的影子都沒見著。

蕭朔要是有心幫他，含混糊弄過去也就是了。要是打算揭穿，也犯不著這麼折騰，以琰王府眼下在皇上那兒的恩寵，一句話自己就能被剁成八段。

雲琅現在就有點想被剁成八段，不理攔阻的玄鐵衛，撥開刀劍朝院外走出去。

走了兩步，被老主簿攔住。

「雲公子。」老主簿急得不行，小心扶住他，「您不能再折騰了，太醫說……」

「還有一夜風流，被風流的反倒不占理的。」身後，蕭朔忽然慢慢道：「有什麼意思？」

雲琅冷不防聽見自己揮斥方遒的話本點評，腳底不穩，絆了下。

琰王耳聰目明，過耳不忘，「就該找上門叫他負責，不能慣著。」

雲琅磨了磨牙，嚥下去一口血。

他今天折騰了整整一日，也就在籠子裡賞雪這一個時辰歇了歇，眼下被蕭朔一激，胸口血氣又隱約翻覆。

「雲公子，就哄哄王爺。」老主簿急得不行，匆忙扶住他，「您那天晚上幹什麼了？挑一件行不行？挑一件隨便說說，這事就過去了，您得回去歇著……」

「沒有那天晚上！」雲小侯爺脾氣最多能壓到這兒，忍了一天，怒氣再按不住，咳著將他甩開，「都是編的！蕭朔他大爺……」

「那您就編啊！」老主簿急道：「隨便編一個不就完了嗎！」

雲琅：「……」

老主簿說的竟也有幾分道理。

畢竟情節安排上，蕭朔那時候醉死了，什麼都不知道。

做什麼，還不是他自己說了算。

雲琅站了兩息，從院門口轉了回來。

蕭朔穩穩站在原地，視線仍落在他身上，眸色不明。

雲琅摩拳擦掌，慢慢擼起袖子。

他欠蕭朔的算不清，無非用命來還就是了，今天這一茬，蕭小王爺無論如何得讓他揍一拳。

左右以後他死了，蕭朔愛找誰不高興找誰不高興。

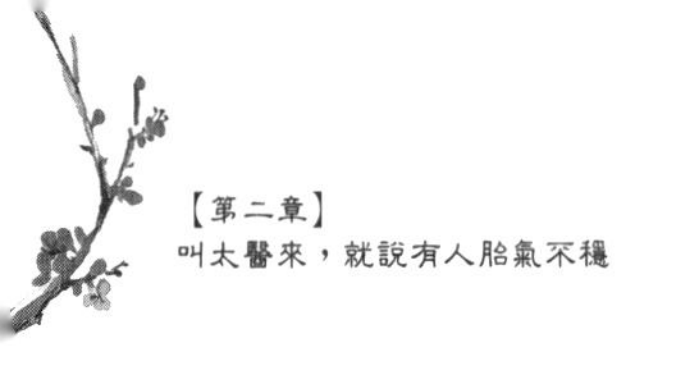

「那一晚……月色正好。」

雲琅深吸口氣，暗中運著內力，朝他走回來，「琰王月下獨酌，我蹲在牆頭上，見色起意。」

蕭朔聽著，忽而笑了一聲。

雲琅皺眉，「笑什麼？」

「沒事。」蕭朔淡聲道：「你見色起意，然後呢？」

雲琅近來一動內力就胸口疼，壓了壓血氣，信口繼續道：「尋了個機會，將酒動過手腳。待琰王喝到半醉，便……」

蕭朔還聽得饒有興致，雲琅深吸口氣，一拳朝他砸過去。

玄鐵衛驟然警醒，卻已來不及，眼睜睜看著雲琅一拳砸上了蕭朔面門。

蕭朔抬眸，不閃不避。

雲琅隱約也覺得自己拳風軟綿綿的全無力道，心下正狐疑，胸口驀地一絞，內力沒能續上，眼前驟然暗了下去。

「王爺！」老主簿急得跺腳，「雲公子內傷甚重，氣血瘀滯不暢，恐有性命……」

蕭朔握住雲琅失了力氣的拳頭，向旁側輕輕一帶，伸手將他接住，「暢了。」

老主簿：「啊？」

蕭朔握住雲琅脈門，試了試，將他手腕放下。

雲琅昏昏沉沉，蒼白伏在他肩頭，哇的一聲，嗆出一口被琰王爺活生生氣出來的血。

老主簿從來不知道還能這麼治氣血瘀滯，有些不知所措，愣愣站在原地。

蕭朔仍攬著雲琅，看著衣襟上染的血色，沒動。

一旁玄鐵衛也愣怔良久，小心翼翼上前，將無知無覺的雲公子接了下來。

屋內已經被雲琅拆得沒法住人，一名玄鐵衛將人背起，換到了緊鄰的院子，仔細安放在榻上。

老主簿去了趟醫館，帶回了不少藥方，已叫人去抓了藥。王府裡也有醫官，見雲琅安安靜靜躺在榻上，唇色淡白呼吸清淺，連忙各司其職，醫治起了連傷帶病的雲公子。

老主簿忙著安排半晌，才發覺蕭朔仍站在原地。

蕭朔垂眸，靜默不動。

王爺的衣服被血染了半身，老主簿猶豫半晌，小心湊近，「您……去換件衣服嗎？」

當年從先王爺陵前出來，老主簿第一次見他這般，不敢再打擾，放輕腳步想要離開。走了兩步，忽然聽見蕭朔開口：「記下來。」

老主簿怔了下，「什麼？」

「《雲公子夜探琰王府》……」蕭朔道：「那晚月色正好，雲公子見琰王月下獨酌，蹲在牆頭上，見色起意。」

「……」老主簿沒想到他們王爺甚至還起了個名字，神色複雜，「是。」

蕭朔繼續道：「尋了個機會，將酒動過手腳。待琰王喝到半醉，便……」

蕭朔頓了頓，低頭看了看身上怵目血色。

侍衛司刑訊手段，傷骨不傷肉，傷腑不傷皮。

雲琅撲倒在他肩上，身上被斗篷裹得溫熱，氣力已竭意識昏沉，一隻手去拽他的衣袖。

蕭朔曲臂，虛護了下，靜靜站了一陣。

蕭朔：「投懷送抱，入我懷中。」

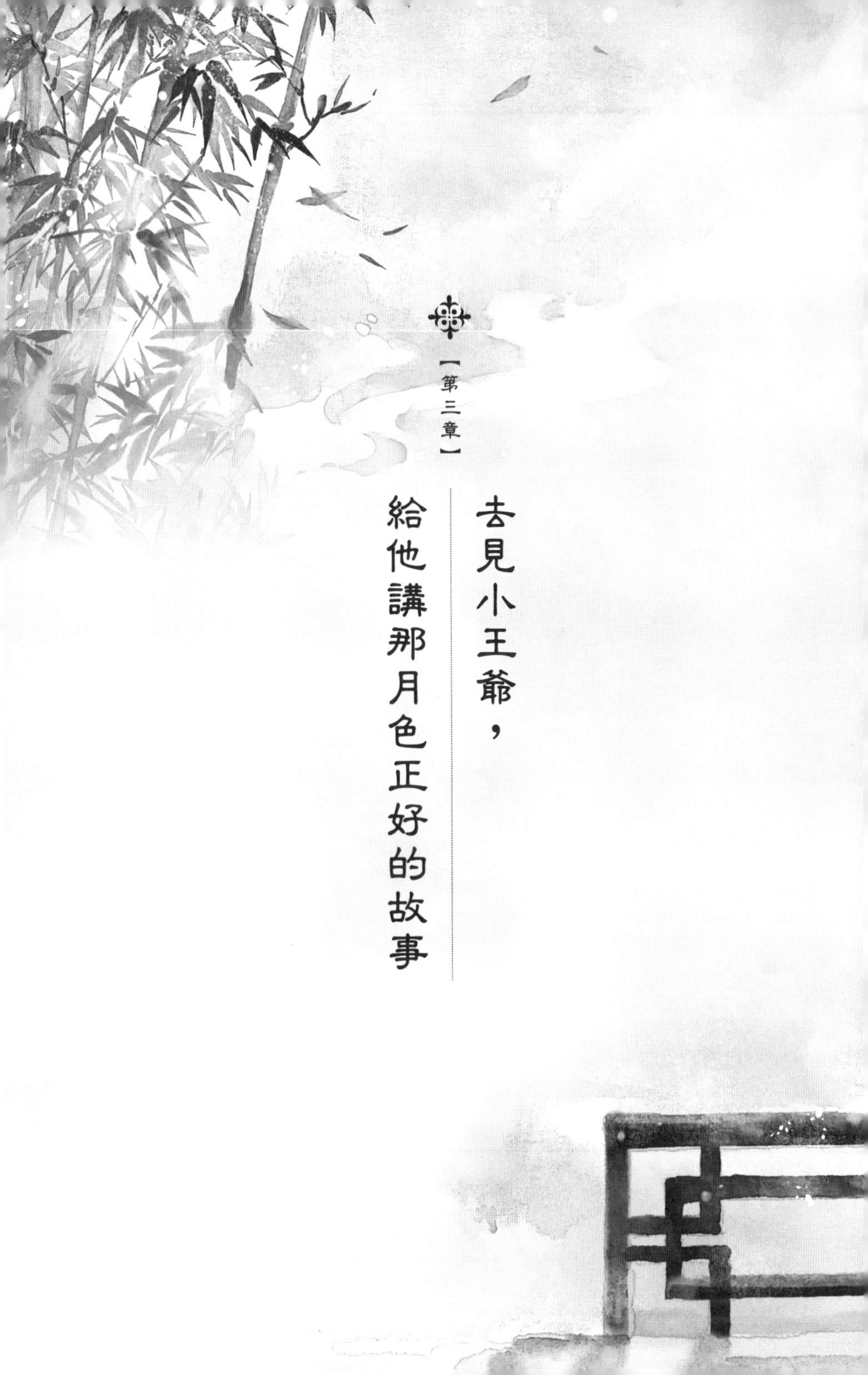

【第三章】

去見小王爺，給他講那月色正好的故事

雲琅一口血嗆出來，猝不及防，苦撐半月的心力跟著驟然洩了，整個人便全然沒了意識。

他連年逃亡，遇上病沉傷重的關口，暈過去也不止一兩次。

卻從不像這次一般，自內而外乏得昏昏沉沉，半點力氣都攢不出來。

夢境變幻，走馬燈一樣來來回回，沒頭沒尾地沒入黑寂暗沉裡。

雲琅沉在夢裡，隱約想起人說，見了走馬燈就是要活到頭了。

雲琅昏著，含了恨咬牙切齒。

跟琰王爺的梁子結在這裡，他今天就算死了，也要化成厲鬼，天天半夜蹲牆頭，砸蕭朔他們家窗戶。

「不行……已進不下藥了。」醫官們圍在床邊，守著緊咬牙關的雲小侯爺，憂慮低聲：「怕是病勢沉屙……血氣雖已通了，若不用藥，遲早反撲……」

老主簿束手無策，急惶惶回頭。

屋子裡亂成一團，人來人往鬧得不成。

蕭朔去換了件衣服，遠遠坐在窗前，正垂了眸隨手翻書。

老主簿實在無法，糾結半晌，壯著膽子過去跪下，「王爺。」

蕭朔抬眸，朝榻邊掃了一眼，「你們倒是上心。」

老主簿跪在地上，心說再上心也沒上心到續寫話本，終歸不敢頂嘴，低聲道：「雲公子進不下藥了，醫官說情形危急……可要再把梁太醫請來？」

蕭朔翻了頁書，低頭，「不必。」

「王爺！」老主簿急得不成，「雲公子這傷是刑傷，好歹也跟咱們府上有些關係，豈能坐視他就這麼命歸黃泉？」

蕭朔不以為意，又將書翻過一頁。

老主簿焦灼道：「王爺！」

蕭朔被吵得看不進書，將書闔上，抬頭看了看。

榻前亂糟糟圍著人，火急火燎，診脈熬藥。

雲琅一動不動躺得安靜，意識混沌牙關緊咬，氣息時斷時續。眼看命懸一線。

老主簿失魂落魄望了半天，看向蕭朔，欲言又止。

蕭朔垂眸，再度翻過一頁書，「他在罵我。」

老主簿：「……」

救人要緊，老主簿管不了雲公子，只能忍著頭疼搜腸刮肚，勉強湊上句民間俗話：「打是親，罵、罵是……」

蕭朔莫名其妙看他一眼，「他同我有什麼可親的？」

老主簿合上心中話本，「是。」

這些人煩得實在頭疼，蕭朔闔上書，淡聲道：「他不是進不下去藥。」

老主簿愣了愣，「那是什麼？明明……」

蕭朔：「是罵我罵得太狠，咬牙切齒，沒工夫喝。」

「……」老主簿心情複雜，「哦。」

「去他耳邊，說一句。」蕭朔想了下，道：「琰王夜裡騎馬，失足跌進了水溝。」

老主簿：「……」

蕭朔抬頭望了一眼，不再多管，隨手拋下那本書，出了屋子。

老主簿進退維谷，站在原地，無聲掙扎了半晌。

老主簿一步一步挪到榻邊。

老主簿附在雲公子耳邊，悄聲說了句話。

王府，獨門小院。

雲小侯爺垂死病中驚坐起，朗笑三聲，奪過碗痛痛快快乾了藥，倒在榻上睡熟了。

雲琅用了藥，病勢漸穩，昏沉沉睡了兩日兩夜。

他已太久不曾好好睡過一覺，聽聞蕭朔騎馬掉溝，實在暢快欣然，心神也跟著不覺鬆懈。

睡得太好，難得的做了夢。

雲琅裹著被，在榻上來回翻覆了幾次。

什麼夢都有，比走馬燈亂了不少，零零碎碎攪成一團。

御史臺獄，鐵蒺藜寒光閃閃。浸了水的厚皮子攤在胸口，慢慢施力，壓出最後一口氣。

他咳著，耳畔斷斷續續有人同他說話：「同黨……供出琰王，就能活命。」

「當年……在端王府行走自如，半點謀逆罪證……替你們家翻案……」

法場，太師龐甘步步緊逼，渾濁雙目死盯著他，「你與琰王，關係匪淺。」

琰王府，風雪夜。鐐銬墜著手腳，刑傷舊疾磨著人，從外向內徹底冷透。

刀疤撲跪在他面前，悽愴嘶啞：「少將軍，為什麼還不說實話！」

雲琅隱約覺得這一段沒有這麼慷慨激昂，咳著睜開眼睛，緩了緩，迎上刀疤幾近赤紅的雙眼。

雲琅：「……」

雲琅摸了摸額頭，閉上眼睛，準備再睡一覺。

「少將軍！」刀疤唬得不成，一把扯住他，「少將──」

雲琅睜開眼睛，「沒死呢。」

刀疤怔怔看著他，腿一軟，跌坐在地上。

雲琅睜著眼睛，看了半天房頂，嘆了口氣。

看端王手下那些玄鐵衛，他當初其實就該想到。

從這群只會埋頭打仗、聽命衝殺的朔方軍裡頭挑親兵，確實不很靠譜。

照這個在琰王府大呼小叫的架式，他一點都不懷疑，哪天這幾個人就能被蕭朔隨手抓起來。

然後蕭小王爺又不高興，想殺人。

除非他講那天晚上的故事。

雲琅現在一氣還胸口疼，深呼吸著念了幾遍不生氣不生氣蕭朔半夜掉溝裡，撐著勉力坐起來，「你怎麼又來了？」

被灌了兩天兩夜的藥，他總算不再一動就咳血了，氣息卻還不很暢。

雲琅挨過一陣眩暈，忍不住咳了幾聲。

刀疤小心扶著他，跪在榻邊，微微發抖，「少將軍……」

「哭一聲。」雲琅道：「收拾東西，回北疆。」

刀疤打了個哆嗦，死死閉住氣，將頭深埋下來。

都是軍中刀捅個窟窿不當事的鐵血壯漢，雲琅向來受不了這個，僵持兩息，到底心軟，「算了算了哭一聲也行……」

「少將軍！」刀疤哽聲：「侍衛司做出這等卑鄙行徑，少將軍如何不告訴我們？若是我等早知道……」

「如何？」雲琅淡聲道：「劫囚那日，就一刀捅了高繼勳那狗賊？」

刀疤要說的話被他說完了，愣愣跪著，閉上嘴。

雲琅想踹人踹不動，闔上眼，又默念了幾遍不生氣。

擁兵自重，朝野大忌。

朔方軍幾代傳承，只知將領軍令，不知君王聖旨。

已是眼中釘、肉中刺。

雲少將軍反覆斟酌了幾遍，依然想不出怎麼把這段話解釋給這些只知道打仗的殺才，深吸口氣，言簡意賅：「……都他娘的找死！」

刀疤不敢應聲，撲跪在地上。

「離開北疆，私自上京，祕密集結，劫御史臺死囚。」雲琅一樣樣數落，壓著翻覆咳意，劈頭蓋臉沉聲罵：「哪個出的王八蛋主意！怎麼不把腦袋揪下來當球踢！」

「你們一人吃飽全家不餓，死了也不怕，想沒想過朔方軍的兄弟？」雲琅厲聲道：「有多少還有父母兄弟，還有一家老小！」

前幾日生死一線，雲琅原本沒把握自己還能撐多久，只打算先好話好說，把這些夯貨給哄回去，別跟自己一塊兒糊裡糊塗丟了性命。

眼下看著能順利賴在琰王府，雲琅強壓著的火氣竄上來，按都按不住，「不要命了！都爭著當無定河邊骨！有夢裡人嗎就爭！一個個家都沒成，沒點出息……」

刀疤怕他牽動氣血，低聲：「少將軍。」

雲琅一口氣撐到這兒，也已徹底續不上，撐著床沿翻天覆地的咳嗽。

刀疤替他倒了盞茶，小心翼翼扶著雲琅，看他一點點喝下去。

雲琅頭暈目眩，靠著他緩了緩，冷了臉色坐起來，自顧自靠回榻邊。

「少將軍，屬下知錯……」刀疤擔憂他身體，踟躕半晌，低聲認錯：「少將軍要打要罵，萬萬不可動氣傷身。」

「下次再犯蠢，自己動手，每人二十軍棍。」雲琅罵過了，看他戰戰兢兢，壓了壓火，「說吧，今天又來幹什麼？」

刀疤怔了下，「少將軍不是要棉花、棉布？」

「我要……」雲琅險些忘了乾淨，聞言愣了愣，驀地想起來。

險些忘了。

他還懷著蕭小王爺萬眾矚目的一對龍鳳胎。

雲琅沉吟良久，撐著坐直，約莫著往肚子上比劃了兩下。

「還有。」刀疤將買來的棉花棉布給他，跪在榻邊，「弟兄們在京中打探，聽說了些傳聞。」

雲琅還在估量大小，頭也不抬，「什麼？」

「有關當年的。」刀疤道：「同當時的情形……差出很遠。」

雲琅微蹙了下眉，放下手抬頭。

「他們說，當初端王被冤在獄中，少將軍受鎮遠侯指使。」刀疤嗓音愈啞，靜了半晌，才又道：「為斷端王後路，領著朔方軍圍了禁軍陳橋大營。」

雲琅怔了下，失笑，「我當是什麼，這說法當年就有……」

「鎮壓禁軍後，少將軍抗旨逆法，殺進御史臺獄。」刀疤澀聲：「御史臺老吏親見，少將軍進去一趟，端王……就歿了。」

「老生常談。」雲琅笑笑，「這也早有人說過了。」

「端王府親眷那時都在莊子上，回京奔喪，說是被山匪截殺，可有人見了雲字家徽……」刀疤越說聲音越低：「九死一生，脫險到了京城，端王妃守喪一夜，隻身攜劍進了宮。」

「蕭小王爺大概是察覺了什麼，又攔不住王妃。端王府那時尚未洗清嫌疑，也沒人敢幫忙。」刀疤：「小王爺走投無路，不肯信京中流言，連夜去了朔方軍京郊大營。」

雲琅正疊著棉布，手上稍頓，沒說話。

「那時少將軍不在朔方軍。」

「小王爺尋了一宿，找到鎮遠侯府，被守門家將趕出了門。」

刀疤啞聲：「家將說，小侯爺有話，叫人轉告……」

雲琅神色平靜，理好棉布，「說。」

刀疤：「再見面，刀必見血。」

雲琅靜靜坐了一陣，抬手掩了下，咳了幾聲。

他喉嚨又有些不舒服，伸手去拿茶杯，喝了兩次，才發覺已喝空了。

「當年舊事，糾葛太深。」刀疤低聲：「太多事口說無憑，誤會至此，哪怕是個好人也未必肯信，何況琰王……」刀疤咬牙，伏跪在地，「少將軍在此處危機四伏，還是隨我們走的好。」

雲琅尚在病中，他原本不想說這些惹少將軍心煩，卻也不得不說。

當年雲琅根本顧不上這些，後來從京城去了北疆，就更沒處再打聽。

於琰王而言，當年血海深仇倘若已到了這個地步，隨時心念一動就能要雲琅的命。

朔方軍眾人商議一宿，無論如何不敢再把雲琅留在琰王府，這才悄悄潛了進來。

「誰說我不想走了？」雲琅現在想起自己費心費力在牆上掏的洞還心疼，嘆了口氣，正要說話，忽而反應過來，「你是一個人來的？」

刀疤愣了愣，搖頭，「還有四個，在外面望風。」

雲琅問：「沒碰著機關？」

刀疤搖搖頭。

「門前挖土坑，陷阱上鋪稻草，門上拴鈴鐺。」雲琅一一細數：「走到院門口，正好有個鐵籠子掉下來。」

刀疤：「……」

刀疤聽得膽寒，更不放心，「此地如何這般險惡？少將軍還是隨我們走！多待一日……」

雲琅擺擺手，撐著坐起來，由他扶著下了地。

雲琅走到門口，伸手推開房門。

刀疤愕然，用力揉了揉眼睛。

幾個黑衣人被藤網高高吊著，動彈不得，下面是兩排釘板。

釘尖朝上。密密麻麻，寒意森森。

雲琅捂著胸口，咳了兩聲，輕嘆口氣，「多待一日罷。」

「少將軍！」刀疤急著救人，又不放心雲琅，皺緊眉，「多待一日做什麼？」

雲琅深吸口氣，慢慢呼出來。

「去見小王爺。」雲琅把棉布疊好，罩著衣服，屏息凝神墊在小腹前，「給他講那月色正好的故事。」

雲小侯爺光棍一個，全無顧忌，脾氣上來抬手就能揍琰王，可朔方軍卻容不得意氣用事。

本朝有律，凡駐邊軍隊，不奉明詔一律不准擅離職守。朔方軍奉命北疆，進了函谷關就是死罪，更不要說竟然一路跑到了京城。

琰王一個不高興，就能掉一排腦袋。

雲琅沒有十足把握救人，見蕭朔前，特意做了些準備。

在院子裡忙活了兩個時辰，雲琅揣著個錦盒，背著兩根木頭，叫了玄鐵衛引路，找了老主簿轉圜。敲響了琰王雕花鏤空的檀香木書房門。

「他又折騰什麼？」書房內，蕭朔靠在案前，翻著棋譜，「要我放了那幾個人？」

「是。」老主簿彎著腰，有些心虛，「雲公子帶了重禮，負荊請罪……」

蕭朔放下書，抬眸看過來。

老主簿上前一步，拿過雲公子千叮嚀萬囑咐的錦盒，雙手呈放在桌上。

「負荊請罪。」蕭朔沒急著打開錦盒，「他哪來的荊條？」

老主簿不敢瞞，如實稟告，「拆了兩根椅子腿……」

蕭朔：「……」

老主簿冒死替雲小侯爺傳話，怕王爺惱火屬下欺瞞，忙一口氣說完：「上面裹了層宣紙，用墨寫滿了『荊』字！」

蕭朔深吸口氣，閉上眼睛。

「還……還是留雲公子一命。」老主簿戰戰兢兢，一邊看臉色一邊溜著邊勸：「問出當年的祕辛，幕後主使……」

「是。」蕭朔眸色愈冷，「不能直接拆了他。」

老主簿硬著頭皮，「對，您……」

「不能把他捆上爆竹，當炮撚子點了。」蕭朔低聲，冷然自語：「十月未到，不能開膛破肚，剖腹取子。」

老主簿不很敢問他們王爺平時都想了些什麼，躬著身，噤聲侍候在一旁。

蕭朔自己給自己勸了一陣，呷了口茶靜心，打開錦盒。

老主簿屏息等了半晌，不見動靜，小心道：「雲公子……送了什麼？」

蕭朔：「栗子。」

「……」老主簿：「啊？」

「剝好的。」蕭朔闔上蓋子，「整整三顆。」

老主簿心情複雜，站在這份暗流湧動的平靜下，不很敢動。

雲琅當初縱然是千寵萬縱的小侯爺，逃亡這些年，手裡緊巴，珍寶不多，也是難免的。可也多少還有些私藏。

這次走後門，老主簿來傳話，就被熱情地拉著手硬塞了塊大理的翡翠。

老主簿生怕刺激蕭朔，往後挪了挪，把翡翠又往袖子裡小心藏了些。

蕭朔垂眸，看著那個錦盒，周身氣息一時冰寒一時陰鷙。

指尖撚著枚棋子，有一下沒一下，慢慢敲著棋盤。

老主簿年紀大了，挨不住，告了聲罪就要悄聲出門，忽然聽見蕭朔輕輕笑了一聲。

老主簿打了個激靈，去袖子裡摸翡翠，「王爺息怒，雲公子送的其實是這……」

「叫他進來。」蕭朔道：「看座。」

老主簿顫巍巍守著門，原本還打算硬頂一頂，說是自己拿錯了，聞言愣了愣，「啊？」

「不是有事求我嗎？」蕭朔拿起那個錦盒看了看，收在一旁，饒有興致，「叫他進來。」

蕭朔慢慢道：「當著我的面，求給我看。」

老主簿：「……」

蕭朔擺了下手，又將那本棋譜拿起來，隨手翻了兩頁。

老主簿心說那雲公子怕是能當著您的面和您打起來，終歸不敢頂嘴，訥訥道：「是。」

老主簿守了片刻，見他不再有吩咐，行了個禮，悄悄轉出門，把話遞給了背著兩根紙糊木棍的雲小侯爺。

雲小侯爺聽到「當著面求」四個字，抽出背著的木棍，一棍子擂開了書房門。

蕭朔正隨手打棋譜，聽見響動，抬眼看過來。

雲琅抄著椅子腿，「……」

人在屋簷下。

那幾個夯貨的命還在蕭朔手裡，雲琅深呼深吸，把棍子插回背後，「王爺。」

蕭朔看著他，似笑非笑，眼底還透著未退冷意。

雲琅站在大開的書房門口，迎上蕭朔視線，忍不住皺了皺眉。

「雲小侯爺。」蕭朔靠回案前，又落了顆子，「有事？」

雲琅心說有你大爺，站了一刻，還是沒立時出聲。

救人要緊，如非必要，他眼下還不能多生事端。

傳言大多誇張，但總歸有幾分根由。琰王如今喜怒無常，弄不清碰上哪一句，就觸了逆鱗。

雲琅揣摩一陣，闔上書房門，慢慢走過去。

蕭朔倚在案前，自己同自己照著棋譜落子，正走到黑子第十七步。

雲琅站在邊上，找著茶壺，給他倒了盞茶。

「頭道茶。」蕭朔道：「不淨。」

雲琅能屈能伸，把一壺茶倒淨，取了布墊著紅泥火爐，重新洗了兩次。

雲琅又倒了盞茶，放在桌邊。

蕭朔看也不看，「不香。」

雲琅：「……」

什麼亂七八糟的破茶。

給王爺用的東西，都能糊弄成這樣，也不知道王府採辦中飽私囊了多少。

雲琅皺了眉，看著蕭朔，一時倒生出些惻隱之心。

這些年，雲琅在外面東躲西藏，輾轉打聽過幾次，都說琰王飛揚跋扈，無上恩寵。說得信誓旦旦有鼻子有眼，越傳越離譜，越說越誇張。把個蕭小王爺傳成了能吃人的閻王爺。喝的茶還不如御史臺。

雲琅有大量，不同他計較，端著茶具找了個牆角，自顧自鋪開了架式。

蕭朔落了幾顆子，放下棋譜，抬頭看過去。

來求人的雲小侯爺埋頭跟茶葉較勁，被騰騰熱氣熏著，臉色難得比平日好了不少。

這幾日灌下去的藥終歸起了些效，人有精神了，便顯得疏朗。

這些把酒弄茶的風雅事，做得行雲流水。

雲琅燙到第三次，終於勉強逼出些茶香。抬手抹了把額間薄汗，正迎上蕭朔視線，沒好氣，

「看什麼？」

蕭朔指了指他手中茶盞。

茶實在太次，折騰半天，也只攢了一盞。

雲琅不與他計較，端過來，「給……」

蕭朔：「不喝。」

雲琅沉穩端著茶水，正準備掄他臉上。

蕭朔又不緊不慢道：「府上近來，尋了個茶葉蛋的方子。」

雲琅：「……」

「用民間尋常草茶煎成茶湯，再煮蛋類，比之白水，可添茶香。」蕭朔不緊不慢道：「我看了，覺得有趣。」

雲琅：「……」

蕭朔接過那盞茶，看了看，「可惜。」

雲琅默念了幾遍蕭朔掉溝裡，清心明目，按著自己的腕脈探了探。

他來找蕭朔，就知道這事沒那麼容易了，來之前特意服了粒碧水丹。

這東西只大內御醫坊才有，服一粒能頂三個時辰，保人心力不散。

三個時辰，他好歹要把人從蕭朔刀下弄出來。

雲琅時間有限，自己哄了自己一句不生氣，搶了茶撂在桌邊，「那就不喝。」

蕭朔抬眸，似是覺得好奇，看著他。

雲琅站在桌邊，迎上蕭朔目光，閉了閉眼睛。

這些年，他四處亡命逃竄，疲於奔命不假，卻也有些收穫。

鑿壁偷光，囊螢映雪。

懸梁刺股，韋編三絕。

……這般苦讀之下，總歸有些進益。

蕭朔不知他要說什麼，也不催，放下棋子等著他。

雲琅深吸口氣，呼出來。

「那一晚。」雲琅道：「我心生歹念。」

蕭朔：「……」

「你醉死了，人事不知。」雲琅敲定背景，信口胡謅：「我在旁看著，本不想乘人之危，你卻伸手撩我，說我身上太涼，要暖我一暖。」

「月夜寒涼，你身上卻暖得發燙。」雲琅這會兒豁出去了，回想著這些年苦讀的話本，說得很流暢：「我一時忍不住，抬手卸開你衣帶，將你翻了個個兒。你要掙開，偏不自知，反倒叫我擁個正著……」

蕭朔打斷他：「雲琅。」

「太長，中間略過。」

雲琅言簡意賅，示意自己微凸小腹，「於是，我有了這個孩子。」

蕭朔：「……」

雲琅想起自己漏了設定，很沉穩，改口：「這兩個。」

蕭朔抬手，按了按額角。

雲琅已經被蕭小王爺定性了恬不知恥，心安理得，坦坦蕩蕩看著他。

蕭朔靜了一陣，忽然笑了一聲。

他這些年性情越發孤僻寒戾，這樣一笑，就更有不加掩飾的薄涼淡漠自眉宇間溢出來，冷冷道：「不好。」

雲琅幾乎懷疑琰王今天只會說兩個字，皺了皺眉，「哪裡不好？」

蕭朔看著他，慢慢道：「感情……」

蕭朔抬眸，唇角挑了挑，「蒼白，流水帳，應付了事。」

蕭朔：「不夠真摯，不夠動人。」

雲琅：「……」

「再編。」蕭朔來了興致，靠在案邊，「編到我滿意了，便放一個……」

雲琅莫名其妙看著他，火氣壓不住，騰地竄起來，「你也知道是編的！你還……」

「我知道啊。」蕭朔輕笑，「編的，便不能聽了嗎？」

雲琅一怔。

不知為什麼，他總覺得蕭朔這句話，指的彷彿不只是他的即興創作。指的更像是某個更久遠的雪夜，天寒地凍，滴水成冰。

刀迎面劈落，淚出怵目猙獰血痕。

雲琅看著蕭朔，胸口沉了沉。

蕭朔收了笑意，眸色陰冷，不帶溫度地落進他眼底。

「還有個不是風月的話本。」雲琅靜了良久，緩聲道：「講的……是另一天晚上。」

蕭朔看著他。

雲琅輕吁了口氣。

刀疤說，蕭朔那一晚一直在找他。

父親新喪，母妃自刎，一夜之間全家慘變。

少年蕭朔不信流言，從朔方大營，找到鎮遠侯府，找了他整整一夜。

「那天晚上，有個……」雲琅頓了下，「小皇孫。」

雲琅沒看蕭朔的神色，繼續說：「他父親被奸人陷害，關在了天牢裡……」

蕭朔靜了一陣，蹙起眉，「你要從這一段講起嗎？」

雲琅還在醞釀情緒，聞言微怔，「啊？」

「禁軍那時若動，只能坐實謀反。你進御史臺是去救人，陰差陽錯，沒能救成。」蕭朔替他說完：「我家人被山匪截殺，有人見了雲字家徽，是你的親兵假作家丁，前來馳援。」

雲琅張了下嘴，輕咳，「啊。」

「母妃攜劍闖宮，自盡伸冤，你不出面相助，是因為你被意外耽擱了。」蕭朔皺眉，「你家家將離間挑撥，不懷好意。」

雲琅：「……」

蕭朔看他半晌，忽然懂了，輕笑一聲。

屋內安靜，蕭朔聲音清冷，寒意不加掩飾洩出來，「雲琅。」

「你以為我信了京中那些流言。」蕭朔帶了笑，玩味道：「在你心裡，我就是會信這些萍水謠言的人，是不是？」

雲琅越發看不透他，皺了皺眉，沒說話。

蕭朔不再看他，回手去拿棋譜，隨口逐客，「我累了，你走罷。」

雲琅上前，按住那本書。

蕭朔眸色驟冷，抬手襲他肘間。雲琅改按為抬，拈著書頁拋起來，正要接，又被蕭朔截住。

案前地方原本就不大，兩人你來我往過了幾招，雲琅身形微晃，偏了幾分，袖口正好刮著了擱在案邊的茶盞。

蕭朔抬手去扶，忽然察覺雲琅不對，抬手將人接住，已來不及再護茶盞。

滾熱茶湯一點沒浪費，全灑在了雲小侯爺的肚子上。

蕭朔掃了一眼雲琅忽然蒼白的臉色，神色沉了沉，出聲：「來人……」

「不用。」雲琅有棉布墊著，其實沒燙著，咳了兩聲，勉力扯住他袖子，「我那幾個人……」

蕭朔看著他，聲音徹底冷下來：「雲琅。」

雲琅動慣了手，沒留神就提了內力，空耗之下一陣心悸，半昏半醒抬頭。

「這也是從話本學的？」蕭朔目光陰沉，「你以為靠如此裝模作樣，便能叫我心軟放人了？」

雲琅莫名被激起了勝負欲，一把推開他，堂堂正正坐在地上，「不然靠什麼，靠您那剛被茶葉蛋的茶湯泡了的一對龍鳳胎嗎？」

蕭朔被他噎得一頓，蹙緊眉看著雲琅。

雲琅鐵骨錚錚，自己掙扎著站起來，一把掀了桌案棋盤。

蕭朔神色驟然沉下來，正要喚人，雲小侯爺清完了場，頂天立地一屁股坐在了他腿上。

蕭朔：「……」

「你醉了，卻還未沉，恍惚間認錯了我，將我當成心悅故人。」

雲小侯爺能屈能伸，兢兢業業重編，「攬我入懷，同我說話。我陪著你，挽住你的手……」

雲琅探手，把錦盒拽過來打開，「張嘴。」

蕭朔一陣惱怒，冷然厲聲：「你究竟……」

雲琅眼疾手快，把三顆栗子結結實實塞進蕭小王爺嘴裡。

「人給我放了吧，小王爺。」雲琅仁至義盡，也徹底沒了力氣，推開不知道被沒被栗子噎死的蕭朔，挪了挪，跟他並排坐在榻上，「他們是朔方軍。」

蕭朔垂了眸，慢慢嚼著嚥了，神色不明。

「欠你的命，遲早還你。」雲琅閉了閉眼睛，低聲道：「很快，別著急了。」

碧水丹的藥力差不多到了頭，雲琅闔著眼，坐在榻上靜靜歇了歇。

蕭朔的書房比起從前，差得其實並不很多。

窗邊就是軟榻，榻上放著一案方桌，邊上長年備著筆墨紙硯。

推開窗戶，就是個不大的小花園，

景色雅致，又很幽靜，書讀累了便能賞一賞景。

雲琅想起窗戶外頭的花園，咳了一聲，悄悄壓了壓嘴角。

前些年，還在端王府上的時候，他沒少跳窗戶來煩蕭朔。

蕭小王爺沒能隨了端王的英武善戰，書卻讀得很好，又肯用功，很受先生夫子們的喜歡。

雲琅那時已將整個禁宮的瓦片都揭了個遍，還無聊，就趁著龍圖閣的老學士午睡休憩，偷著給人家的白鬍子編辮子。

老先生氣得麻花辮鬍子直翹，拎著雲琅數落，張口閉口都是要他學學蕭朔的持重斯文。

雲琅被數落煩了，就想方設法把蕭朔從書房往外拐。

蕭朔起初幾次還能被他唬出去，後來察覺出來端倪，再不上當。任雲琅怎麼蹲外邊拿石頭子砸窗戶，都巍然不動。

再過了些時日，實在被煩得不行，竟然無師自通地學會了陷阱設伏。

那時候，雲琅進蕭朔的書房還從不走門。半夜拎著剛買的蟹黃包興沖沖砸開窗戶，一腳踏空，整個人結結實實坐在了土坑裡。

蕭小王爺書讀得好，挖個陷阱也周到，還在陷坑裡給他厚厚實實墊了好幾層的棉墊裘皮。

雲少將軍身經百戰，一朝翻車。坐在墊了裘皮的坑底，抱著兩屜蟹黃包子，滿腔感慨仰頭。

正看見窗戶推開，「沉穩內斂」、「持重斯文」的蕭小王爺探出大半個身子，捧著滿懷不知哪裡弄來的栗子，百般解氣地瞄準了他的腦袋。

雲琅終歸沒繃住，笑了一聲。

知人知面不知心。

蕭朔裝得好，在先生夫子們面前進退有度、宅心仁厚，其實明明也記仇得很……

一念及此，雲琅忽而頓了頓，隱約覺得有些不對。

當初蕭小王爺兩耳不聞窗外事，一心唯讀聖賢書，書房裡何止清靜，站在窗外都不知裡頭的人是死是活。

如今……再怎麼說，也不該這般沒動靜了。

雲琅沉吟半晌，慢慢睜開一隻眼睛。

雲琅不著痕跡，右手慢慢藏到背後，撚了撚袖口藏著的三顆拿來防身的飛蝗石。

他自覺沒說錯什麼話，既沒拿棍子掄蕭朔，也沒忍不住罵蕭朔他大爺。

無非就是為了加強話本的情景感，叫人身臨其境些，坐了下蕭小王爺的大腿。

蕭朔身上的凌厲殺氣，就很沒有道理。

雲琅看著他，審時度勢，「王爺？」

「欠我的命。」蕭朔被他叫了一聲，斂了眸，語氣平靜：「用你的命還？」

「對啊。」雲琅不知道蕭朔在氣什麼，有些遲疑，「畢竟您的龍鳳胎剛被茶葉蛋湯泡了……」

蕭朔笑了一聲。

不知為何，蕭朔眸底的戾色已比此前任何時候都濃，神情陰鷙，寒意薄出分明鋒刃。

雲琅心下沉了沉，正要先下手為強，手腕忽然猝不及防一疼。

蕭朔攥著他右手腕，手臂一較力，身形驟旋，將雲琅死死按在榻上。

雲琅怒從心中起，抬腿就踹。

他身上沒力氣，碧水丹的藥力又眼看著快盡了，一下沒能踹動，回手就去摸背後的椅子腿。

摸到一半，蕭朔已察覺了，將他左手一併牢牢扣住。

「再動一下。」蕭朔淡聲道：「我就傳令玄鐵衛，殺你手下一人。」

雲琅被他壓制著躺在榻上，不動了，琢磨怎麼一口咬死蕭小王爺。

「這樣寫。」蕭朔想了想，慢慢道：「倒也不錯……」

雲琅磨牙霍霍到一半，愣了下，「寫什麼？」

蕭朔：「《雲公子夜探琰王府》。」

雲琅：「……」

「方才那段。」蕭朔頓了下，點評道：「尚可，情節勉強，用詞過白……」

「……」雲琅再忍不住，咬牙切齒，「蕭朔！」

這一聲喊出來，兩人都微微一怔。

自從被從法場運回王府，雲琅還不曾當面叫過蕭朔名字，此時一吼通身舒暢。趁著蕭朔垂眸出神，甩開壓制，逼出最後一股力氣抱住蕭小王爺的腰，一併結結實實砸在地上。

蕭朔被他驟然挾制，正要格擋，不知想起什麼，手跟著頓在半路。

雲琅藉著這一摔反客為主，反肘壓制住了蕭朔，正準備一個頭槌送小王爺睡他娘的，忽然聽見蕭朔聲音：「雲琅。」

「沒門！」雲琅胸口起伏，沒好氣，「你他大爺的醉死了！醉死了知道嗎？再怎麼改，也是我輕薄的你……」

「……」蕭朔神色複雜，看著他，「我不知道，這個話本對你竟然這麼重要。」

雲琅險些被他拐走，回過神，氣得眼前都有些發昡，「你——」

「你的人。」蕭朔道：「我不會放。」

雲琅聞言微怔，從誰睡了誰的大事上扯回心神，皺起眉仔細想了想。

蕭朔躺在地上，並不動，視線落在他身上。

「不放。」雲琅靜了半晌，「便不放吧。」

雲琅體力已隱約告罄，闔了下眼，凝聚心神，低聲道：「他們都是端王帶出來的，你哪怕念著舊情，也該照應一二……」

朔方軍打仗沒得說，來了京城，卻無異於龍潭虎穴。

落在蕭朔手裡，還能來犯渾要一要人。哪天不小心折在別的什麼地方，他豁出十條命也護不住。放在琰王府，總比在外面亂跑安全。

雲琅眨去睫間冷汗，咳了兩聲，「萬一哪天，有人查著了，你就說是我帶來的，藏匿在你府上……」雲琅：「撇乾淨，不牽連你。」

蕭朔眸色晦暗，沒應聲。

雲琅已沒有餘力再多思慮，道了聲謝，撐了兩次勉力站起身，扶著桌沿往外走。

蕭朔坐起來，看著雲琅背影，眉峰越鎖越緊。

蕭朔霍然起身，幾步過去，一把扯住雲琅。

雲琅站住，皺了皺眉，「又有什麼事？」

「這話該問你。」蕭朔盯著他，冷聲道：「你吃了什麼東西？」

雲琅靠著門邊，以牙還牙，「春藥。」

「……」蕭朔怒極，「雲琅！」

雲琅扳回一局，咳了兩聲，抬手抹了下嘴角。

他剛才光顧著安排後事，這會兒緩過神，想起來兩個人的架還沒吵完，不屈不撓站直。

蕭朔眸底戾色翻騰，看著雲琅煞白唇色，闔了下眼。

「朔方軍……」蕭朔道：「與我無干。」

雲琅愕然，「你——」

「不放心他們。」蕭朔漠然，「你自己看著，少打琰王府的主意。」

雲琅方才心神已然鬆弛，無論如何凝不起神，掐了自己一把，「我能看住，還來找你？」

但凡激發精力的虎狼之藥，其實都是透支自身，藥力過後，只有一覺睡透才能補回來。

雲琅這會兒已經有些睜不開眼，腦中漿糊成一團，站都不很站得住。

他看著蕭朔，心神模糊，又生起些惻隱同情，「我知道，當年你在朔方軍，被揍得鼻青臉腫爬不起來，對他們心有芥蒂。」

蕭朔：「……」

蕭朔深吸口氣，沉聲：「雲琅，你……」

「當年，端王叔給你起名朔，就是想讓你長大了也進朔方軍。」雲琅看著蕭朔，念及往事，不由得有些心軟了，「可你連隻兔子都不敢殺。」

「端王叔再三勉勵你，殷殷囑託，你鼓起勇氣，閉著眼睛一刀下去。」雲琅：「把端王叔的腳給扎了。」

蕭朔：「……」

蕭朔怒火攻心，閉了閉眼，按下當場叫人扛起雲小侯爺裝麻袋扔野地裡的念頭，「雲琅。」

「我懂。」雲琅輕嘆一聲，「往事已矣。」

雲琅伸手，大大方方攬住蕭朔，在背上拍了拍，「不哭。」

蕭朔用力按了按眉心，沒心情再追問雲琅吃了什麼亂七八糟的藥，扯著他拽開，要去叫府上醫官。雲琅被他扯著，腳下不穩，晃了晃，順著門邊滑坐下去。

「起來！」蕭朔冷聲：「你以為如當年一般，胡攪蠻纏一通，我就……」

他話音驀地停頓，蹙緊眉峰，看著坐在地上的雲琅。

剛還拉著他拍後背的人，這會兒坐在地上，闔著眼，已徹底連最後一點精神頭都沒了。

蕭朔垂眸盯著雲琅，眸底一片晦暗。

站了兩息，蕭朔伸手，將雲琅架起來，放在窗邊榻上。

雲小侯爺大發神威掀了桌案，棋盤棋子亂糟糟攤著，留的地方並不大。

也不知逃亡時都睡過些什麼地方，當年明明不是雕花楠木的大床都不肯睡，眼下因陋就簡，居然真從亂七八糟的狼藉裡找了個空，就這麼不管不顧睡死了。

蕭朔沒立時去叫醫官，在榻邊站了一陣，俯身將棋子撥開，桌案挪到一旁。

雲琅意識昏沉，不知身邊變化，仍半蜷著。

蕭朔看著他，站了一陣，在榻邊坐下，「雲琅。」

雲琅咳了兩聲。

「你我的帳，還沒了結。」蕭朔眸色陰沉，「我說過，會親手找你討回來。」

雲琅翻了個身，全無防備攤開手腳，將脖頸命門盡數亮在他眼前。

蕭朔抬手，虛扼住雲琅喉嚨。

他瞳底戾意無聲翻覆，垂眸坐了半晌，將手挪開。

雲琅有點冷了，皺了皺眉。

蕭朔扯過條薄毯，扔在雲琅身上，隨手抽出份已頗陳舊的卷宗，翻開首頁。

當今聖上、當年的六皇子奉命查端王案，大理寺協查，將所查獲罪證移交聖裁。

鎮遠侯有不臣之心，圖謀不軌，挾禁軍生變於宿衛宮中，凌犯乘輿。

雲麾將軍雲琅，暗中勾結助力，知亂縱亂，又挾私心作偽，栽贓無辜推諉罪責……

蕭朔翻看一陣，將卷宗闔上，重新放好。

雲琅睡得並不安穩，氣息凌亂短促，翻來覆去折騰，間或夾著咳嗽。

「想要那幾個蠢貨活命。」蕭朔看著他，冷聲道：「你就再想想，究竟該怎麼做。」

雲琅躺得不舒服，翻了個身，把臉埋進手臂。

蕭朔坐了一陣，起身拿了個枕頭塞在他腦袋下面，把雲琅扯開放平，抻了薄毯蓋上。

蕭朔伸手，拭了雲琅臉上淋漓淚痕。

俯身下來，單手攬住雲小侯爺，拍了兩下。

【第四章】

年紀輕輕，既當爹又當娘的少將軍

雲琅睡了大半日，醒來時，已被人送回了自己的獨門小院。

外頭沒了玄鐵衛巡邏的金鐵交鳴聲，格外清淨。屋子裡的香換過，改了寧神養心的沉香木，香爐嫋嫋騰著白煙。

碧水丹後勁十足，雲琅仍有些頭暈，躺了一陣，心神漸漸清明。

那群夯貨落進府裡圈套，被玄鐵衛拿了。

他備了禮，負荊請罪，去找蕭朔要人。

蕭朔點評了紀實體風月話本，吃了栗子，不知為什麼忽然生了氣，還對朔方軍心有芥蒂……

雲琅心下微沉，倏而起身，「來人。」

話音未落，已有人快步從門外進來。

雲琅暗罵了一句自己偏在這時候不爭氣，硬撐著起身，要叫人扶著自己再去找蕭朔，餘光掃見進來的僕從，忽而微怔。

雲琅起得急，挨過一陣眩暈，仔細看了看，「……刀疤？」

刀疤換了身衣服，背著正經帶刺的荊條，埋頭跪在他榻前。

「幹什麼……起來。」雲琅愣了半晌，失笑，俯身拉他，「起來。」

刀疤神色羞愧，仍伏在地上。

軍中壯漢都能同牛較力，雲琅拽不動，靠在榻邊歇了歇，「怎麼穿成這樣，我睡著的時候又出了什麼事？」

「玄鐵衛……以那幾個兄弟為質。」

刀疤低聲道：「我等不得不現身，束手就縛，全被捉了。」

「我當是什麼。」雲琅不以為意，擺了下手，「不礙事。」

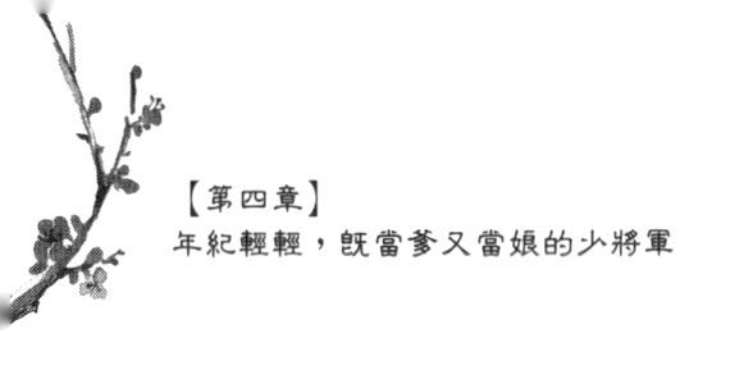

蝨子多了不癢，債多了不愁。

總歸是要人，多要一個兩個，區別不大。

雲小侯爺已經看開得差不多，熟能生巧，搖搖晃晃起身，「碧水丹呢？再給我一顆，多弄點栗子，再備一份棉花棉布……」

雲琅忽然覺得不對，剎住話頭：「你穿的什麼？」

「府內僕從的衣服。」

刀疤神色愈疚，低聲道：「琰王讓我等在府中為僕，跟著採買辦事，還說……」

雲琅皺了皺眉，「還說什麼？」

「少將軍再昏過去一次，就將我們脊杖二十。」刀疤：「再逃一次，就……割我們一個腦袋，吊在府門口。」

雲琅：「……」

刀疤無地自容，「是我們無能，連累少將軍。」

「不急。」雲琅抬手，「讓我想想。」

刀疤不敢出聲，跪回榻前。

雲琅有些冷，隨手拿了件衣服披了，靠在榻前細細琢磨了一陣。

蕭小王爺嘴上不饒人，終歸對朔方軍有舊情。把這群只知道戰場衝殺的夯貨拘在府裡，省得出去屬人耳目，倒也是個辦法。

只是採買辦事難免走動，雖說這些人在京城面生，也有僕從身分遮掩，總歸有幾分隱患。

藏匿北疆逃兵這等罪名，哪怕是千恩萬寵的琰王也未必擔得起。

「從今往後，少出門惹事。」雲琅沉吟一刻，打定主意，「萬一被人察覺你們身分，只一口咬定是我指使。」

刀疤愣了愣，「指使什麼？」

「我因滿門抄斬，對琰王含恨在心，意圖報復。」雲琅想了想，「逼你們逃軍入京，改頭換面、假作下人潛入琰王府，行刺琰王。」

「不可！」刀疤心頭一緊，「此等大罪，倘若追究……」

「左右我都要被砍頭了。」雲琅算了算，「再嚴重也無非腰斬、車裂、凌遲……」

雲琅心裡有數，拍拍他，「放心，到時候我自震心脈，肯定比他們快，受不了苦。」

刀疤也受不了他說這個，死咬著牙，一頭磕在地上。

「無非以防萬一，行下下策。」雲琅笑笑，「好了，起來。」

負荊請罪不是拿來罰沙場將士的，雲琅解了綁繩，連他背上荊條一併扔在一旁。

蕭朔的安排已經很全，雲琅沒什麼再要補的了，只是仍有些頭疼，「只不准我跑也就算了，還不准我暈，是什麼道理？」

「再說。」雲琅總覺得這些人小題大作，「我不就是吃了顆藥。睡一睡的事，怎麼就又變成昏過去了？」

刀疤不敢頂嘴，想著雲琅被送回來時的情形，埋頭半晌，低聲道：「總歸……少將軍好好喝藥，好生休養。」

他不說喝藥便罷，一提起來，雲琅心頭火又起，「那個梁太醫，是不是蓄意報復？哪個病的方子要三斤黃連來熬的？」

「太醫開的，想必有好處。」刀疤不懂這些，楞著頭勸：「少將軍別再逞強，儘快把身子養好就是了。」

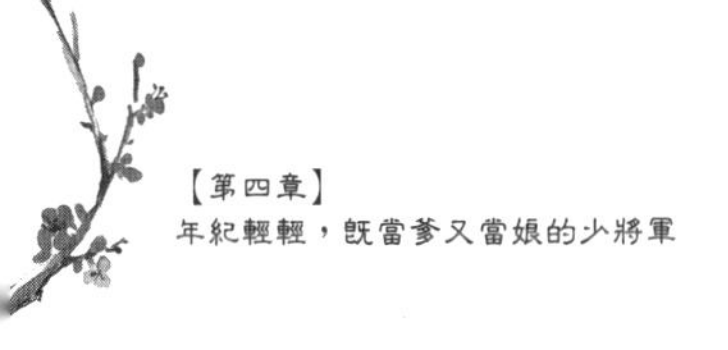

雲琅被念叨得腦仁疼，擺了擺手。

如今玄鐵衛盯得緊，不便再從王府脫身。

刀疤仍擔心雲琅安危，稍一猶豫，又道：「少將軍，那些傳言……」

雲琅也在想這件事，搖搖頭，「他沒信。」

刀疤愣住，「琰王原來已經知道實情了？那……」

「也不知道，只是不信。」雲琅揉揉額頭，「他要知道實情，我還能好好躺在這兒？」

「不會。」刀疤耿直搖頭，一本正經道：「會把少將軍剝了衣服捆在榻上，此生再不叫少將軍踏出府門一步。」

雲琅：「……」

雲琅不大想問刀疤從哪學會的這些，深吸口氣，道：「此事先不提。」

刀疤遵命閉嘴，替他倒了盞茶。

雲琅不很渴，慢慢喝了兩口，捧在掌心裡暖著手。

當年……他並非沒想過，要告訴蕭朔實情。

五年前，鎮遠侯府滿門抄斬，他命懸一線逃出京城，正趕上戎狄動亂。

野郊城隍廟裡，侍衛司刀劍森嚴，兜帽嚴嚴實實遮著的黑衣人給了他個承諾。

他帶著自己知道的事去北疆，平亂之後，把性命丟在沙場上。

陰謀徹底粉飾乾淨，沒人再翻扯過往，沒人再追根刨柢。

……蕭朔就能活著。

雲琅那時已不剩什麼可牽掛，一路風餐露宿到北疆，暗中平了戎狄之亂，原本是想找個好風景的山崖跳下去的。

偏在那個時候，聽京裡來的參軍說起了琰王府的斑斑劣跡。

當街縱馬，市井殺人，驕橫跋扈，能止小兒夜啼。

宮裡不止不管，反倒極盡縱容，撥僕役侍女，還特意賜了拂菻國進貢的上好藥材。

雲琅在山崖邊上蹲了三天，嘆了口氣，放出去隻信鴿，一頭扎進了茫茫秦嶺。

「少將軍。」刀疤替他拿了暖爐，放在雲琅手裡，「我們偷著查過了，琰王府沒有御米。」

雲琅靠在榻上，點點頭。

「也沒有侍衛司的暗衛。」刀疤繼續道：「他們手上都有兵繭，行走也不同，我們一眼就能看出來。」

雲琅抿了口茶，點頭。

刀疤：「也沒有專修媚術的胡姬。」

「……」雲琅木然，「哦。」

刀疤：「也沒有屁股大好生養的丫鬟……」

雲琅忍無可忍，「一起說！」

「還有！」雲琅實在想不明白，拍案而起，「我叫你們查他府上的威脅！胡姬丫頭威脅什麼了？跳個舞美死他？你們……」

刀疤愣愣回稟，「我們以為……她們威脅了少將軍。」

雲琅：「……」

「眼下少將軍尚能平安，是因為懷了琰王的孩子。」

一群人特意商議過，想得很周全。

刀疤跪在地上，實話實說：「萬一此時，府中又有人懷上，豈不……」

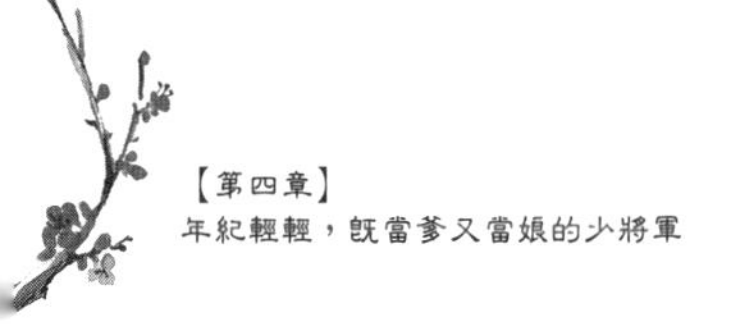

雲琅被這些人氣得頭暈，嚥了嚥翻騰血氣，深吸口氣，「閉嘴。」

刀疤不敢說話，伏在地上半晌，訥訥又道：「況且……少將軍，彷彿頗……」

雲琅奄奄一息給自己把脈，「頗什麼？」

「頗關懷琰王。」刀疤低聲道：「端王昔日所託，是叫少將軍看護幼子五年，如今約定早已期滿了。」

雲琅有點恍惚，「……如此說來，我五年之期一滿，就該一刀捅死蕭朔的嗎？」

「不是。」刀疤忙叩首，「我們又聽說，有天夜裡，少將軍對琰王見色起意……」

雲琅鬆開手，給自己餵了顆清心敗火的丹藥，「你們是不是看了《雲公子夜探琰王府》？」

「少將軍也知道？」刀疤愣了下，忙道：「那上面說少將軍坐在琰王腿上，琰王那般暴戾，萬一趁機對您動手怎麼辦？您……」

雲琅：「閉嘴。」

刀疤不敢再說，低下頭。

雲琅深吸口氣，一點點呼出來。

「我關照他，不止是因為同端王有五年之約。」

「當年。」雲琅道：「我趕去御史臺，終歸晚到一步，端王已服了毒，回天乏術。」

刀疤目光驟然一緊。

雲琅胸口又有點疼，慢慢吐納平復了氣息，閉了閉眼睛

當年、當年……

那些事，不止蕭朔不知道。

幕後那些陰謀主使，大抵知道十之七八。跟著他的貼身親兵，知道三四。御史臺奉命承辦舊

案，接了大理寺卷宗，又主管刑獄天牢，約約莫莫能知道個一二。

苦心謀劃，圈套已成，只差那天夜裡最後一步。

禁軍為救端王嘩變，徹底坐實謀反罪證。

只要一人，攜刀劍出營一步，原告打成被告，端王再洗不清私調禁軍的罪名。

雲琅那時剛率朔方軍回京，還在京郊，驟聞變故，來不及做別的，先率軍圍死了陳橋禁軍大營。平了肘腋之患，雲琅趕去御史臺救人，卻被蒙面人圍死在了半路上。

夜色寂靜，風雪逼人。

森寒刀劍圍著他，為首的人蒙著面，嗓音嘶啞低沉，威脅道：「雲小侯爺現在退回，只當無事，各自相安……」

雲琅吁了口氣，攢起些內力，慢慢推行周天。

當時那些蒙面人的身手不弱，雲琅已在軍中打磨錘煉過些時日，對方卻畢竟人數占優，拚殺在一處，吃了些虧。

一場拚殺，雲琅棄了隨身戰馬，藉輕功勉強脫身，鮮血淋漓殺氣騰騰，闖進了御史臺。

終歸晚到一步。

「少將軍。」刀疤看他臉色，有些不安，「可是舊傷犯了？我去叫醫官……」

「不必。」雲琅闔著眼，不以為意，「肺脈瘀滯罷了，多走幾圈內力，一樣的。」

刀疤不敢打擾他，悄悄打開窗戶，替他通了些風。

雲琅咳了兩聲，內力撞向胸口瘀澀隱痛。

傷是那場拚殺裡受的。

蒙面人劍招狠辣，雲琅晚退上半分，胸口就能多出兩個通風的洞。

傷不致命，雖不好受，倒也能忍。雲琅沒工夫包紮，連端王屍身也沒顧得上收，重重磕了三個頭，奪了匹馬搶出御史臺。

斬草除根。

端王家眷回京，必遭截殺。

禁軍已被圍死，府上有私兵的不多。雲琅猜到了負責斬草除根的人是誰，讓親兵換了雲府的衣服去沿路接應，自己沒跟著去，拎著劍回了鎮遠侯府。

鎮遠侯已點好私兵，看著他闖門，神色陌生忌憚，「往常不管你，今日少來壞事……」

雲琅單人隻劍，攔在門口。

在沙場滾了一圈，雲少將軍沒被軍旅磋磨半點，倒叫沙場鐵血淬出一身鮮明的冷冽鋒芒。

「皇后無子，爭儲愈烈，侯府總要有所投靠！」鎮遠侯被他周身血氣懾得發怵，硬挺著寒聲：「今日之事不做，將來全府都要遭殃！讓開！你這不孝逆子……」

雲琅朝四周私兵一掃，隨手棄了劍，朝一人腰間抽出長刀。

鎮遠侯神色微變，「你要幹什麼？」

雲琅往周身看了看，朝著尚完好的左臂，一刀直沒到底。

「你的血脈，還你。」雲琅掂了掂刀，低頭看看如注血流，「夠不夠？用不用再來一刀？」

鎮遠侯雖是武將，卻並無提兵戰陣之閱歷，看著他悍然一身鮮血淋漓，臉色白了白，本能退後一步。

「你和你的私兵，出門一步。」雲琅將刀調轉，抵在胸口，「這把刀就會捅下去。」

「你同侯府恩斷義絕。」鎮遠侯面露譏諷，「還用你的生死威脅我？整兵！開府門……」

「我不是在用我的生死威脅你。」雲琅笑了笑，「這是侯府的刀，上面有雲字家徽。」

鎮遠侯定定看著他，臉色變了變。

「我是雲麾將軍，既不曾挾禁軍謀反，也不曾禍亂朝綱，正要領朔方軍回京，領賞受封。」雲琅慢慢道：「倘若我死在侯府，胸口插著你侯府的刀，你猜會如何？」

鎮遠侯咬緊牙關，含恨死盯著他。

「我來之前，已同御史臺說過，要回鎮遠侯府。」雲琅淡聲道：「也說了，我與侯府素來不和，全無父子情誼。若是哪天沒了命，多半是侯爺下的手。」

雲琅抹了把血，朝他笑笑，「來日侯府遭殃，還是過幾天領罪削爵，鎮遠侯，選一個吧。」

雲琅咬牙衝開肺脈，咳了數聲，慢慢坐直。

他在府裡，與鎮遠侯對峙了整整一日一夜。終於等到親兵，聽聞聖上已然知情，震怒出手，外面諸事已定。

他一口氣鬆下來，不知人事，昏死了三天三夜。

再醒來，才知道端王妃也歿了。

「端王臨終。」雲琅道：「臨終……將妻兒家小託付於我。」

「家臣護衛被奸人圍剿，救援不及，死傷慘重，是我有負所託。」

「王妃闖宮，攜劍自刎，是我看顧有失妥當。」

刀疤聽不下去，哽聲打斷：「少將軍，明明……」

「端王一脈，坎坷艱危，就只剩下這麼一個。」雲琅道：「可憐他沒有長輩，少年失怙，舉目無親。」

刀疤：「少……」

「舉目無親。」雲琅道：「既無母親疼愛，也無父親教導。」

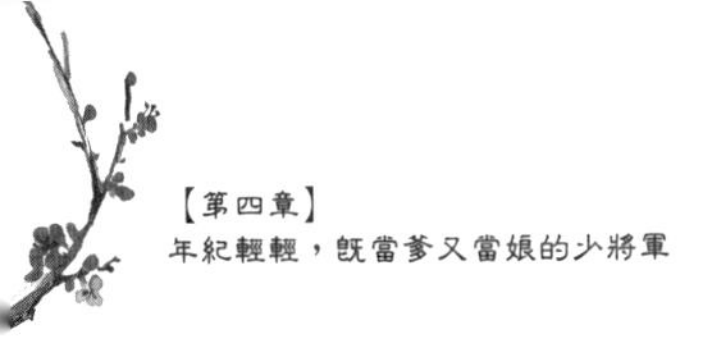

刀疤：「……」

「我。」雲琅輕嘆一聲，「就是他父親的託孤之人。」

刀疤啞口無言。

雲琅看他，神色和藹，「聽懂了嗎？」

刀疤張了張嘴，訥訥點頭。

剛看到《雲公子夜探琰王府》這種東西的時候，他們幾個還很生氣，同琰王府那群玄鐵衛打了一架。

雙方互不相讓，爭執了半日，說不清雲少將軍對蕭小王爺究竟是少年情誼，還是真心傾慕。

……萬萬不曾想到。

刀疤看著父子情深的少將軍，不很敢再問，應聲：「知道了。」

雲琅還沉浸在往事裡，唏噓間，抬手揮了揮，「去罷。」

刀疤給他行了個禮，重新續滿茶水，悄悄出了門。

雲琅打發走刀疤，又運了幾圈內力，嗆出口發暗的瘀血。

他沒在意，摸了塊帕子拭淨，仰面倒在榻上。

被那群蒙面人在胸前捅的一刀，當時沒來得及處置，後來的事太多，也顧不上好生調養。

京中生變，邊境不寧，沒多久他就率軍回了北疆。

再察覺的時候，新創已成了舊患。

雲琅低咳了兩聲，閉上眼睛，扯著薄毯蓋到頭上。

傷了這麼些年，該習慣的也早習慣了，無非遇上陰天雨雪難熬些，沒什麼要緊。

難得提及舊事，他忽然想起了那個城隍廟的黑衣人。

端王在獄中冤死，端王一脈的爭儲勢力也隨之消散。

斬草除根，蕭朔的性命不知有多少人盯著。

幕後之人丟車保帥，拋出鎮遠侯府頂了全部的罪名。蕭朔若是也信了這個，不追根刨柢談個究竟，只將鎮遠侯府當成滅門的罪魁禍首，活著的人裡只恨雲琅一個，要活下來還能容易些。

那時雲琅平了戎狄之亂，在北疆轉了十來日，好不容易才找著了個風景極好的懸崖。

雲少將軍蹲在懸崖邊上，心裡還想著，自己左右也要死，死了換蕭朔能活著，十分值得。

……轉頭就聽說宮裡有人往琰王府送拂菻國上貢的御米。

吃這東西的人雲琅見過。起初確實能治頭疼，又能解憂抒懷，可多吃幾次就再離不得，人只知道高臥榻上，體力日衰，一旦沒了便痛不欲生。

雲琅受端王所託，自覺有管教蕭朔的責任，自然不能坐視不理。邊嘆著操心的氣邊一頭扎進秦嶺，就這麼連竄帶跑東躲西藏了五年。

雲琅所求也不多，無非一樁北疆安定收復燕雲，一樁蕭朔消消停停、像尋常王爺那麼活著。

可蕭小王爺眼下這個不配合的架式，說不定什麼時候，就要翻扯出來殺身之禍。

困在府中，城裡朝中的情形都不清楚，北疆形勢如何，也難以探聽得到。

雲琅躺不住，撐著坐起來，敲了兩下窗子。

刀疤就在窗外守著，聽見聲響，悄悄進了門，「少將軍。」

「御史中丞近來忙嗎？」雲琅道：「幫我給他帶句話，叫他有時間來一趟。」

刀疤看著他，有些猶豫，欲言又止。

「不方便？」雲琅蹙眉，披衣起身，「怎麼回事，御史臺出了什麼變故？」

「沒有。」刀疤忙搖頭，「他上次來，被王府當神志不清轟出去了。」

雲琅：「……」

「琰王說，怕離得近了，被他傳上失心瘋。」刀疤道：「從此不准御史中丞進府門一步。」

雲琅：「……」

「中丞說。」刀疤跟著出去採辦，確實見過御史中丞一次，想了想，「少將軍要見他，他可以踩著梯子，半夜爬琰王府牆頭……」

雲琅不大敢細想那個場景，按按額頭，「……算了。」

好好的御史中丞，深更半夜，趴在琰王府牆頭上跟自己說話。

一旦叫蕭小王爺知道，刀下沒準都要見血。

說不定還會覺得這面牆都不乾淨了。

把牆扒了，祭御史中丞英靈。

雲琅振作精神，拿了盞茶，一氣灌下去，「拿紙筆過來，我給他寫信。」

刀疤替他翻出筆墨宣紙，遲疑了下，叫他：「少將軍。」

雲琅打著腹稿，隨口應了聲，「怎麼？」

「少將軍要見御史中丞，是要打聽琰王的事嗎？」刀疤鋪開宣紙，替他磨墨，「上次中丞說，御史臺攢了百十份彈劾琰王的奏章，少將軍要看，都能送來。」

御史中丞一口氣說得太多，刀疤記不住，囫圇道：「還有禮部的、工部的，好幾個部的……」

雲琅聽得頭疼，「這是結了多大的仇？」

「京城裡，對琰王都頗有微詞。」刀疤不很懂這些文人酸詞，回想著給雲琅複述：「只是聖上縱容，都忌憚退讓，不敢招惹罷了。」

雲琅按著額角，坐了一陣，點了點頭。

先帝雖然優柔寡斷，卻畢竟為人寬厚，向來仁慈。對蕭朔的縱容厚待，七成歉疚、三成憐惜，倒沒有旁的心思。

只是……這份厚待，到了旁人手裡，便成了把刀子。

攔在蕭朔身前，替他跋扈驕縱、替他四處傷人。

說不定什麼時候，這把刀調轉過來，不用費多大力氣，就能收割蕭朔的性命。

「當年。」雲琅提筆，在紙上寫了幾行字，「京郊城隍廟，那個黑衣人你可還記得？」

「帶著人圍了我們，說有話要說、只能少將軍聽的？」刀疤點頭，「記得。他腳步虛浮，氣息也不深厚，身上沒什麼功夫。」

「誰管他有沒有功夫。」雲琅失笑，「你記得他穿的什麼？」

刀疤愣了愣，搖頭，「夜太深了，只看見一身黑。」

雲琅寫好了簡信，擱下筆，將紙細細折起來。

的確是一身黑衣，卻又不只這麼簡單。

赤白縹紺織成大綬，游龍衣襬，結二玉環。

瑜玉雙珮，通犀金玉帶。

不只是皇子的形制。

當時先帝身子已日漸不好，皇后無所出，其餘嬪妃所生皇子出息的不多，一文一武。

三皇子蕭鉞，受封端王，曾掌朔方軍，血戰燕雲平定北疆，驍勇善戰。

六皇子蕭欽，性情風雅廣交賓朋，處事周全，頗得人心。

雲琅向窗外看了看。

他記得，當年六皇子受的封號，是賢王。

「少將軍認得那個人？」刀疤微愣，「那當時怎麼……」

「認出了，也總要裝一裝。」

雲琅失笑，「他要不親自來，說的那些話，我也根本不會聽。」

整件事並不複雜，尤其他在局破局，兩方的情形，他一個人都知道了大半。

是什麼人攪動風雲、什麼人害了端王、什麼人不顧手足之情痛下殺手。

誰是蕭朔真正的仇人。

他自然從來都知道。

「到了那個份上，報仇什麼的，都暫且顧不上了。」雲琅很清楚自己當年幹了什麼，也毫不意外蕭朔恨自己，靜了半晌，低頭笑笑，「先得活著……」

雲琅咳了兩聲，按下又攪起來的舊傷，靠在桌邊緩了緩，「那麼多人。」

那麼多的人。

他一個都沒拉住，一個都沒能救得回來。

「少將軍。」刀疤扶著他，低聲勸：「別想了。」

「的確不該想。」雲琅深以為然，點了點頭，「我想給蕭朔下點藥。」

刀疤：「……」

刀疤愣愣聽著，不是很明白他們少將軍的心路歷程，「什麼藥？」

「管他什麼藥。」雲琅道：「讓御史中丞找，黃連、木通、龍膽草、苦參、穿心蓮……」

刀疤看著他挑得一樣比一樣苦，小心詢問：「少將軍可是藥喝苦了，要設法報復琰王？」

「巴豆也行。」雲琅意猶未盡，「番瀉葉是不是不夠勁？」

刀疤瞪大了眼睛。

「當初在城隍廟，我拿出端王靈位，逼著那位黑衣人立過誓。」

雲琅坐下來，又附了張紙，把傳聞中最苦的幾大藥材全列了上去，「殺兄弟、害手足，縱然享了九五之尊，夜裡也是要睡不安穩的。」

據雲琅所知，半年前，新帝還找幾名西北藏醫進宮看過夜驚失眠的症候。

有著這一分虧心，至少眼前，蕭朔還不會被明火執仗地針對。

沒有明槍，卻絕不會少暗箭。

蕭朔的身手比過去好，玄鐵衛也警惕，有刺客大體都能應付。

雲琅想了一圈，還是有點擔心，蕭朔哪天會被下點什麼藥。

「左右我困在他府上，又沒事可做。」雲琅很看得開，「替他演練幾次，長長記性，遇上真要緊的藥也能應對。」

「所以……」刀疤欲言又止，「少將軍決心搶在他們前面，做第一個藥了琰王的人嗎？」

「再說。」雲琅扔了筆，往後靠了靠，「來日我終於死了，他也……」

刀疤咬牙，粗聲打斷他：「少將軍！」

「好了好了，我不說就是。」雲琅收了嚮往，輕嘆口氣，「去吧……對了，還有。」

刀疤走到門口，停下等他吩咐。

「城東。」雲琅稍一回想，「過了龍津橋直走，觀音院背後，有條甜水巷。」

刀疤頭一次在京中執行任務，有些緊張，牢牢記了三遍，「是有我們的暗樁嗎？」

雲琅神色複雜地看著他，「是條賣甜水的巷子。」

刀疤俯身，「……哦。」

「巷子盡頭，有家甜湯鋪子，沒有招牌。」雲琅道：「他家的梅花湯餅，還有脆青梅、荔枝膏、櫻桃煎，每樣買兩份。」

刀疤愣愣問：「為什麼是兩份？」

「廢話，我自己不還得吃一份？」雲琅懶得同他多說，揮了下手，吩咐道：「快去快回，少耽誤工夫。」

刀疤原本還想問那第一份是買給誰的，被雲琅一催，不敢多話，同他行了個禮，快步出了門。

◆

書房，玄鐵衛說完，俯身行禮，「就是這些了。」

蕭朔靠在窗前，隨手撥弄著棋子，垂眸出神。

「怎麼就忽然提起這個了？」老主簿站在邊上，皺緊了眉，「雲公子提起御史中丞前，是不是還說了什麼別的，你們沒聽見？」

「是。」玄鐵衛面有愧色，「那些親兵結陣十分厲害，我等輕易不能靠近。」

玄鐵衛是早先那一批朔方軍，龍虎營出身，跟著端王打仗，大開大合拚殺慣了，結陣是後來護衛王府才練的。

比之雲少將軍手裡千錘百煉折騰出來的精銳雲騎，若不見血，還是有些不足。

玄鐵衛技不如人，如實稟報：「若不是後來家老叫他們出去買菜了，只剩為首的一個，我們連剩下的也聽不到。」

老主簿輕嘆口氣，瞄了瞄蕭朔神色，示意玄鐵衛悄悄出了門。

兩人在門外站定，老主簿低聲道：「你聽清了，雲公子確實說的是城隍廟的黑衣人？」

「是。」玄鐵衛稍一猶豫，「還……說了別的。」

「既然說了別的，怎麼剛才不跟王爺說？」老主簿皺緊眉，「說什麼了？」

「雲公子想給王爺下黃連和巴豆。」玄鐵衛道：「我們想著，雲公子大概……少年心性，氣王爺欺負他。」

當初御史中丞在王府大罵，說了雲琅在天牢裡為護端王名譽受刑，這些玄鐵衛就已隱隱動搖，平時也對雲琅多有退讓。

這種事報了，王爺多半又要發怒，雲公子身子不好，多半經不起折騰。

「當什麼事。」老主簿啞然，「這倒不要緊。」

左右府上始終提防著飲食，採買後廚都是信得過的人，這些年來也確有幾次暗中下毒的事，都沒能得手。

雲琅謀劃的又不是什麼要緊的藥，無非多小心些就是了。

「論年紀，雲公子比咱們王爺還稍小些呢。」王府有些年沒被雲琅折騰得雞飛狗跳，老主簿頗感懷念，搖頭笑笑，「年紀小，行止幼稚些，也不算什麼。」

玄鐵衛俯身，「是。」

「要知道他們說什麼了，也不一定要聽牆角。」老主簿傳授經驗，「多同雲公子的親兵聊聊天，轉圜些，套套話。」

玄鐵衛目光一亮，恍然，「知道了。」

「去吧。」老主簿道：「我去回稟王爺。」

玄鐵衛應了聲，快步退下了。

老主簿回了書房，見蕭朔仍在出神，倒了盞茶，放輕腳步過去，「王爺。」

蕭朔抬眸。

「雲公子口中那個黑衣人，倒和咱們查的能對上。」老主簿道：「監斬那日，六皇子心痛激切嘔血昏迷，卻被殿前司撞見，竟在深夜喬裝改扮悄悄出宮……」

「現在看來。」老主簿悄聲，「這深夜出宮，便是去見雲公子了。」

玄鐵衛只能聽見對話聲，知道雲琅用端王靈位逼著黑衣人立了什麼誓，便不再清楚其他。

老主簿回想著這些年查到的，盡力揣測，「按著咱們的推想，他去見雲公子，應當是為了封雲公子的口。」

「既然鎮遠侯府參與其中，當初的事，雲公子再怎麼也知道一些。要想穩妥，要麼就是讓雲公子永遠閉嘴。」老主簿有些遲疑，「要麼……」

蕭朔淡淡道：「殺了我，永絕後患。」

老主簿臉色變了變，低頭不敢出聲。

「沒什麼不能說的。」蕭朔不以為意，「六年前，不就都知道這件事了嗎？」

「往事已矣。」老主簿低聲勸：「您少想些這個……」

蕭朔道：「我不曾想。」

老主簿愣了愣。

蕭朔看了看手中茶水，忽然道：「當初賜下來的御米……」

「王爺萬萬不可提這個！」老主簿慌忙道：「信上說的，王爺忘了？若吃久了那東西，輕則如墜夢中渾渾噩噩，重則神魂俱喪再無人形……」

蕭朔靜坐半晌，斂淨眸底血色，笑了一聲。

他不曾想過往事。

是過往撕開斑斑血跡，日日逼人，夜夜入夢。

「不論……不論怎麼說。」老主簿悄悄拿走了他手裡的茶杯，低聲道：「雲公子心裡是想著王爺的。」

蕭朔蹙眉，「他想不想，與我何干？」

「不相干。」老主簿脾氣很好，點點頭，幫他們王爺完善當時的情形，「當年，您暗中開城門放了雲公子後……」

老主簿頓了下，側側身避開蕭朔倏而冷沉的神色，跳過這一段，「雲公子跑到城隍廟，定然是同喬裝打扮的……那人，做了個交易。」

「這個交易，多半是對我們有好處的。」老主簿細細分析，「甚至於咱們府上這些年能平平安安，只怕都同當年雲公子的所作所為有關。」

蕭朔喝了口茶，放下茶盞，看向窗外。

今日天色又有些陰沉，到了這個時辰，風愈冷冽，眼見著要落雪了。

「您看，您書房的窗戶老是忘了關。」老主簿很操心，幫他把窗戶闔上，「每次關上沒多久，您就又給打開了，也不怕著了涼。」

蕭朔看著他關窗，垂了眸，分揀開棋子，「城隍廟。」

「哦，對，城隍廟。」老主簿險些忘了，點點頭，「雲公子那時候，已經認出那人是誰了，生死之間，卻還是逼他立了誓。」

「您想。」老主簿道：「城隍廟破敗，燈燭卻都還亮著，案上有供品，牆上有塑像。」

「那人……定然帶了不少兵。」老主簿盡力烘托氣氛，「雲公子刀劍加身，面不改色，拿出端王靈位，奉在燈燭供品前……」

話音未落，外面有玄鐵衛求見，「王爺。」

「等一下。」老主簿道：「拿出端王……」

「確有急事。」玄鐵衛耿直道：「我們問著了，雲公子還說了別的。」

「拿出端王靈位，奉在燈燭供品前……」老主簿徹底忘了自己要說的，重重嘆了口氣，無奈道：「說了什麼？」

「雲公子說。」玄鐵衛隔著門，一字一句，字正腔圓，低聲稟報：「端王已歿，從此，他就是王爺的父親。」

老主簿：「……」

蕭朔：「咦？」

老主簿看著蕭朔，眼前一黑。

千算萬算。

不曾想到雲小侯爺有如此勃勃雄心。

蕭朔靜坐了一陣，扔了手中棋子，斂衣起身。

「哪來的胡話！」老主簿搶在他前頭，一個箭步拉開門，嚴厲訓斥玄鐵衛：「不是早同你們說了！凡事不可輕易斷言，一律打聽清楚再來……」

「打聽清楚了。」玄鐵衛忠心耿耿，學以致用，「按您教的，設法轉圜、乘機套話。」

「……」老主簿按著胸口，「怎麼轉圜的？」

「問了管事。」玄鐵衛：「管事問了掌廚，掌廚問了採辦的雜役，雜役問了守門的家將，家將問了廚娘。」

「廚娘問了丫鬟，丫鬟送暖爐時，問了雲公子的親兵。」玄鐵衛保證，信誓旦旦：「每個人都說，不曾聽錯。」

老主簿：「……」

老主簿一把年紀，扶著門框，顫巍巍吁了口氣。

雲琅那天來救手下親兵，曾同他說過，這些出身朔方軍的夯貨很靠不住，千萬不能放手叫他們自己亂跑。

老主簿當時還一笑置之，覺得雲小侯爺未免有些憂心過度。

現在看來，玄鐵衛不出錯，幾乎全仰仗王府這些年來平平安安沒生什麼大事。

蕭朔立在窗邊，說不定什麼時候就能走出書房親手掐死雲小侯爺。

老主簿暫且沒時間多考慮，把書房門一把拍在玄鐵衛臉上，快步過去，「王爺……」

蕭朔抬手，推開窗子。

冷風轉眼灌進來，老主簿不敢出聲，自己過去，把炭火撥了撥。

蕭朔像是不知道冷，負手立在窗前，漠然神色半隱在燭影裡。

他長得同端王並不相似，眉眼更像端王妃。只是狠戾涼薄太盛，叫人平白生畏，不敢哪怕絲毫接近。

老主簿也有些膽顫，徘徊一陣，還是打點起精神，倒了盞茶放在他手邊。

夜色昏沉，暮雪將至。

蕭朔看著窗外，忽而輕笑了一聲。

「王爺斷斷不可！」老主簿幾乎聽出了這一聲笑裡的殺氣，嚇得撲跪在地，「且不論以訛傳訛、三人成虎！小侯爺縱然真說了這話，想來也無非不肯服軟，口頭占個便宜……」

蕭朔垂了眸，淡淡道：「你也信了八成。」

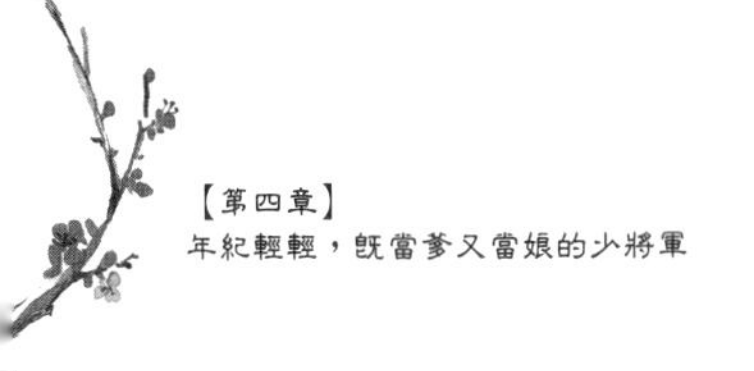

老主簿：「……」

老主簿低著頭，磕磕巴巴，「是……是。」

畢竟這一句話，聽著就十分像雲小侯爺能說出來的。

當年雲小侯爺在府上的時候，掉進蕭朔挖的坑裡，壓壞了捧著的點心。

氣急敗壞之下，口不擇言。

也曾短暫當過蕭朔的大爺和爺爺。

後來還是因為蕭小皇孫的爺爺不能當，才沒再每次掉進書房窗外的同一個坑裡，都岔著腿懶洋洋坐在坑底放聲大喊「勞煩貴府來個人把爺爺撈出來」。

「雲……公子，灑脫不羈。」老主簿方才心神激蕩，說錯了話，艱難改口，「有口無心。」

老主簿低聲，「絕非有意冒犯先王……」

蕭朔不語，視線落在廊間風燈上，眸底冷意蔓延。

老主簿站在邊上，橫了橫心，兩害相權取其輕，「您若實在氣不過，就親手去打雲公子一頓，清清心火。」

「六年前，我曾發過誓。」蕭朔淡聲道：「不會再對他動手。」

老主簿心下沉了沉，低了頭不再出聲。

若只是這一句倒好了，只可惜……蕭朔並沒把這段血誓說全。

六年前，王府巨變，翻天覆地。

府中眾人四處奔走，忙得心力交瘁，很多事都已顧不上。

終於熬到勉強安定下來，已過了個把月。

先王與王妃一併歿了，舉喪入殮一項跟著一項。府上無人主事，蕭朔按禮暫襲王爵，隻身主持了喪禮。

府上整理登府悼亡的名錄，才發覺這月餘時間，雲琅竟一次都沒來過。

那時尚且沒人知道栽贓害人的是鎮遠侯府，王府同雲琅向來親厚，有不少人因為這個，一度頗有微詞。

無一例外，都被小王爺狠狠駁斥了。

禁軍風波未平，京中流言紛紛。

不少人暗中揣測詆毀雲琅，到蕭朔面前，也盡數毫不留情轟了出去。

世人都以為，蕭朔是自那一場家變起恨透了雲琅。

就連雲琅自己，只怕也多少這麼覺得。

「那時候……您進宮。」老主簿實在忍不住，悄聲問：「究竟出了什麼事？為何便同雲公子立下那等慘烈血誓……」

蕭朔漠然站了一陣，伸手關了窗戶。

風雪被一併嚴嚴實實掩在屋外，燭火一跳，重新亮起來。

蕭朔垂眸，「我去求先帝，重查端王冤案。」

老主簿自是知道這件事，點了點頭，「當年第一次查案，大理寺糊弄，草草拉了個侍衛司的指揮使來頂罪，說他偷了虎符意圖不軌……」

內有宿衛宮變，外有親王冤死。大理寺卿奉旨查案，查來查去，竟只查出來個小小的指揮使。

整個京城都知道定然不對，卻無人敢多說半句。

結案卷宗送來，蕭朔在宗廟跪了整整一夜，誰也勸不動。

次日一早，蕭小王爺一身素白斬衰孝服，隻身遞牌子入了宮。

「要向先帝證明那人不過是個替罪傀儡，只要查證虎符不就是了？」老主簿那時候在宮外，不清楚具體情形，「當時鎮壓禁軍，虎符明明就在雲小侯爺手裡，他……」

蕭朔道：「大理寺在那個頂罪的指揮使身上，搜出了虎符。」

老主簿怔住。

蕭朔立在窗前，闔眸斂下眼底血色。

滔天冤情。

眼看就要草草結案，少年蕭朔進宮跪求重新查案，在白玉階下跪了一日一夜，一下接一下，叩了不知多少次首。

求來了先帝、參知政事、開封尹、大理寺卿。

也求來了平亂有功的雲麾將軍雲琅。

自去歲雲琅隨軍征戰，兩人還是第一次相見。

一個身著御賜披風，侍立在先帝身後，一個素衣孝服跪在階下，額間一片淋漓血痕。

「是雲小侯爺把虎符給他們，用來推那個都指揮使頂罪的？」老主簿有些不敢信，皺緊眉，「怎麼會？小侯爺明明……」

「先帝走下階來，扶我起身，對我說。」蕭朔慢慢道：「朕知道你的苦楚。」

他說起這些時，語氣依然極平淡，像是事不關己，「又問我，此事不查了，行不行。」

老主簿喉嚨發緊，「您……」

「我又跪回去磕頭。」蕭朔道：「那幾位大臣，便也輪番來勸。」

「後來，太傅也被請來了。」

「父親的舊部，冠軍大將軍、懷化大將軍、歸德將軍、殿前司都指揮使。」

偌大的文德殿，滿是人，空空蕩蕩。

少年蕭朔一身素白，跪在階下，一下下沉默著叩首出聲。

「雲公子。」老主簿低聲，「雲公子他……」

「我磕得昏沉了，不知叩了多少次。殿裡的人見勸不動我，紛紛告退，又只剩下原本的幾個人。」蕭朔道：「先帝重重嘆了口氣，帶著那幾位大臣走了。」

蕭朔垂眸，看了看掌心，「他走下來，跪在我面前。」

少年蕭朔獨自苦撐王府，一連月餘，心力體力都已到極限，視野模糊，撐著染血玉階抬頭，還要再叩下去。

雲琅伸手扶住他，將他托起來。

邊上的內侍不敢多話，小心著勸：「小侯爺，地上太涼……」

雲琅冷聲：「退下。」

內侍噤聲，屏息悄悄退出殿外。

雲琅看了蕭朔半晌，攥了袖口，抬手替他拭了拭額間淌下的血痕。

蕭朔意識已近昏沉，攥住他的手腕，胸口起伏，眼底死死壓制的激烈血色翻騰起來。

「沒有外人了。」雲琅輕聲：「你要對我動手，不用顧忌。」

「雲琅。」蕭朔耳畔嗡鳴，聽見自己嘶啞嗓音：「父王母妃，覆盆之冤，屍骨未寒。」

雲琅像是冷了，微微打了個顫，垂眸不語。

「重查冤案，不牽連你。」

「端王府自取其禍，怪不得你。」

「你與鎮遠侯府無干，查出你家。」蕭朔視野裡一片血紅，死死攥著他手腕，「端王府辭封爵，自請去封地，我用爵位保你。」

雲琅仍不出聲，避開他視線，手上用力，想扶蕭朔起來。

蕭朔膝行退了兩步，朝他重重叩拜下去。

「現在想來。」蕭朔笑了一聲，「那時簡直愚笨透頂。」

端王之難，事涉爭儲。

除了他，剩下的人說不定都猜著了是怎麼一回事。先帝已經失去了一個兒子，縱然心中再猜到過往始末，也難以下得去手、去往死裡再查另一個。

「怎麼能怪王爺！」老主簿哽聲道：「哪有這等道理？縱然先帝為人父，先王也是他的兒子！難道就這麼白白……」

蕭朔道：「罷了。」

老主簿打著顫，低頭閉上嘴。

「先帝寬仁，卻失於公允，又瞻前顧後、優柔寡斷。」蕭朔道：「我也是後來才知道，那時先帝身體已每況愈下，儲君之位一旦空懸，朝野必亂。」

老主簿不懂這些朝堂之事，只是仍咬牙道：「雲、雲公子他……」

「第二日，他帶著讓我行冠禮襲爵的聖旨，來祭拜父親。」蕭朔接著回憶道：「勸我就此罷手，不再翻案。」

老主簿長嘆一聲，閉上眼睛。

「我應了。」蕭朔淡聲：「但只有一條，讓他說清楚，事情究竟始末。」

「他依然不說，只把匕首交給我。」蕭朔笑了笑，望向窗外，「自縛雙臂，站在我面前，叫我只管解氣。」

少年蕭朔攥著那把匕首，在漫天風雪裡立了三刻，放聲朗笑，將袍袖霍然斬斷。

割袍斷交，恩盡義絕。

端王府自此閉門謝客，封府不出。蕭小王爺立下血誓，再不與雲麾將軍動手，除非……

「除非。」蕭朔神色淡漠，抬手撥了下燭花，緩緩道：「他日再見，我親手取他性命。」

老主簿黯然無話，靜立一旁。

「那時年少，只知道滿腔怨恨，滔天不公。」蕭朔道：「我原本想，無非豁出去查個清楚。不論此事同鎮遠侯府有沒有關係，都同他無關。」

「犯了天威也好，丟了爵位也罷。」蕭朔垂眸，「大不了就要一塊窮山惡水的偏遠封地，如果真牽扯了他們家，就把爵位交出去，換了他，一併帶走。離京城遠遠的，再不回來。」

老主簿胸口酸澀，低聲：「王爺……」

「鏡花水月罷了。」蕭朔道：「我如今只慶幸，他那時不知被什麼耽擱了，沒來得及插手。」

知道家中生變那一刻，他就在怕雲琅出手。

鎮遠侯府的少侯爺，沒承半點祖恩，真論起來，反而是侯府的眼中釘肉中刺。

雲琅要插手，勢必不能全身而退。

求重查冤案時，他跪在白玉階下，看見雲琅好好披著御賜披風，心裡並不覺得惱火，反而終於放了心。

「他原本。」蕭朔淡聲道：「也不是我的什麼人。」

雲琅離開京城，領兵回了北疆的那一年裡，蕭朔才終於想明白這件事。

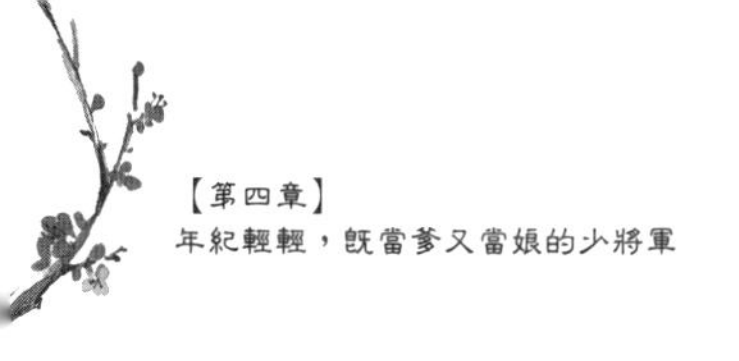

雲琅同王府，說到底並沒什麼關係。

不必把自己綁在王府的戰車上、不必冒著觸怒天威的風險幫他請求翻案，也不必幫他。雲琅自可以選擇保住侯府，一點汙名不沾，好好當他的少將軍，立下赫赫戰功。功垂竹帛，青史傳名。

想通後，琰王府便叫人撤了大理寺的狀子。

「可究竟……怎麼一回事。」老主簿低聲道：「咱們府上前腳才撤，沒過多久，竟然就出了鎮遠侯府謀逆的證據？」

「若不是那些證據太過昭彰，不容推諉，也不會逼得先帝重查當年冤案。」老主簿道：「雖然令六皇子主審，可拋出了鎮遠侯府，也算是狠狠折了他的一臂，勉強給了咱們個交代……」

蕭朔垂了眸，潑淨一盞冷茶。

再翻案時，他已沒了當年那些念頭，從頭至尾不曾管過，也並未留意過往始末。

他只是……難以自制地恨雲琅。

聽說雲琅在法場胡言亂語，一口咬定對他傾心已久的時候。

知道雲琅昏了頭跑去威脅儲君，對著靈位立誓，不對他痛下殺手的時候。

當年侍衛司滿城搜查鎮遠侯府餘孽，開了城門把雲琅放走，看著一身布衣的雲琅頭也不回沒進稀薄暮色的時候。

蕭朔胸口起伏，闔了眸，斂盡眸底戾深殺意。

老主簿守在邊上，看著他氣息不定，心驚肉跳，「王爺……」

「去小院。」蕭朔道：「看看他。」

老主簿還沒想清楚雲公子當初為什麼要站在奸人那一頭，聞言嚇了一跳，還是本能護著，「您先緩緩，雲公子身子不好，經不起折騰。」

「我折騰他做什麼？」蕭朔淡聲道：「白撿了個父親，我莫非不該去問問他，我同那一對龍鳳胎的輩分該怎麼算？」

老主簿：「……」

老主簿心說您看起來分明就是要去掐死您白撿的父親，不敢多話，躬身道：「既如此，叫玄鐵衛來……」

「自己府上。」蕭朔隨手拿了件披風，「不必。」

老主簿努力道：「掌燈……」

「廊下有風燈。」蕭朔道：「麻煩。」

「……」老主簿看著不帶人、不掌燈的王爺，愁得有些恍惚，「您要去聽牆角嗎？」

「他什麼都不說。」蕭朔不解，「我去聽聽牆角，有什麼不行？」

老主簿無論如何不曾想到他們王爺這般坦然，張口結舌，愣在原地。

夜深風寒，雪虐風饕。

蕭朔推開門，隻身沒進風雪，去了王府一排等著被拆的獨門小院。

王府，獨門小院。

雲琅打發刀疤出了趟門，找到御史中丞，悄悄弄回來了許多東西。

有些過於多了，林林總總，裝了整整三只楠木箱子。

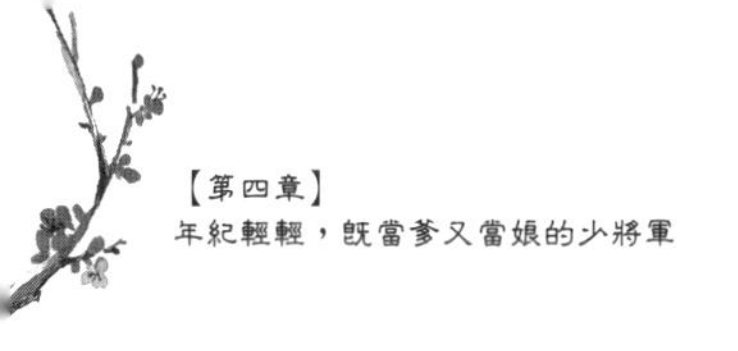

雲琅披了件衣裳，坐在床榻上，看著摞起來比床榻還高了不少的木頭箱子，心情有些複雜，「怎麼把這些全弄進來的？」

「抱著不方便。」刀疤如實回稟，「兩人一組，抬進來的。」

雲琅想問的倒不是這個，琢磨半晌，實在想不明白，問道：「琰王府沒有哪怕一個人……攔你們一程嗎？」

「這箱子都能裝人了吧？」雲琅比劃了下，「要是我偷著運進來殺手刺客呢？要是我趁機運進來些稅收官銀，誣陷端王貪墨呢？」

雲琅想不通，讓親兵扶著起身，撫著半人高的大木箱，「要是我忽然想弄點鞭炮，送蕭小王爺上天呢？」

刀疤不曾考慮到這一層，愣愣想了想，看著神色分明很是躍躍欲試的少將軍，「……」

「劃掉。」雲琅也只是想一想過癮，輕嘆口氣，「不是叫你們真弄鞭炮。」

刀疤摸出匕首，在隨身備忘木牌上劃了這一條，「是。」

雲琅坐回去，咳了兩聲，忍不住皺了皺眉。

御史中丞回信說得清楚，雲琅心裡大致有數，這三個箱子少說有兩個半都是御史臺幫忙謄抄的、這些年各層御史言官彈劾琰王的奏摺副本。

乍一看，倒真有些罪行累累罄竹難書的架式。

這幾年情勢緊迫，雲琅都在離京城一兩千里的地方顛沛，能關注到不准琰王吃御米已是極限。不曾想到，竟疏忽了這一層。

「既然旁人都這麼說，琰王這些年行事，只怕也確實暴戾失常。」刀疤忍不住說了一句，拿來軟枕給雲琅靠著，「少將軍已盡力了，對得起端王當年囑託。」

雲琅打開只木箱，取出份奏摺翻了幾頁，聞言笑笑，隨手扔在一旁。

刀疤看他神色，遲疑皺眉，「屬下說的不對？」

「倒是和端王沒關係。」雲琅很想得開，擺了擺手，「端王妃當年自歿，其實還給我留了封遺信，囑託我千萬規勸、匡正小王爺……」

刀疤心情複雜，看著年紀輕輕，既當爹又當娘的少將軍，「……」

雲琅拿過茶盞，喝了兩口。

舊傷作祟，一到風雪天，胸肺間便憋悶得厲害。

雲琅靠著軟枕，又悶咳了幾聲，嚥下喉間翻覆血氣。

雲琅閉上眼，靠在床頭歇了歇。

端王妃……

當初在端王府的時候，王妃總是向著他們兩個。

明明是端莊柔雅的王府主母，也會在雲琅闖了禍、被禁軍追著搜查的時候，拿帕子盡力掩著嘴角笑意，悄悄招手示意房頂上的雲琅，替他通風報信。

蕭朔替將門蒙羞，不敢殺兔子，一劍下去扎了端王叔的腳，回來也沒挨罵。

端王叔單腿蹦著暴跳如雷，要動手揍兒子，被王妃叫人架出去，點著腦袋訓了一句活該。

又吩咐府上丫鬟，給世子買了一窩雪白的小兔子，教著他們兩個念，煢煢白兔東走西顧。

「罷了。」雲琅被勸熟練了，不等刀疤開口，自覺寬慰自己，「往事已矣。」

「落雪了。」刀疤扶著他，低聲勸：「少將軍，躺一會兒吧。」

「躺下了又要咳。」雲琅嫌煩，擺擺手，「我的山家清供檀香雪水蜂蜜綠萼梅花湯餅呢？」

「……」刀疤艱難聽懂了個湯餅，拎出兩個食盒，放在桌上。

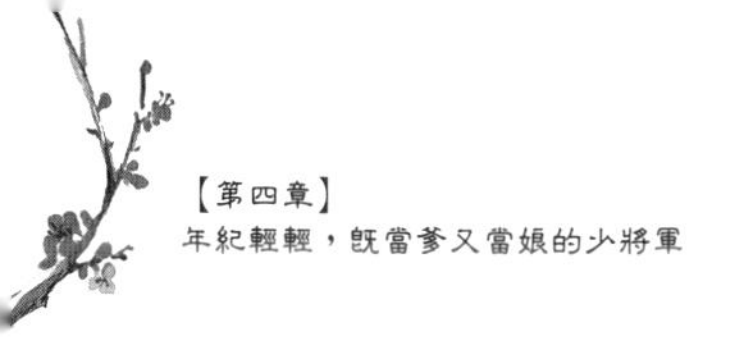

雲琅都打開看了看，挑了份看起來量大些的，重新蓋上，「給小王爺送到書房。」

刀疤愕然，「現在？」

「廢話。」雲琅又去拿剩下幾樣點心，一樣樣挑，「等他去了書房，你還送得進去？」

雲琅給蕭朔投食慣了，經驗很豐富，提前教導手下，「他窗戶前有個坑，多大不一定，看他心情。窗檽上可能搭了碗水，進去之前，先推一下試試……」

刀疤還記著雲琅下藥的宏願，捧著食盒，遲疑道：「少將軍不先下些巴豆嗎？」

御史中丞人在府外，聽了雲琅的計劃，對這件事興致格外的高。

刀疤翻出個紙包，又將剩下那幾個一字排開，依次介紹：「這是黃連，這是苦參，這是番瀉葉……中丞怕小侯爺不好下手，特意都磨成了粉，磨了兩次。」

「那也不能往這東西裡面下。」雲琅看著這群手下，嘆了口氣，「人家好好的做生意，精心細意煮了份湯餅，把王爺吃拉了肚子，回頭怎麼說？」

刀疤愣了愣，「這個……屬下不曾想到。」

「如此一來，分明是我要折騰他，卻因為倒了一次手，罪名就到了店家身上。」

雲琅撥弄了兩下燭花，慢慢道：「若是此事鬧大，旁人說得多了，會不會覺得那家店實在過分，竟這般不懷好意、折騰食客？」

刀疤隱約覺得他話裡有話，一時又想不透徹，怔怔聽著，點了點頭。

雲琅又展開份奏摺，隨意掃了幾行，拋在一旁。

琰王府的名聲差成這樣，蕭朔自己放縱傳言，甚至說不定還不怕事大火上澆油，只是一層。真正的根源，並不在琰王府上。

這些彈劾，有多少是蕭朔真做過的事，又有多少是藉琰王府的勢侵吞利益，排除打壓異己。

到頭來一轉手，推到琰王頭上，摘得乾乾淨淨。

雲琅靠在榻前，闔目凝神，細細思慮了一遍朝中局勢。

刀疤不敢打攪他，打著手勢，示意幾個兄弟悄悄退到一旁。

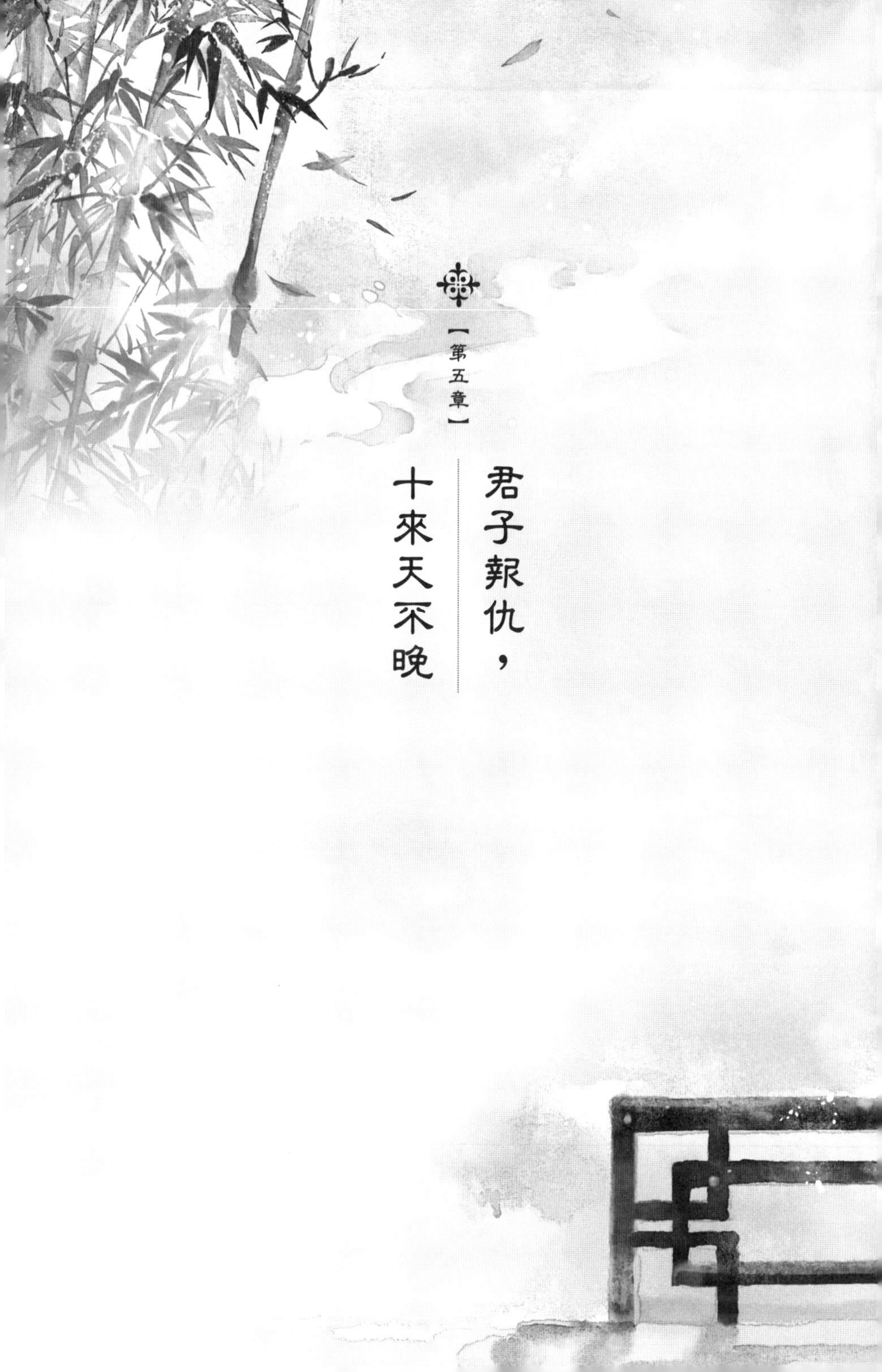

【第五章】

君子報仇，十來天不晚

雲琅沉吟著，指腹輕輕撚了撚。

刀疤倒了盞茶，躡手躡腳過去，放在他手裡。

雲琅喝盡了一盞茶，睜開眼睛，長嘆口氣。

「少將軍想好了？」刀疤滿心仰慕，「如何行事？我們……」

雲琅：「一頭霧水。」

刀疤：「……」

雲少將軍越想越心累，扔了茶盞，仰頭倒在榻上，「我又不清楚朝裡都有什麼官！」

沒出端王府的事前，雲琅在宮裡是金尊玉貴的小侯爺，皇上皇后的掌上明珠，在軍中是百戰百勝的少年將軍，戎狄無不聞風喪膽。用不著懂這些，在京中不單能橫著走，上房頂也行。

出事後，雲琅無暇自顧，更沒機會再琢磨體會。

「想不出來。」雲琅嘆了口氣，「我要是能想出辦法，這次也犯不上回京……」

刀疤心頭一緊，用力扯住他。

雲琅愣了下，「幹什麼？」

「少將軍這次回京，真是回來送死？」刀疤啞聲：「將士們說了多少次！朔方軍死守北疆，只要少將軍活著……」

他這時候竟反應這麼快，雲琅沒有準備，皺了皺眉，撐著坐起來，「好了，嚷什麼……」

「少將軍！」刀疤不聽他的，「當初端王歿後，少將軍從京城回北疆的那一年，就不要命一般，每仗都往死裡打！」

「我們那時候還當少將軍是急著收復燕雲！」刀疤再忍不住，愴聲低吼：「活著不好嗎？少將軍誰也不欠，犯不著把命賠出去！這次若不是中丞大人同我們說了，我們還不信……」

「刀疤。」雲琅打斷他：「好了。」

「沒好！」刀疤紅著眼睛瞪他，「少將軍……」

雲琅犯愁，「少將軍胸口好疼。」

刀疤：「……」

這一招少將軍用了少說百十次，刀疤張了張嘴，脹紅著臉胸口起伏，悶著頭把話盡數嚥回去，跪在榻前。

雲琅揉了揉額頭，輕呼口氣。

還當這群夯貨出門撞了腦袋，忽然開了竅……原來是御史中丞話太多。

雲琅閉上眼睛，磨了磨牙，準備找機會給御史中丞先下點巴豆。

「我那時……」雲琅不知該怎麼解釋，又拉不起跪在地上的親兵，靜了片刻才道：「確實是急著收復燕雲。」

燕雲陷落，端王回京之前，只收復了五座城池。

剩下的疆土駐兵再多，只是死守，不徹底收復，永遠成不了鐵板一塊。

本朝重文抑武，京城的禁軍安寧日子過久了，根本打不了仗。朔方軍連年苦戰，拚殺得千瘡百孔，更何況京中有人自毀長城。

本朝軍制原本就不利於征戰，新皇登基，樞密院侵奪了兵部軍權，連從一品的樞密使都是文人充任。千里之外仗要怎麼打，一律按京中樞密院送來的陣圖行事，不准有絲毫更改。

連年排擠，政令不一，募兵混亂，禁軍經商。

民間有諺語：做人莫做軍，做鐵莫做針。

端王臨終前，縱觀滿朝文武，能打仗的居然只剩了雲少將軍一個。

「燕雲十三城，端王打下來五座。這些年陸陸續續又奪下七座。」雲琅緩聲道：「朔州城，雁門關。」

雁門關拿下來，長城為界。

朔方軍駐關鎮邊，無論京中如何折騰，還能阻戎狄三十年。

朔方將士日日拚殺，這些刀疤都聽得懂，哽咽不能言，撲跪在地上。

「好了。」雲琅笑笑，「起來。」

「打下朔州前，我不會有事。」雲琅俯身，拍拍他肩膀，「等該做的事做完了，你們總該叫我歇歇。」

他原本……早就能休息的。

故人所託，不能辜負，昔日恩情，不敢背棄。

這次那位深宮裡的九五之尊，不惜自毀長城，用朔方軍逼他回來送命，雲琅也以為自己能就此索性歇下。陰差陽錯，又要多熬些時日。

刀疤聽得遍體生寒，看著雲琅眼底釋然嚮往，張了張嘴，半句話也說不出。

「不提這個。」雲琅擺擺手，把食盒推過去，「你去……」

雲琅驀地停住話頭，同刀疤對視一眼，神色微變，一齊朝窗外看去。

暮雪皚皚，風燈昏沉，幾道人影身法奇詭，一閃而過。

「是刺客，少將軍不要出來！」刀疤反應極快，一把推開窗戶，縱身躍出，「結陣！後列翼護，前列禦敵……」

雪夜風寒，凜冽寒風瞬間迎面灌了個結實。

雲琅嗆了兩口，咳得幾乎站不住，不想叫這些人替自己擔心，勉強扶住窗沿，「上面三個，有機關弩！小心……」

話音未落，雲琅擰身讓過，一排弩箭已死死釘在了他剛站的地方。對方有備而來，遠比上次刺殺凌厲凶悍。親兵被他提醒，勉強避過箭雨，依然有幾個被擦出了血痕。

刀疤急聲道：「少將軍快回去，避到屋角！」

雲琅彎著腰，咳了幾聲。

他攢的內力都在剛才那一下耗盡了，眼下要躲，也已沒了力氣。

箭雨泛著冷鐵烏光，轉眼已再度換了方位。

雲琅半跪在地上，來不及抹去唇角血痕，忽然被扯住手臂，狠狠拽回了牆角。

雲琅跌得重，眼前黑了黑，剛緩過口氣，就被身上的人砸沒了大半。

「……」雲琅躺在地上，隱約覺得自己看見了走馬燈。

法場之上，他堅稱懷了蕭朔的孩子。第一次來琰王府，椅子都沒坐熱，就遇見了刺客那天。

雲小侯爺三分本能、七分成心，帶著十來斤的熟鐵鐐銬給蕭朔來了個結實的見面禮。

萬萬想不到，這種事竟然也能還回來。

雲琅閉著眼睛，還在回想自己的短短二十餘年，肩膀忽然被人用力攥住，「雲琅！」

雲琅睜眼，氣若游絲，「君子報仇，十來天不晚……」

「閉嘴。」蕭朔眼底仍一片凜冽，胸口起伏半晌，沉聲：「你從哪裡招惹來這麼多麻煩？」

雲琅躺在地上，咳嗽著側過頭，看了看蕭小王爺招來整整兩個半箱子的麻煩，覺得這話怎麼都該自己先問。

外面拚殺聲愈烈，玄鐵衛也已趕來，箭雨終於漸疏。冷風仍打著旋往裡灌，蕭朔看了一眼雲琅，起身要去關窗，被雲琅拽住，「再等等，還有第二撥。」

蕭朔蹙緊眉，低頭看著他。

「信我。」雲琅被追殺多了，經驗豐富，閉著眼睛順褲腿往上摸了摸，「怎麼全是濕的？」

雲琅想了想，忽然明白了，欲言又止，看著蕭朔。

雖然知道蕭小王爺當年不敢殺兔子，但他也不曾想到這一層。

被逼到絕處的幾次，雲琅甚至還想過，蕭朔畢竟也算是將門虎子。

實在不行，給蕭朔留封遺書，託蕭小王爺領兵收復朔州。

雲琅看著褲子濕了的將門虎子，神色複雜，安慰道：「倒也不用這麼害怕，這裡是死角，箭射不到……」

「……」蕭朔斂眸，字字冰寒，「雲琅。」

雲琅占了個便宜，挺高興，撐著胳膊挪了挪，自己靠著牆坐起來。

箭雨的死角就這麼大點，雲琅扯著蕭朔浸了雪水的褲腿，把他往回拽了拽，「王爺在哪裡賞雪，站了這麼久？」

蕭朔漠然一陣，解下披風，劈頭扔在他臉上。

雲琅正好冷，也不客氣，抱著披風扯了扯，把自己嚴嚴實實裹好，「看雪的成色，很像我這個院子屋後牆角。」

「……」蕭朔深吸口氣，壓了壓騰起的無聲殺機，「雲琅。」

「近來確實不警醒了。」雲琅嘆息，「被人聽了牆角，竟然也沒發現。」

雲琅作勢按了按小腹，「什麼時候來的？其實該進來坐坐，孩子們也該見見……」

蕭朔聽不下去他滿嘴胡扯，打斷：「在你說『少將軍胸口好疼』的時候。」

雲琅：「……」

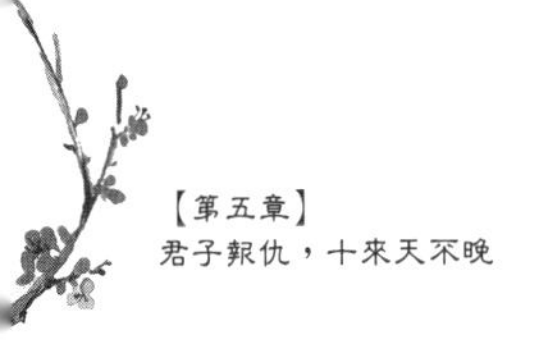

蕭朔低頭看他，「我也不曾想到，雲少將軍這般鐵骨錚錚。」

雲琅：「……」

「王爺來的還真……」雲琅咳了一聲，把對蕭朔大爺的問候嚥回去，「真很是時候。是擔心我拆牆角嗎？放心，這處院子我打算從門拆起，畢竟窗戶已經拆得差不多了……」

蕭朔淡聲：「雲琅。」

「活著呢。」雲琅高高興興應了一聲，「有時間能再送把椅子來嗎？現在這把只剩兩個腿了，不是很穩……」

「你說再多的話。」蕭朔道：「我也聽得出，你氣息亂得續不上了。」

雲琅微怔，靠著牆抬頭。

蕭朔垂眸，看著雲琅已近慘白的唇色，眼底戾意無聲暗湧。

他沒辦法……不去恨雲琅。

恨他隻身遠走，恨他單騎獨行。

恨他苦撐朔方軍，恨他什麼都往身上背，

恨他眼底分明早無生志，還要操心不夠，管這管那。

恨他混不吝裝成個沒心沒肺模樣，一看不住，就要把命交出去。

恨他已經走到這個地步，還一句不肯解釋，一聲不肯辯解。

「雲琅。」蕭朔扳住雲琅頹軟肩背，運起內力，抵在他背上，「你當初勸我，讓我不要翻案。」蕭朔：「是為了燕雲嗎？」

雲琅氣息散亂，趴在他臂間悶著頭咳嗽，聽見這一句，呼吸悄然滯了滯。

「倘若執意追查，丟車保帥，鎮遠侯府會第一個被推出來。」

蕭朔替他疏通經脈，淡聲道：「一個端王爵位，保得住你的命，保不住你的雲麾將軍。」

「沒了你，朔方軍再無支撐。」蕭朔：「朝中無人主戰，意圖讓出燕雲，與戎狄求和，年年歲貢。戎狄狼子野心，中原地產豐富財貨富饒，長此以往，必圖南下。」蕭朔道：「遲早有一日，禍及破國。」

雲琅靜了一陣，笑了笑，低下頭。

蕭朔語氣格外冰冷：「你以為，當年縱然和我說了這些……我也聽不懂？」

「在你眼裡，我縱然知道了這些，也抵不過家恨血仇，是不是？」他不想同雲琅吵，終歸壓不下胸口激烈恨意，一字一頓，「即使知道了，我也一定會不顧大局、不管國本，非要犯渾胡鬧死查到底……」

「倒也不是。」雲琅扯扯嘴角，「我只是……說不出。」

蕭朔怔了怔。

「我說不出。」雲琅抬頭，朝他笑笑，「蕭朔，我爹害死了你的父親。」

「我說過。」蕭朔沉聲：「你……」

「但凡我那時候再仔細些，不那般任性，只住在你府上，多回幾次侯府。」雲琅輕咳兩聲，「那些勾結行徑，未嘗不能看出端倪。」

雲琅看著他，「我的家人讓你沒了家人，我什麼都沒能護得住，什麼都沒能變得了。」

「到最後……我來告訴你，為了大局，為了我，你放過他們？」雲琅：「我要怎麼說？」

蕭朔胸口起伏，視線落在雲琅身上。

隔了良久，他放開雲琅，闔上眼。

「我那時……眼界便不及你。」蕭朔：「我本該看出來……」

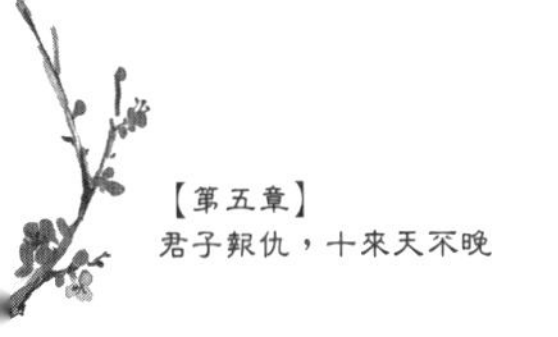

「我本該看出來。」蕭朔緩緩道：「卻只知眼前血仇，不知……」

「沒有。」雲琅有點不好意思，「我當初也沒想那麼遠。」

蕭朔蹙眉，抬眸看他。

「那時候……」雲琅實在沒了力氣，挪了挪，靠在蕭朔臂間，「我闖進天牢，終歸來不及。」

「我只知道，那兩年先是我跟著王叔打仗。」雲琅輕聲道：「後來王叔回京，執掌禁軍，就變成了我一個人打仗。」

雲少將軍那時才十七歲，憑著天賦屢戰屢捷戰功赫赫，看不到其下暗藏的累累危機。

彼時京中，唯有端王力主血戰戎狄，端王身死，主戰一派再無扛鼎。

雲琅：「我與端王之交，原本該義無反顧，刎頸同死。」

蕭朔：「……」

雲少將軍一點都不覺得自己的「刎頸之交」用錯了輩分，咳了兩聲，「可王叔不准。」

「端王叔說，一來，他死後，家小必被牽連，要我照顧。」雲琅：「二來，朝中能領兵征戰的，只我一個。」

「他不准。」雲琅閉了閉眼睛，喟然道：「徹底收復燕雲前，不准我生退意、不准我心灰意冷、不准……」

蕭朔：「不准你死。」

「是。」雲琅苦笑，「好累。」

蕭朔眸底倏而輕顫，死死盯住他。

「王爺。」雲琅輕嘆口氣，「我想起來走走。」

「……」蕭朔一言難盡，回頭看了看窗外血肉橫飛的刀光劍影，「現在？」

「是。」雲琅也覺得不大合適，不很好意思，低咳兩聲，「我也不想，只是……」

他話音愈輕，蕭朔皺了皺眉，低頭要問，目光驀地一凝。

雲琅原本靠在他臂間，這會兒不再廢話了，也不再怎麼咳，靜得連原本雜亂急促的氣息都聽不清。身子慢慢滑下來，肩頭抵著他胸口，額頭落在頸間。

蕭朔半跪在地上，伸手輕輕攔住雲琅。

四周愈寂。

像是又回了當初在大殿前，他跪下來，被先帝親手加冠賜爵的時候。

舉目繁花錦簇，眼前無上尊榮。

不見故人、不見歸途。

蕭朔抬手，碰了碰雲琅眼睫。

「……」雲琅覺得應當提醒他，「小王爺，我還沒死。」

蕭朔狠悸了下，一把抄起雲琅，搶到榻前，「要用什麼藥？」

他從後門進來，掃見過桌上那幾個像是裝了藥材的紙包，摸了幾次，打開一個，問道：「這是什麼？」

「……」雲琅張了張嘴，「咳。」

蕭朔凜聲，「說話！」

雲琅沒見過蕭小王爺這般幾能噬人的架式，沒辦法，實話實說：「巴豆。」

蕭朔：「……」

蕭朔閉了閉眼睛，死死壓住火氣，一手穩穩架著雲琅，去拿另一包。

雲琅愧疚，「黃連。」

「……」蕭朔咬牙切齒，「雲——琅——」

雲琅眼睜睜看著他去拿第三個，閉上眼睛，不忍心再看，「番瀉葉……」

蕭朔抬手，牢牢封住了他這張嘴。

雲少將軍無力回天，眼睜睜看著他打翻了自己那份山家清供檀香雪水蜂蜜綠萼梅花湯餅，有些難過，「嗚。」

蕭朔不管他嗚，把人抱起來，扯起斗篷裹嚴實，自後門一頭闖進了茫茫風雪。

雲琅被蕭朔抱著，心力終歸再熬不住，漸漸昏沉。

雪夜太冷，披風隔不住寒意。

雲琅苦撐太久，被冷風一激，微微打了個顫。

經年逃亡，常在破廟林間避風雪，已攢了不少經驗。雲琅正要蜷起手腳身體保暖，格外有力的手臂忽然從背後圈回來。

「不用。」雲琅低咳，勉力推他，「還有刺客，分心……」

蕭朔垂眸，淡淡道：「再動一下。」

蕭小王爺周身的殺意能活剮了刺客，雲琅審時度勢，覺得這句只怕九成九是反話，老老實實收回手。

蕭朔趕了幾步，停下來低了頭，看著雲琅安安靜靜在他臂間闔了眼。

不再說話，畏寒似的往披風裡縮了縮，不動了。

不知道是從什麼時候忍起的，這會兒心力徹底散開，意識混沌無力自持，血才從雲琅虛抿著的唇角沁出來。

茫茫雪色，一滴一滴、悄無聲息點染暈開。

「王爺！」

連勝帶玄鐵衛心急如焚趕過來，一眼看見他懷間抱著的人，愕然，「雲公子……」

「叫醫官。」蕭朔道：「去請梁太醫。」

連勝看了一眼他的神色，半句話不敢多說，打手勢示意其餘玄鐵衛四周翼護，自己掉頭扎回濃深夜色。

蕭朔抱著雲琅，進了書房，放在榻上。

老主簿帶人找了王爺半宿，循著動靜匆匆趕過來，被蕭朔身上血色嚇了一跳，驚道：「怎麼回事？刺客……」

蕭朔解開披風，一點點拭淨雲琅唇角血色，「沒事。」

老主簿看兩個人都全然不像沒事，掌了燈，再細看雲琅臉色，心下猛地一沉。

蕭朔伸手，去摸雲琅的腕脈。

雪裡待得久了，指尖凍得冰冷麻木，幾次都摸不出。

蕭朔眉宇間溢出難抑煩躁，手上的動作卻仍一成不變，再度探向雲琅脈間。

「王爺。」老主簿心驚膽戰，小聲叫他：「連統領去請梁太醫了。」

「刺客來得突然，府上有些亂，剛穩下來。」老主簿：「醫官也叫了，很快……」

蕭朔像是不曾聽見，蹙緊了眉，盯著榻上無知無覺的雲琅，眸底一片暗沉。

老主簿不敢再說，噤聲縮在一旁。

當年家變後，王爺的性情就變了許多。

並不是像外界所說那般殘忍暴戾，雲小侯爺來府上前，蕭朔其實不常發怒，也很少像京中那些衙內，動輒將奪人性命掛在嘴上。

可京中無論誰家紈絝、孰府膏粱，都從不敢與蕭朔對上。

不只是皇恩浩蕩，更因為蕭朔幾乎像是從死地走出來的人。

從死地走出來，什麼都不剩，所以什麼都不在乎。

蕭朔敢肆意妄為、敢行止荒謬，不是因為宮中迴護、皇上放縱。

是因為早已什麼都不在乎，所以也不想留住任何一樣東西。

老主簿屏著呼吸，戰兢兢看著王爺幾乎同歸於盡一般的凜冽架式站在榻前。

老主簿掙扎半晌，橫了橫心，冒死開口勸：「王爺……」

老主簿看著眼前情形，忽然怔住。

蕭朔解開衣襟，半跪在榻前。

他眸底還是冷的，看不出神色，人凝得像是冰冷的黑色雕塑，伸手握住了雲公子的手腕。

一點一點、什麼都沒驚動地，把雲小侯爺凍得蒼白的手焐進了懷裡。

雲琅躺在榻上，難得地做了個不是被咒著該千刀萬剮的夢。

⊕

汴梁雪夜的元宵燈會。

冷是真冷，也確實是好光景。

汴梁是古都，沿著黃河建的城，正在運河樞紐上。京城繁榮，店鋪沿著坊牆一路搭到河邊，從早到晚熱鬧不休，攔也攔不住。

到了先帝一代，徹底廢除宵禁，汴京徹底成了不夜城。

自小長在宮裡，又不用按著皇子的嚴苛起居，雲琅沒少在夜裡偷著溜出宮，跑去汴梁的夜市解悶。值守的侍衛早同他熟，沒人攔他，管得最鬆的時候，雲琅能騎著馬一路出內城。

過了金水門就是外城，沿金水河向西北，西北水門走船，可以走衛州門出京。不過橫橋一直往南走，過了金梁橋，就是端王府。

夜裡的汴梁城燈火通明，滿眼繁華，夜市沿著龍津橋走，一直到子時也歇不全。

雲琅蹲在端王府的房頂上，惦記著夜市，一顆石頭接一顆石頭地砸蕭小王爺的窗子。砸到第二十三顆，裡頭的人終於一把推開了窗戶。

蕭小王爺站在窗前，手裡還攥著沒讀完的書，皺緊眉，「又胡鬧什麼？」

雲琅向來看不慣他這般少年老成的做派，把石頭子換成了栗子，砸在他腦門上，笑問：「看不看燈？」

「不看。」蕭朔坐回去，「要去你自去。」

「書有什麼好看？」雲琅跳下來，沒踩窗前陷坑，在假山石上借了下力，一撐窗沿掠進屋內，「快走，今日燈會，錯過明日可就沒了。」

他身法輕巧，奈何這一串路線還是有些奇詭，落地時嗆了口風，咳嗽了兩聲。

蕭朔往後拉了些桌案，蹙了眉，看他落地站穩，「你過來。」

「我不。」雲琅威武不能屈，「你榻前定然有個陷坑。」

「……」蕭朔自己下了暖榻，一把拽住雲琅手腕，按住腕脈。

「噫。」雲琅探頭跟著看，「你還會把脈？」

「別出聲。」蕭朔屏息凝神，試了幾次，「剛學，一出聲就摸不著了。」

「怎麼還鑽研起醫術了。」雲琅大為好奇，探過他身，看了看桌上那本書，「肘後備急方……治胳膊肘的？」

蕭朔被他氣得磨牙，口不擇言：「治瘋狗咬的。」

雲琅：「……」

蕭朔緊皺著眉，按著雲琅把了半晌的脈，終歸沒摸出端倪，將他手腕扔開。

雲琅眼睜睜看著自己的胳膊被丟回來，繞著蕭小王爺轉了半個圈，伸手晃了晃，「就完了？」

「摸不出，我來日再去太醫院問問。」蕭朔抿了下唇角，沉聲：「你傷還未好全，這般亂跑擅動內力，落下病根怎麼辦？」

「落不了，我註定沒病沒災長命百歲。」雲琅不以為然，隨手拿了他桌上茶盞，給自己倒了杯茶，「今日燈會，不去豈不可惜……」雲琅琢磨一刻，忽然明白過來，拿過那本醫書抖了抖，「你這幾日閉門不出，就為了研究這個？」

蕭朔一把搶回來，「給我。」

「你不敢上陣殺人，王叔已經很想揍你了。」雲琅真心實意替他擔憂，「再宅心仁厚，學了治病救人，王叔豈不氣到上房……」

「除了你，沒人上房！」蕭朔年紀畢竟尚淺，被他三番五次調侃，終於壓不住火，「誰叫你傷老是不好！天知道那些御醫靠不靠得住！一個個尸位素餐！前些天還說……說你斷無活路……」

雲琅被他劈頭蓋臉地訓，有點懵，端著茶杯眨了眨眼睛。

蕭朔咬牙，把書仔細收好，又回頭瞪他一眼，背過去藏在了枕頭底下。

雲琅沒弄清楚蕭小王爺忽然發的什麼脾氣，看他眼眶通紅，猶豫一會兒，過去碰碰他，低喚了聲：「欸。」

蕭朔冷著臉色，轉過身不理他。

雲琅又碰碰他，「蕭朔。」

蕭朔被他煩透了，奪過雲琅手中茶盞，把裡頭的涼茶倒乾淨，換了杯熱的撂在桌上。

雲琅其實不很愛喝熱茶，看蕭小王爺大有「你不喝就把這一壺懟你嘴裡噸噸噸噸噸」的架式，猶豫一會兒，拿起來喝了。

「不能……不能怪人家太醫。」雲琅到現在也覺得挺對不起太醫院的，小聲跟他講道理：「好歹我也是從那麼高的懸崖上掉下來，沒摔碎都是好的……」

「我們從崖上掉下來。」蕭朔低聲：「你為了護著我，才會摔在山石上。」

「差不多。」雲琅含混著糊弄，「我身手比你好，自然得罩著你……」

蕭朔身上發顫，不聽他說，閉緊眼睛。

他們明明只是在京郊跑馬，陰差陽錯，不知怎麼就撞破了戎狄的探子。

戎狄人潛進京城，一旦被發覺就是滅頂之災，自然對他們窮追不捨。

他是皇孫，外頭的罩衣刮破了，露出的石青色龍褂，有雙螭補五色雲。

戎狄認得形制，朝他往死裡下殺手。雲琅不肯扔下他，才被一路逼到崖邊。

為了護著他，才會在那般要緊時候將他扯住，墊在他身下，幾乎摔沒了性命。

「就為了這個，蕭小王爺就要棄文從醫了？」雲琅坐了一會兒，想明白了，沒壓住笑，「這是什麼道理？你不該知恥而後勇，先練練武……」

「武自然也會練。」蕭朔悶聲：「近來都會很忙，你少來找我，多在榻上躺著。」

「悶都悶死了。」雲琅道：「你家的藥有奇效，我都好得差不多了。」

「真的，你不知道宮裡多悶得慌。」雲琅：「除了柱子就是房梁，要喝杯茶，在榻上叫一聲，外頭就傳『要茶——』，然後就等著。」

雲琅繪聲繪色，「十來個內侍宮女，擊鼓傳花似的，一個接一個往外喊，倒好了茶，再一個接一個傳回來……都冷透了。」

蕭朔蹙緊眉，將信將疑看他半晌，又道：「那……我遞牌子，去宮裡找你。」

「你來找我幹什麼。」雲琅一心把他忽悠出去，一陣頭疼，「站門口喊第一聲要茶，然後最後一個把冷透的茶餵我嗎？」

蕭朔是小皇孫，平日裡長在端王府，只在年節入宮請安，進宮其實並不多，從不知道原來宮裡規矩是這樣的，聽得愕然，「豈會如此？」

「就是如此啊。」雲琅理直氣壯，「你聽沒聽過，皇上的菜要人試毒的？」

這個蕭朔知道，點了點頭。

「要試三次，過水一次、銀牌一次、賜嘗一次。」雲琅道：「御膳每頓有一百二十道菜，每道菜都得這麼試一遍。」

蕭朔微愕，「那要試到什麼時候？」

「總歸等試完，餓也餓飽了。」雲琅道：「還有，為了防人下毒，每道菜只准嚐三口……」

「一百二十道菜。」蕭朔搖頭，「每樣三口，也要撐死的。」

「……那大抵。」雲琅從善如流，「是我記錯了，每頓飯二十道菜。」

蕭朔：「……」

雲琅：「……」

蕭朔抿著唇角，看他半晌，終歸沒能繃住，低頭笑了一聲。

「不生氣了吧？」雲琅彎腰看了看，碰了碰他，「不生氣就陪我出去，我是真快憋死了，殿前司三隊人馬輪流看著我……」

「你是偷跑出來的？」蕭朔心裡一緊，又要皺眉，「你……」

「我是正大光明走出來的，只是一不小心，恰好走了條沒人看見的路。」雲琅提前抬手，按住他眉心，「陪不陪？不陪我自己去了。」

雲琅對花燈興致其實尚可，一心惦記著夜市上的民間吃食，探頭看看月色，不打算再耽擱，「磨磨蹭蹭，要不是我一個人吃不了，還犯得上來找你……」

蕭朔靜聽著雲琅抱怨，眼看雲琅要走，忽然抬手攔他，「城東……」

「城東有什麼好玩的？」雲琅莫名，「除了廟就是寺，黑咕隆咚，又沒有燈。」

「過龍津橋，觀音院背後，有條甜水巷。」蕭朔低聲：「有家鋪子，湯餅很不錯。」

雲琅沒聽清楚，「什麼？」

「湯餅。」蕭朔平素向來不沾這些，咬了咬牙，低聲：「點心……點心也很好。」

他隨母親去上香，想起雲琅說整日喝藥喝得冒苦水，不知怎麼，就去繞了繞。

原本是想等再過幾日，去買些回來，趁著進宮請安給雲琅送去的。

「當真？」雲琅怕他唬自己，「出來是找樂子的，你不要又嫌人多心煩，故意把我往僻靜冷清的地方領……」

「當真。」蕭朔肩背繃了下，低聲：「我、我想去吃。」

雲琅沉吟一陣，伸手摸了摸小王爺的額頭。

蕭朔挪開他的手，「別鬧。」

「我想去吃，一份給的分量太少，不很夠吃。兩份……」蕭朔並不看雲琅，垂著頭，虛攥了下

拳，「一個人吃不完。」

雲琅看著蕭朔，心情複雜，伸手拍拍他，「不用說這麼詳細。」

蕭朔：「……」

「回頭萬一叫端王叔聽到。」雲琅道：「定然說你吃飯沒夠打架淨挨揍。」

蕭朔：「……」

雲琅在榻上一動不動躺了半個月，終於找人鬥足了嘴，長舒口氣，把窗臨風，胸襟舒暢。

正月十五，月色正皎潔。

窗外薄薄積了層新雪，映著廊下風燈，格外明淨。

小王爺臉上滾熱通紅，垂著頭坐在榻邊，不知出的什麼神。

「行了。」雲琅看他半晌，繃不住樂出來，「帶路。」

蕭朔怔了下，抬眸看他。

「姑且信你一次，若是味道不好。」雲琅惦記吃的，隨手摸了件蕭朔的披風，搜刮了個暖爐揣進懷裡，搶先一步斂衣出門，「定然找你算帳。」

⁂

夢境難得極安寧，雲琅扯了下嘴角，昏昏沉沉地，雙手竟真同夢裡抱著暖爐一般暖和起來。

那一日，他同蕭朔踏雪尋梅花湯餅，尋了半宿，終歸沒能吃著。

天有不測風雲，雖然買著了兩份，可放得晚了些，已經冷了。

小王爺怕牽扯他傷勢，堅持要拿回府裡叫人去熱，不論誰來說怎麼勸，都是一句「冷了、不准吃」。兩個人爭執半天，只得一人拎一個食盒，冷冷淡淡往回走。

雪覆得薄，路就極滑，夜色又濃。

蕭朔一下沒踩實，眼看著要摔，他下意識去拉，也跟著腳下不穩。

也不知蕭朔從哪修煉來的機變反應，竟一把死死將人抱住，一屁股坐在地上，半點也沒讓重傷初癒的雲小侯爺再摔著。

只可惜兩個食盒，都翻得吃不成了。

再回去問，售空估清，剛好是最後兩份。

雲琅在夢裡輕嘆口氣，習以為常地熬著胸口時而尖銳時而粗礪的疼，難得的，生出點平日裡從不屑的矯情勁。

打翻了，就沒了。

再變不了、改不成、逃不脫。

覆水難收。

一陣激烈痛楚伴著血腥氣翻湧上來，雲琅知道這時候決不能嗆，掙著翻身，昏天暗地將血咳淨。眼前由昏至明，一點點重新清晰。

他躺在蕭朔的書房，榻邊放著水盆，藥氣濃得發苦。

刀疤雙目赤紅，死死扶著他，梁太醫手裡捏著銀針，老主簿憂心忡忡守在榻邊。

雲琅鬆了口氣，閉上眼睛，慢慢平復氣息。

從來都是他照應架都不會打的蕭小王爺，哪怕到了這個時候，如非必要，雲琅依然不想讓蕭朔看見自己這個樣子。

不知道昏著的時候被灌了什麼藥，口中淨是苦澀餘味。雲琅被刀疤扶著，漱了漱口，仍乏得

很，重新閉上眼。

正要靠回去，書房的門忽然被人輕輕推開。

微涼雪意才稍稍拂過，就被盡數掩在門外。

雲琅怔了怔，抬頭看過去。

蕭朔立在門口，並不看他，將披風交給玄鐵衛，走到榻邊坐下。

雲琅茫然低頭，看了一會兒他手裡拎著的食盒。

屋子裡原本就靜，這會兒更被王爺震懾得沒了人聲。老主簿猶豫一會兒，留下梁太醫，把剩下的人連拖帶拽扯出了書房。

雲琅看著食盒，沒立時出聲。

蕭朔垂眸，沉默著坐了一陣，冷聲：「你——」

「王爺。」雲琅：「您是要餵豬嗎？」

蕭朔：「……」

「這個分量。」雲琅憂心忡忡，「是把他們家餅包圓了嗎？還有湯嗎？還好吃嗎？還……」

雲琅乾嚥了下，「還能吃嗎？」

「雲琅。」蕭朔靜了良久，伸手去拿調羹，「你不必勉強自己說話。」

「沒事，我胸口不疼了。」雲琅很灑脫，「不耽誤說……」

「你不用靠說話。」蕭朔道：「一樣能氣死我。」

「……」雲琅咳了一聲，小心試探，「真的？」

蕭朔打定了主意不受他激，拿個乾淨的藥碗分出些湯，舀了幾個格外精緻的梅花餅擱進去。

「他們家的湯裡放了檀香。」蕭朔：「可以消熱清肺，止心腹痛。」

雲琅張了張嘴，沒出聲，扯了下嘴角。

「但你不能吃。」蕭朔道：「你肺脈舊傷，浸陰寒之氣過甚。吃性寒藥材清熱，當時燥氣發散，會好受些，過後卻定然反覆，只會疼得更厲害。」

雲琅不曾想到他竟真學出了些門道，愣了愣，回想一陣，「怪不得……」

蕭朔闔了下眼。

他還不知道雲琅有這一處舊疾，也不清楚是怎麼落下的。但太醫反覆診脈，傷勢耽擱太久，又兼自行用藥多有不妥，沉屙之勢已起。

這個瘋子，這些年不知胡亂吃了多少藥。

不知藏了多少傷。

「這一份不加檀香。」蕭朔不看雲琅，將無邊惱恨戾意壓下去，語氣平淡：「你可吃些。」

雲琅有點不好意思，笑了笑，搭在榻邊的手挪了挪，去接調羹。

蕭朔像是沒看見，自顧自舀了一勺，停在他唇邊。

「……」雲琅：「王爺。」

蕭朔不為所動。

「我們現在這樣。」雲琅想了想，儘量說得委婉：「特別像我久病在床，你不堪煩擾，想一碗藥毒死我。」

蕭朔壓壓怒火，沉聲：「雲琅——」

「是真的。」雲琅犯愁，「民間常說，久病床前無孝子。」

蕭朔：「……」

「放心。」蕭朔知道雲琅有心抬槓，鐵了心不被他繞進去，「我若想殺你，不下毒，直接一劍

捅穿了事。」

雲琅鬆了口氣，「那就好。」

「況且。」蕭朔靜了片刻，又道：「你若久病……」

雲琅好奇，「什麼？」

蕭朔閉了閉眼，「無事。」

他不想說這個，看雲琅依然沒有要張嘴的意思，有些不耐，蹙緊眉，「還等什麼？」

「等。」雲琅看著唇邊調羹，沉吟，「王爺能這麼舉多久。」

當年蕭朔掰手腕從沒贏過他，如今舉著勺子這麼久，竟仍穩得紋絲不動，看來確實頗有進益。

雲琅想抬手戳一下，實在沒力氣，只能繼續掐著心跳數時間，道：「穩住，再堅持一會兒，我看看……」

蕭朔忍無可忍，扔下勺子，將藥碗一併扔在一旁。

雲琅看著他冷峻神色，鬆了口氣。

湯餅是無辜的，雲琅攢了些力氣，悄悄挪了挪胳膊，想要自己去拿調羹。

不及成功，蕭朔已將那一碗拿起來，自己吃了。

雲琅：「……」

雲琅覺得自己仁至義盡，掙著坐起來，磨牙霍霍，「蕭朔——」

「冷了。」蕭朔淡聲道：「你不准吃。」

雲琅張了下嘴，忽然怔住。

蕭朔又從食盒裡分出些尚溫的，重新攪了攪，舀起一勺，遞過去。

雲琅怔怔看了半晌，勉強抬了下嘴角，低聲：「小王爺……」

「你盡可以再拖延。」蕭朔道：「他家今日的雖被買完了，明日還做，後日還做。」

雲琅乾嚥了下，訥訥：「倒也沒有這般愛吃……」

「滾他娘的售空估清。」蕭朔冷聲，慢慢咬字：「潑一次，我再買一次。」

雲琅胸口驀地尖銳一疼，想規勸蕭朔不要罵人家店家的娘，抬起頭，正迎上蕭朔視線。

滿腔怨忿，無邊戾意。

森森白骨，凍雪苔原，蔓出蜿蜒血藤，死死將他扯住。

雲琅慢慢閉上眼睛，站在正可安眠埋骨的沼澤邊，心肺生疼。

「雲琅。」蕭朔看著他，「你我還活著。」

「還活著。」蕭朔逐字逐句，落在他耳邊，「就少給我想什麼覆水難收。」

雲琅猝不及防，倉促閉上眼睛。他垂著頭，靜靜坐了半晌，攢出半分心力，笑了笑，「小王爺……」雲琅低聲：「好不講理。」

蕭小王爺從沒打算過講理，漠然不語，重新舀起一勺，舉在他唇邊。

好端端一把勺子，瓷質通透，細膩瑩白，官窯第一等的上品。

硬生生被拿出了提刀抄劍的凜冽架式。

雲琅怕他拿勺子捅死自己，靜了片刻，老老實實張嘴吃了。

蕭朔又餵他幾勺，將碗擱在一旁。

雲琅意猶未盡，「沒吃飽。」

蕭朔抬眸，不冷不熱掃他一眼，逕自蓋上了食盒。

雲琅沒想到琰王府竟還有了不給人吃飽飯的新規矩，有些愕然，目光追著食盒，被蕭朔一路拎走，「欸——」

「回來。」

梁太醫適時冒出來，「你如今傷勢未穩，脾胃虛弱，吃得多了不能克化。」

「還不穩嗎？」雲琅愣了下，按按胸口，「已經好受多了。」

梁太醫被這兩個煞星懷疑了半輩子的醫術，近日裡已漸超脫，從懷裡掏出銀針，朝著好受多了的雲小侯爺扎下去。

雲琅措手不及，疼得眼前一黑，「……」

「傷原本不輕，這些年還失於調養。」梁太醫診了診脈，「肺連心脈。心肺耗弱，又有積鬱不散，長此以往，自然氣不御血。」

梁太醫要替他行針，示意雲琅解開衣襟，「第一次咳出血是什麼時候？」

雲琅不知蕭朔走沒走遠，眼睛轉了轉，斟酌，「三……」

梁太醫一針扎下去。

「……」雲琅悶哼一聲，「六年前。」

梁太醫：「傷又是什麼時候受的？」

雲琅這次不說話了，只是笑，低頭輕輕揉了揉胸口。

梁太醫看著他，皺了皺眉，向緩和些的穴位又下了幾針。

雲小侯爺當年在宮中養得精細，這些年被糟踐得差不多了，瘦得筋骨分明，連新帶舊落了不少傷痕。

尤其胸口那一道刀傷。

猙獰橫亙在心口，縱然看起來早已痊癒了，也依然顯得格外怵目。

軍中鎧甲有護心鏡，傷到這等致命處的機會不多。離了沙場，以雲琅的身手，輕易也不該受這般幾乎奪命的傷勢。

他不肯說，梁太醫也不再問，避開陳舊疤痕，將針盡數下完，「忍兩個時辰。」

雲琅仰臥在榻上，愕然起坐，「這麼久……」

「你拖著這傷不治的時候，怎麼沒說這麼久？」梁太醫毫不心軟，押著他躺回去，「琰王說了，不將你這舊疾盡數去根，琰王府出五十個人，在整個京城的茶館酒肆講老夫當年那沒治好你的故事。」

雲琅：「……」

雲琅乾嚥了下，想起此前聽得有關琰王諸般傳言，心情複雜，「還真很是……凶惡暴戾。」

梁太醫身心滄桑，嘆了口氣。

「牽累……」雲琅扯了下嘴角，「牽累您了。」

好好的太醫，就因為牽扯上自己，不只信了龍鳳胎，現在連名聲都保不住了。

雲琅一片好心，替他想了想，「您喜歡江南氣候嗎？我在那邊有些舊部，湊一湊錢，還能再開間醫館……」

梁太醫瞪圓了眼睛，「你也不信老夫能治好你？」

「不是。」雲琅苦笑，「我——」

「你什麼你！」梁太醫大聲怒斥：「你就安心留在琰王府上，好好養著，精細調理，又不是沒有盼頭！」

雲琅張了張嘴，低頭笑笑，沒再出聲。

「你這舊傷，七分確實凶險，剩下三分，在你自己糊弄。」梁太醫看他半晌，稍緩了些語氣，沉聲道：「老夫不知你究竟出了什麼事，可你不把自己的命當命，有病不理有傷不治，還是看得出

的。你這樣的，老夫也沒少見過。」梁太醫道：「覺得自己沒幾日可活，便不遭那個治病的罪了，只管挑著自己高興的事做。拖到死期，閉眼蹬腿了事。」

雲琅咳了咳，小心勸：「您聲音稍微輕些……」

「現在知道怕人聽見了？」但凡醫者，向來最氣這等病人。梁太醫掃他一眼，收拾東西，「行針是通你肺脈，若要效果最好，得站起來走。」

「……」雲琅被他扎了一身，低頭看了看自己彷彿擁抱了頭豪豬的架式，「就這麼走？」

「自然。」梁太醫莫名，「不然如何，蹦著上房嗎？」

雲琅咂了下嘴，猜出老太醫只怕在蕭朔那受了十肚子氣，不再找罵，安安生生閉嘴聽訓。

「不破不立，引發舊傷再通血脈，比現在疼上十倍不止。」梁太醫生著氣站了一陣，看他不說話，才又道：「不能用麻沸散，要你自己推行血脈。」

「或者你就這般躺著。」梁太醫道：「再如何行針，無非理氣排瘀，止一止疼罷了。」

梁太醫：「老夫言盡，你自己衡量。」

雲琅啞然，抬手同他作謝。

梁太醫一世聲名尚且拿捏在琰王手裡，還要找辦法治雲琅的傷，沒工夫同他客套，匆匆走了。

雲琅自己發了會兒呆，撐著胳膊，邊輕輕抽著涼氣邊躺回去。

梁老太醫一著不慎誤上了賊船，醫術卻是分毫不差的。

一組針行下來，疼歸疼，始終盤踞在胸口的壓抑悶痛卻散去不少。

雲琅趁著心神清明，闔了眼躺平，在心裡慢慢盤算。

事出突然，他自顧不暇，還沒能顧得上細想昨夜刺客的來路。

他進了琰王府，在等閒外人看來，無異於自尋死路。要不了多久，就會被琰王手刃了以洩心頭之恨。

還不放心，急著要他性命的，無非實在忌憚。

要麼是怕他被逼急了，玉石俱焚，不管不顧說出當年全部真相的。

要麼……

雲琅又想起那幾箱子謄抄的奏摺副本，心下沉了沉，無聲蹙眉。

蕭朔當年就能跪求重新查案，從來不是任人欺瞞哄騙的脾氣，避箭雨時同他說的那些話，無疑早開始暗中調查。

這些年，他四處逃亡保命，把蕭朔一個人扔在京裡，也不知道查出了多少端倪始末。

雖然傳言多少有些偏差，蕭朔並非當真那般既殘暴且嗜血，日啖小兒三百個。但論起行事手段，一個偏激狠厲、無所顧忌，總是占著了的。

長此以往，幕後之人愈發忌憚，早晚要痛下殺手。

當初那一批侍衛司的殺手追過來，雲琅就有此一慮，此時更坐不住，吸了口氣，「刀疤。」

刀疤始終守在外頭，應聲進了書房，快步走到榻前。

雲琅撐著胳膊，坐起來些，「昨夜行刺……」

「應對及時，兄弟們跟玄鐵衛傷了幾個，都不重。」刀疤怕他費力氣，不等雲琅問完，一口氣稟報：「只是院子毀了大半……還被放了把火。」

雲琅所料不差，蹙了蹙眉。

「那時少將軍已被琰王帶走了。」刀疤道：「玄鐵衛以為琰王還在裡面，還嚇得不輕。」

「刺客見了王爺進我的院子。」雲琅沉吟，「才放的火？」

「是。」刀疤細想了下，點頭，「王爺將少將軍從窗前撲開，那些人定然看見了。」

雲琅越想越頭疼，按著額頭，嘆了口氣。

原本是件挺簡單的事。

他再熬一熬，把北疆的事了了，對得起端王交託的遺志。

就此放手，瀟灑快意。

竟又牽扯出許多麻煩。

「少將軍是不放心琰王嗎？」刀疤看他神色，猜測著道：「擔心那些刺客不只衝著咱們，也衝琰王府嗎？」

「你都看出來了。」雲琅犯愁，「怎麼放心？」

「……」刀疤硬著頭勸：「琰王想來能自保的。」

刀疤不想讓雲琅再添擔子，扶他靠回去，低聲道：「少將軍當初不是說——那些事，只要您什麼都不說，就能保琰王不會有事……」

雲琅敢作敢當，「我說錯了。」

刀疤：「……」

「不行。」雲琅重重嘆了口氣，咬牙起身，「扶我起來走走。」

刀疤駭然，「就這麼走？」

「不然如何，蹦著上房嗎？」雲琅甫一踏在地上，眼前就跟著黑了黑，晃了下勉強站穩，看著愣在原地的刀疤，「還不快來扶我？」

刀疤回神，忙過去將他扶穩。

老太醫說的不假，氣血一動，舊傷跟著翻天覆地攪起來，幾乎比當年那一刀捅進來更疼。

雲琅疼得直抽氣，狠了狠心，慢慢推行血脈。

「少將軍！」刀疤不知他在做什麼，眼見著雲琅冷汗涔涔，一陣慌張，「這是要折騰什麼！躺下歇歇不好嗎？」

……自然好。

雲琅兩條腿都在打顫，閉了閉眼，咬牙切齒逼自己邁步。

原本是能躺下歇歇的。

原本也不非要治什麼破傷，無非再養幾日，好些了就設法脫身去打了那一仗。

原本再撐一撐就行了的。

也不知道蕭朔拎回來那個破食盒，裡頭裝了什麼迷魂藥。

「我得看著他……」雲琅疼得抽冷氣，「先……再撐五年，看看……」

刀疤愣了愣，猛然抬頭盯著他。

雲琅眼前白茫，仍憑一口氣死撐著，抬手抹了眉間冷汗。

雲小侯爺打小金尊玉貴，小時候在宮裡亂跑，被桌角磕了一下，先皇后都要叫人去把桌案四角全砍成平的。

就是那一次從懸崖上掉下去，險些摔散了架，也是麻沸散、鎮痛湯輪著來。

什麼時候受過這個氣。

雲琅忍著疼，低聲罵罵咧咧，翻來覆去問候蕭朔的大爺們，較著勁一般在屋裡邁步。

刀疤扶著雲琅，肩背顫了顫。

他沒出聲驚動少將軍，咬著牙深深低頭，用力擦了下眼睛。

書房窗外。

蕭朔漠然靜立，身形如鐵。

雲小侯爺對蕭朔叔伯輩的問候十分豐富，老主簿聽得心驚膽戰，訥訥：「王爺……」

蕭朔抬眸。

老主簿生怕他發怒，懸著心抬頭，忽然怔了怔。

書房窗子被拆來拆去改過幾次，如今不止沒有插銷，隔音也十分不好。

蕭朔轉身，接了盞燈提在手裡，朝園子裡繞進去。

妄議皇室，終歸不妥。老主簿遲疑了下，跟上王爺，「可要提醒雲公子一二？」

蕭朔：「提醒什麼？」

老主簿絞盡腦汁，「不、不必這般——心直口快……」

「在我府上。」蕭朔寒聲，「如今連罵個人，都要仰仗他人鼻息了？」

老主簿：「……」

老主簿心服口服，「不用。」

「昨夜刺客。」蕭朔不想再多提此事，停下腳步，「還有幾個活口？」

「兩三個，服毒前叫咱們把下巴給卸了。」老主簿想了想，「還照老一套辦法處置嗎？」

往年府上沒這麼多刺客，可也不少各路暗探。

沒完沒了除不淨，野草一樣，割了一茬還有下一茬。

後來蕭朔沒了興致，但凡落在玄鐵衛手裡的，審也不審，一律攢著四肢綁起來，吊在王府外牆上。有願意扛走的，也就連夜灰溜溜扛走了。

蕭朔蹙眉，靜了片刻，「不放，審清楚。」

「是。」老主簿目光一亮，忙點頭，「玄鐵衛自有手段，審戎狄斥候的，定然能問出來。」
蕭朔心中煩亂，站了一陣，又沉聲道：「慢著。」
老主簿愣了愣，「還要再加些手段嗎？」
「不。」蕭朔道：「放了。」
「……」老主簿：「嗯？」
「打到半殘。」蕭朔道：「再裝作看不住，放跑幾次。」
老主簿聽得愕然，「還要……幾次？」
「三次。」蕭朔道：「設法把人追到書房外，喊打喊殺，多弄出些動靜。」
老主簿聽得雲裡霧裡，「為了鍛煉玄鐵衛的身體素質嗎？」
蕭朔：「……」
蕭朔闔眼，壓下無端煩躁，按了按眉心。
雲琅久經沙場，這些年又是在刺客堆裡殺出來的，警醒早埋進了骨子裡。縱然把人困在書房，看不見外面情形，這般作勢……也未必能糊弄得住。做得太真了，引動雲琅手下親兵，又要讓雲琅平白擔憂，麻煩更多。
蕭朔漠然立著，胸口鬱氣瘀滯盤桓。
他閉著眼，腦中一時是雲琅說累時的苦笑，一時是雲琅徹底沒了意識時，額頭靠在他胸口，很釋然地嘆出那一口氣。
將雲琅放在榻上時，蕭朔已經幾乎沒了半分知覺。
雲琅背著的太多，已累得身心俱疲病骨支離，不願再熬下去。
他攔不住，也沒有任何立場和資格去攔。

梁太醫沒被連人帶被從床上挖來王府，醫官也還沒趕來那一會兒，蕭朔跪在榻前，看著雲琅氣息漸弱，看著雲琅臉上的血色一點點淡下去，甚至動了要不要就這麼放雲琅解脫的念頭。

可雲琅昏在榻上，偏偏拽住了他的袖子。

被暖和過來的手，沒那麼蒼白了，昏昏沉沉的沒意識，一點一點把他的袖子往手心裡拽。

布料糾葛在指尖，纏得拽也拽不開。

蕭朔眼底瀝著血氣，看著雲琅扯著他的那隻手，心肺被千斤巨石碾著，一點點逼出無邊怨懟不甘。雲琅沒試過與人並肩，沒試過說出知道的事，沒試過把身上的擔子分給旁人。

沒試過將他拉上。

「連見色起意……」蕭朔眸色愈冷，咬牙，「懷個龍鳳胎，他竟都不准我動。」

老主簿不瞭解他們王爺的心路歷程，嚇得臉色變了數變，謹慎抬頭看了看。

「那些刺客，放了再多追幾次。」蕭朔冷聲吩咐：「只從書房外那一條路跑，跑到窗口就喊，追不上了。」

「是為了叫雲公子聽見嗎？」老主簿終於隱約懂了，「叫雲公子以為，咱們府上護衛不力，其實沒能抓住刺客。雲公子放不下心，就不捨得走了？」

「可是……雲公子會信嗎？」老主簿有些遲疑，「萬一雲公子非要出來幫忙，恰好看見我們一邊大聲喊一邊來回跑……」

「不然還能如何？」蕭朔冷聲：「要麼說句累了就撒手不管，要麼還沒好全就要跑去北疆送死，如何能看得住？」

蕭朔蹙緊眉，終歸壓不住怒意，凜聲道：「莫非要我把他扒了衣服綁在榻上，鎖住手腳、往他嘴裡灌藥，求他活下去不成！」

老主簿：「……」

老主簿乾嚥了下，心說您求人的方式恐怕稍微有些許狂野。

蕭朔神色冷峻，顯然仍在盛怒之下。老主簿不敢觸他霉頭，含混應了一聲，要回去交代玄鐵衛，腳下忽然一頓。

「還磨蹭什麼！」蕭朔冷聲：「去提那幾個刺客！跑不動就拴繩子，拖著……」

老主簿舉著燈籠，有些心虛，訥訥回頭，「王爺。」

蕭朔：「……」

另一頭，在屋子裡蹣跚走了百十個來回、終於決定出來透透氣的雲小侯爺披了件蕭朔的衣服，裹著蕭朔的披風，由親兵扶著，站在假山石後。

雲琅神色複雜，看了看要把自己扒了衣服綁在榻上、鎖住手腳求自己的琰王。

先下手為強。

雲琅沒叫人扶著，自己攢了攢力氣，蹣跚著一步步過去。

從袖子裡摸了摸，翻出塊加好了巴豆的點心，鄭重放在了蕭小王爺的手裡。

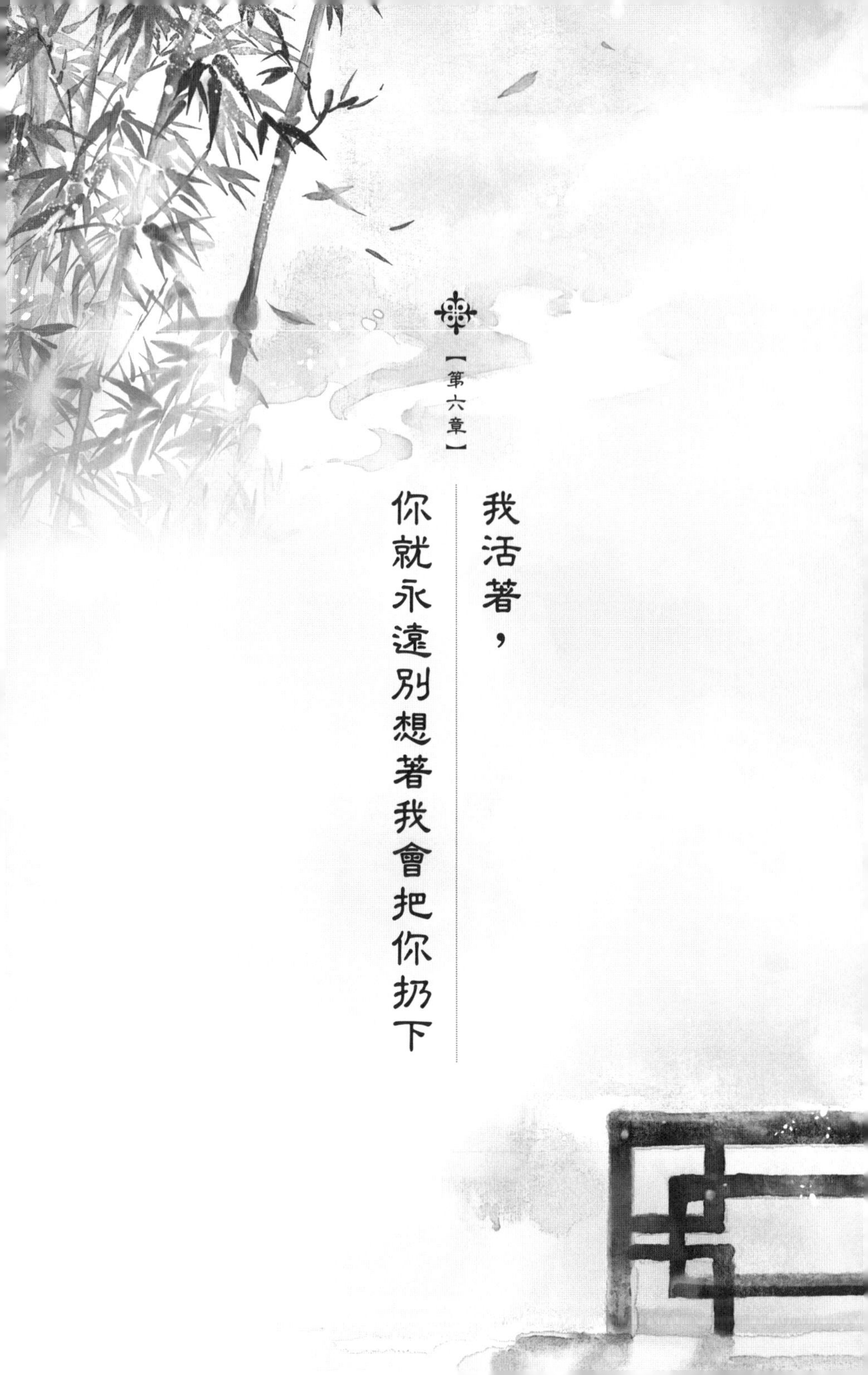

【第六章】

我活著，你就永遠別想著我會把你扔下

老太醫心狠手辣，雲少將軍方才在書房裡撐著一口氣，叫刀疤扶著鐵骨錚錚走了百十個來回，疼得頭暈眼花，再沒了力氣。

跌在榻上歇著的時候，親兵正往書房運從院子裡搶出來的東西，恰好有包巴豆粉。

雲琅看著巴豆粉，閒來無事，心念一動。

順手加在了桌上的點心裡。

不曾想竟用上得這麼快。

雲琅看著蕭朔，神色複雜，欲言又止。

蕭朔一時激憤失言，胸口窒悶，原本不欲再多說，偏偏被他看得心煩意亂，「有話就說！」

「小——」雲琅順口叫了半句，想了想，改口：「王爺。」

蕭朔看著眼前晃晃蕩蕩站都站不穩的人，忍著脾氣，沒立時拆了他，冷然抬頭。

雲琅藉著風燈光線，抬頭看蕭朔線條凌厲的側臉。

這幾日，不知是因為住在府上，還是兩人終於慢慢說上了些話，他一不留神，時常能從蕭朔身上尋到當年的影子。

冷峻了些，脾氣不如當年好，時時壓著鬱氣。

也確實喜怒無常了一點。

可被蕭朔裹著披風搶出來，昏沉恍惚間，雲琅還是不禁想起了兩人當初從崖上一塊兒落下去的情形。

月黑風高，山風呼嘯。

還是少年的小皇孫，跪在他身邊，身上拚命發著抖。

雲琅墊著他，大半個身子在冰水裡浸了半宿，凍得僵了，其實不覺得疼。

不止不疼，心神都奇異地混沌昏沉，反倒格外舒服。

連被小皇孫連拉帶拽，死命咬著牙背到背上，都只想著就這麼倒頭大睡過去。

蕭朔偏不准他睡，背著他，跌跌撞撞地在路上走，絆摔了就再爬起來。

一路走一路摔，雲琅趴在他背上，聽著都跟著磕得慌。

那時候雲琅還沒跟上過戰場，可也常去軍營廝混，不少聽人說，到了這時候人就多半要沒命了。背著個死人走夜路，正合官鬼化死地，爻不上卦，背運受克。

不利財運仕途、不利後世子孫。

雲琅怎麼想怎麼虧，扯著蕭朔的頭髮，一下一下拽，「欸。」

蕭朔悶聲不吭，小心翼翼把他背得更穩，咬著牙走。

雲琅接著拽他，「蕭朔。」

蕭朔發著抖，低聲：「別說話了。」

「再說一句。」雲琅體貼地不煩他，小聲打商量，「把我放下吧。」

蕭朔停下腳步。

他趴在蕭朔背上，看不清楚小皇孫神情，只聽見急促到幾乎淒厲的粗重喘息。

「你放下我，一個人出去，走得也快些。」雲琅好聲好氣哄他，勸道：「找著人了，回來救我也一樣啊。」

蕭朔啞聲：「我一個人？」

「放心。」雲琅保證，「我就在這兒等你，哪兒都不去……」

他氣力不足，越說聲音越低。

蕭朔不敢再不看他，回了身，把雲琅屏息小心放在樹下。

蕭朔跪下來，扶他靠穩樹幹，「哪兒都不去？」

雲琅心說扯淡，戎狄狼崽子滿山搜人，小爺等快死透了就一頭滾溝裡，餵魚也不叫他們抓著。這種話定然不能和分毫不懂兵家戰事的小皇孫說，雲琅倚著樹，半靠在蕭朔手臂上，信誓旦旦點頭，「嗯。」

蕭朔跪在他面前，胸口起伏，喘著粗氣。

月光底下，小皇孫一路走一路摔，跌得灰頭土臉到處擦傷，比他還狼狽出了不少。

雲琅沒忍住，抬了幾次手，終於替他把夾在凌亂髮間的碎葉片摘了下來。

不及回神，手腕猛地一疼。

蕭朔死死攥著他的手腕。

只會讀書拿筆的手，迸出的力氣幾乎能將他的腕骨生生捏碎。

雲琅自覺本來就快碎了，不消小皇孫幫忙，「別別別捏——」

「雲琅。」蕭朔眸底赤紅，盯著他，一字一頓，「我還活著。」

「……」雲琅點頭，「是，我看得出來……」

蕭朔將外袍撕成布條，用力打成死結，繞過他，同自己綁在一處。

「我活著。」蕭朔咬牙發狠，把人牢牢捆在背上，「你就永遠都別想著，我會把你扔下。」

❖

雲琅收回心神，輕嘆口氣。

蕭小王爺長大了。

已經不只是攥著人手腕放狠話，知道把人扒了衣服，鎖起手腳捆在榻上了。

或許當年拿布條綁他，就是個暗示。

遲早有一天，會到這個地步的。

改不成，逃不脫。

今日這麼對他，來日小王爺真的長大成人，同人成了家。入洞房的時候，只怕也會這麼對房中人。雲琅身負王妃遺願，看著蕭朔，欲言又止，斟酌著是不是該在房中術上規勸諫言琰王一二。

「沒話要說，就回去躺下歇著！」蕭朔被他看得愈發煩躁，沉聲：「誰知道那個太醫靠不靠得住！你——」

「靠得住。」雲琅都想替梁太醫跳起來打他，「我好很多了。」

蕭朔蹙緊眉，將信將疑盯著他。

「真的，不騙你。」雲琅想了想，伸手讓他把脈，「你摸摸？」

蕭朔垂眸看著，眼底陰晴不定，立了半晌，冷聲：「袖口掀起來。」

雲琅斷然搖頭，「不。」

「……」蕭朔一陣惱火，「我不會真扒你的衣服！你整日裡究竟都想些什麼？這些年……」

雲琅這些年飽讀話本，對蕭朔這個套路十分熟悉，被他戳破，有點不好意思，「咳。」

蕭朔卻不再說，壓著怒意站了一陣，讓老主簿叫了人。

雲琅不知他要做什麼，跟著茫然抬頭。

「暖轎過一刻便來。」蕭朔背對著他，淡聲解釋道：「你不信我，在我身邊不自在，便回小院去住。」

「……」雲琅想了想刀疤口中燒得斷壁殘垣的院子，「天當被，地當床嗎？」

雲琅又不是第一回睡在蕭朔書房，都叫人把東西搬過去了。這會兒忽然被轟走，怎麼都頗落面子，不大情願，「都燒沒了，我不睡。」

「王府有一排空院。」蕭朔不為所動，「布置都是一樣的。」

雲琅：「……」

「原本預計是拿來叫你拆的。」蕭朔道：「未雨綢繆，正好用上。」

雲琅磨牙，心說綢你大爺的繆，「我東西都搬來了，要回小院，那些東西也得叫人給我重新搬過去。」

蕭朔：「好。」

雲琅得寸進尺，「你房裡那個珍寶架，我看上了，一併給我搬走。」

蕭朔抬眸看他一眼，神色不明。

「這也不捨得？」雲琅存心找茬，「偌大個王府，缺一個珍寶架……」

蕭朔：「釘在牆上的。」

雲琅：「……」

蕭朔看他半晌，笑了一聲，淡聲吩咐：「給小侯爺掰下來。」

「……」雲琅乾咳，「不必。」

「偌大個王府，不缺一個珍寶架。」蕭朔從容道：「還要什麼？」

雲琅張了下嘴，看著蕭朔孑然一身立在原地，不知道怎麼，心裡忽然有點軟了。

當年端王叔歿在獄中，雲琅自此沒了資格再多想任何事，奔走搏命，都是為了端王遺願。

交出禁軍虎符，換回來了端王府闔府安穩。

回北疆重整朔方軍，打回來了被戎狄吞下的七座城池。

留下證據、暗中安排，設法戳破當年舊事，逼先帝重查端王舊案。

……每一樁、每一件，都顧不上，也容不得考慮蕭朔半分。

就連當初，端王征戰北疆，隨軍帶的也是他。

蕭朔一個人，守著偌大個王府。

雲琅忽然生出些良知，不大好意思再賭氣，看了蕭朔半晌，伸手碰碰他，「欸。」

蕭朔抬眸。

「那個……」雲琅咳了一聲，「點心。」

雲琅：「還我吧，我再給你一塊。」

蕭朔蹙了下眉，「你從我府上，拿了塊點心給我。」

雲琅心道不止，不很好意思說，含混應了，「唔。」

蕭朔早熟透了雲琅脾性，依然不曾想到他能理直氣壯到這一步，費解地看著他，「現在還要我還你？」

「為你好。」雲琅難得良心發現，急著催他：「別問了，給我……」

蕭朔淡淡道：「不給。」

雲琅：「……」

「雲琅，你記著。」蕭朔看著他，沉聲：「從今以後，無論你給了我什麼，我都不會還你。」

「……」雲琅訥訥：「我以前給了你東西，時常要回去的嗎？」

「是。」老主簿藏了良久，終歸忍不住，冒出來幫腔：「當初送王爺的馬，小侯爺喜歡，第二天自己給騎走了。」

雲琅愕然半晌，摸摸心口。

「送王爺的匕首，小侯爺說削鐵如泥，拿來扎腳太糟蹋。」老主簿道：「後來小侯爺上戰場前，也順手摸走了。」

雲琅仔細想了想，詫然自省，「對。」

「送我們王爺的玉珮，有天小侯爺在街上，看見有售賣菜人的，氣不過……」老主簿：「一把從王爺腰間拽下來，當成銀子把人贖了。再要當回來，已叫當鋪賣走了。」

雲琅從未這般審視過自己，回憶良久，喃喃：「我竟是這種人……」

蕭小王爺當真寬容良善。

雲琅心情複雜，偏偏那塊點心又不能不要回來，咳了一聲，「今後……今後不了。」

雲琅扯扯他袖子，伸手去搆，「只是這塊點心……」

蕭朔收進袖中，漠然，「不會還你。」

雲琅垂著頭，心事重重，「哦。」

雲琅仁至義盡，到了這個地步也沒法再勸，只得暫且不提，「那些刺客，叫我來審罷。」

話轉得太快，蕭朔看他半晌，蹙了下眉，「你審什麼？」

「這批人下手狠辣，衝的不只是我。」雲琅道：「豢養的死士，只用審戎狄斥候的法子，什麼也逼不出來。」

「我恰好……」雲琅笑笑，「恰好知道些手段。不大見得了光，就不讓你看了。」

雲琅：「問出來了，自然同你說。」

蕭朔眸底簇然一凝，牢牢盯住他。

「別打聽。」雲琅提前攔住，「放心，事關你性命，我不會兒戲……」

蕭朔半分不在乎刺客，看著雲琅唇邊清淡笑意，神色愈冷，伸手握住他手腕。

雲琅怔了下，抬頭看他。

蕭朔看著雲琅淡白唇色，闔了下眼鬆開手，淡聲：「好。」

雲琅稍鬆了口氣，把手縮回來，正要叫人扶著上暖轎，忽然聽見蕭朔在身後問：「疼嗎？」

「倒不很疼。」雲琅心神方鬆，一時不察，順口道：「只是……」

雲琅答了一句，忽然反應過來。站在暖轎邊上，看著蕭朔眼底壓抑戾色，啞然，「王爺。」

蕭朔不語，看著雲琅在披風下仍瘦削支離的肩背。

軍中拚殺征戰，教不出來當真狠辣陰毒的審訊手段。

雲琅走了一趟御史臺獄，同侍衛司照了一日兩夜的面，從哪裡學來的這些，幾乎不必多問。

御史中丞說，人從大理寺送來，鐵索重鐐，一身病傷。

「不是什麼大事。」雲琅笑笑，「總不會比你那時候更難熬了。」

雲琅是真不願蕭朔因為這些事介懷，覥著臉，胡言亂語：「真過意不去，不如對我好點……」

蕭朔：「好。」

雲琅怔了怔，抬頭看他。

蕭朔靜靜站著，難得的既不冷戾也不躁鬱，恍惚間幾乎又透出些少年時的影子。

蕭朔替他緊了緊披風，將手中燈盞擱下，自袖中摸出那塊雲琅給的點心。

掰了一半，遞在雲琅唇邊。

雲琅：「……」

智者千慮，必有一失。

雲琅咳了一聲，看著蕭朔手中的點心，心情有些複雜。

蕭小王爺手很穩當，仍舉了點心在他唇邊等著，抬了眸，眼裡透出些無聲詢問。

「不……」雲琅乾嚥了下，「不妥吧？」

雲琅退了半分，謙讓，「梁太醫說，我脾胃虛弱，不能多吃東西。」

「些許無妨。」蕭朔道：「我手上有分寸。」

雲琅心說你手上有的哪裡是分寸，分明是巴豆，盯著點心，「我……現下不想吃。」

蕭朔微詫，「你還有不想吃的時候？」

雲琅：「……」

若不是牽動氣血實在太疼，雲琅現下十分想跳起來，親自揍琰王一拳。

蕭朔顯然不曾看出雲少將軍的宏願，靜站了一陣，又道：「雲琅。」

雲琅依然盯著點心，「什麼事？」

「有些事。」蕭朔道：「你不說，我可以暫且不問。」

雲琅咳了一聲，暗道你最好永遠別問，回頭茅房相見，只當你我兄弟命裡有緣。

他不答話，蕭朔也並不在意，繼續說下去：「當初，父王過世，母妃自盡。」

雲琅蹙了下眉，抬起頭。

「我混沌懵懂，不堪託付，將所有擔子都架在了你一人肩上。」蕭朔淡聲道：「事到如今，你若覺得我可堪同路，該同我說的，到了適當時候，便該同我說。」

蕭朔垂眸，「你若仍不信我，覺得我愚魯駑鈍、不堪造就……」

比起人前琰王的性情暴戾，雲琅更不願看他這麼妄自菲薄，皺了皺眉，插話：「你——」

「我也只能將你綁起來。」蕭朔緩緩道：「想知道什麼，便設法逼你說什麼了。」

雲琅：「……」

雲琅木然，「哦。」

蕭朔看他神色，笑了一聲，將點心收回來，打開紙包放了進去。

雲琅愣了下，下意識，「等……」

蕭朔將紙包重新裹好，「加了什麼東西？」

「巴豆。」雲琅訕訕道：「什麼時候知道的？」

「第二次給你，你還不肯吃。」蕭朔道：「依你的脾氣，倘若這東西沒問題，你不止要吃，還要跳起來咬我的手。」

雲琅：「……」

蕭朔抬眸，好整以暇。

雲琅繃了一會兒，終歸壓不住，低頭笑了，「什麼跟什麼……」

他都打定了主意威武不屈，寧可把點心吞了也不服軟，這會兒胸口忽然沒來由地酸了下。有什麼彷彿始終堅不可摧的東西，不知不覺鬆了鬆，倦怠跟著悄然浸出來。

雲琅吁了口氣，整整披風，「王爺。」

蕭朔看著他。

「沒事的話，我回院子了。」雲琅道：「刺客給我送過去，審明白了，都告訴你。」

「你就別追著滿府跑了。」雲琅失笑，「放心，我眼下哪裡也去不了，還等著梁太醫拿針來扎我呢。」

蕭朔默然片刻，頷了下首，回身吩咐了玄鐵衛。

「還有。」雲琅好心囑咐：「你屋還剩了幾塊點心，也都別吃了。」

「……」蕭朔：「加了什麼？」

「能加的都加了。」雲琅不大好意思，輕咳一聲，「你也知道，藥粉這東西，太容易撒，不很好保存……」

蕭朔深吸口氣，不同他計較，一點點呼出來。

雲琅見好就收，朝他抱了抱拳。

裹緊披風，叫親兵扶著，一頭鑽進了暖轎。

一夜過去，玄鐵衛從別院回到書房，帶回了刺客的供詞。

「竟審得這麼快？」老主簿拿著數頁紙張，有些愕然，「用的什麼手段？竟真撬開了嘴，問出這麼多……」

玄鐵衛眼中仍帶餘悸，遲疑片刻，俯身跪下。

蕭朔坐在窗前，淡聲道：「說。」

「是。」玄鐵衛道：「雲公子不准我們看，只叫我們在院外等候。」

「我們將人送去前，不信還有更多手段，也用軍中法子試過了。」玄鐵衛：「那些刺客硬得很，眉頭都沒皺過一下。」玄鐵衛道：「我們將人綁起來，送進了雲公子的院子。不出兩個時辰，在院外，聽見裡面喊聲……」

蕭朔：「喊的什麼？」

玄鐵衛低聲：「求死。」

蕭朔放下手中供詞，靜坐了一陣，看向窗外。

「雲公子用的……都是當初在御史臺獄，侍衛司拿來對付雲公子的手段？」老主簿這時候才反應過來，心頭一緊，「那些刺客訓練有素，都只挺了兩個時辰……雲公子被審了一日兩夜！」

老主簿心頭發寒，不敢細想，「得怎麼熬過來……」

蕭朔垂眸，看著桌案上的幾碟點心。

先帝膝下，雲小侯爺向來最為受寵，自從被抱進宮按皇子分例嬌慣養著，就沒再受過半點苦。

他們最相熟那幾年，蕭朔尚在少年，看雲琅的吃穿用度，還一度用君子一簞食、一瓢飲規勸過幾次。

把雲琅勸煩了，抱著一簞珍饈一瓢美酒，在他面前來來回回走了好幾趟。

雲少將軍在沙場上，都金貴得半點委屈受不得。

槍要最好的，馬要大宛良駒，馬鞍要挑最上等的皮子。

千里奔襲打一場仗，都要叫人把御賜的三個廚子扛在馬上帶著。

朝中主戰議和拉鋸，同戎狄和談的時候，正是大雪封疆。雲琅帶兵坐鎮邊境，嫌邊境苦寒，一度險些壓不住脾氣。

要不是先帝千里迢迢賜了至寶白狐裘，勉強把人哄住了，雲少將軍說不定直接帶人去抄了對面老巢。

「王爺。」老主簿緩過神，猶豫半晌，「雲公子那邊……」

「他不說。」蕭朔道：「就是不願叫旁人知道。」

老主簿也明白，只是心裡終歸堵得慌，低聲：「是。」

蕭朔手臂垂在身側，靜了良久，緩緩鬆開攥著的拳，斂淨眼底無邊冰寒殺意。雲琅審出來這些東西，直接叫玄鐵衛給了他，說明刺客口中撬出的東西格外緊要，不能耽擱輕忽。

「這些年下來，咱們府上遇過的。」老主簿嘆口氣，低聲細數：「侍衛司、樞密院、大理寺、太師府……」

蕭朔逐字逐句看完了那幾張紙，擱在火盆上，點燃了一角，「還少一處。」

老主簿怔了怔，「哪家？」

蕭朔看著那幾張紙燒起來，鬆開手，盡數落進火盆裡。

老主簿愣愣看著，忽然回過神，低聲：「今……」

「刺客是太師府來的。」蕭朔淡聲道：「供出了幾處他們的暗樁眼線，都是京中商鋪，有幾處還牽扯了當年的事。」

老主簿已太久不曾聽他說過這些，忖度一刻，目光亮了亮，「王爺要……動一動了嗎？」

蕭朔：「來人。」

老主簿看著他，胸口無聲發燙，連連點頭，小跑著折身去叫人。

琰王府封門不出，既不與朝臣走動，也不同外人來往，幾乎已在京中避世而居。

琰王不招禍，禍卻從來不斷。

近乎絕命的險局死地，這些年也遇了不止一兩次。

老主簿懸心吊膽，終於等到了蕭朔願意再設法謀劃，出手反擊。

老主簿連緊張帶激動，叫了家將候著，快步回來，「人叫來了，您……」

「這幾處。」蕭朔寫了張紙條，扔下去，「今夜去燒了。」

老主簿：「……」

蕭朔抬眸。

「您——」老主簿猶豫著勸：「是否再、再謀劃斟酌……」

當年端王捲進奪嫡之爭時，老主簿看在眼裡，大致也是知道的。

都是苦心謀劃，步步為營。

在詭譎朝局中擴張勢力，此消彼長較量手腕，明爭暗鬥。

不曾有過上來第一步就跑去燒別人的鋪子。

「父王步步為營。」蕭朔道：「不也保不住性命？」

「……」老主簿一時竟不能從王爺話裡挑出什麼錯處，愣了半晌，「是，只是……」

「琰王府行事囂張，肆無忌憚。」蕭朔淡淡道：「我越悖逆，他們越覺得放心。」

老主簿怔了下，一陣黯然，低聲：「是。」

「況且。」蕭朔垂了視線，「我越悖逆……」

他越悖逆乖張，不堪造就，雲琅就越可能活下去。

這些年琰王府看似避世，其實幾乎被各方盯死，不能與朝局有絲毫牽涉。

尊榮已極，其實不過無根之木。

能否搏出一條生路，蕭朔並沒有十分把握。但倘若琰王府當真徹底傾覆，罪名越多，越罄竹難書……雲琅活下去的機會，就越大。

朝中缺個能領兵的將軍，如今北疆不平，遲早戰火再起。

要將那些不堪往事徹底埋乾淨，殺了雲琅，其實並不是最好的辦法。

侍衛司對雲琅用刑，也正是為了這個。

逼雲琅翻案，逼雲琅牽扯琰王府，只要毀了琰王，雲琅仍能當他的朔方將軍……

「王爺。」老主簿看他神色，隱隱心驚，「如何就先想起了這一步？」

老主簿小心道：「您若出了事，雲公子當初在牢裡，豈不是白白受了那些罪……」

蕭朔狠狠咬牙，闔目調息，再度壓了數次。

他從方才起便已盡力壓制，再壓不住，凜冽怒意終歸翻騰上來，一把掀了棋盤，「誰叫他受那些罪了！」

老主簿瞬間噤聲，縮在一旁。

「平日裡的無賴勁哪去了？」蕭朔寒聲：「這種時候倒乖了！讓受刑就受刑，若是有人再以此拿捏威脅，要他的命，他是不是把命也要給出去！」

老主簿有心提醒雲公子其實險些就給出去了，但一不小心懷了您的龍鳳胎，看著暴怒的王爺，乾嚥了下，閉緊嘴躲在角落。

福至心靈的，老主簿忽然想起了雲公子被抓回京城、投進御史臺獄的那一天。

蕭朔一個人在書房裡，閉門不出，砸了一整個珍寶架的寶貝。

老主簿猶豫了下，小聲問：「您那天氣的，其實是雲公子……」

蕭朔起身，拂袖出門。

老主簿嚇了一跳，把殺氣騰騰出門的王爺拚死攔住，「您要去哪兒？」

「去給他長長記性。」蕭朔冷聲：「學不乖，就該受些教訓。」

「是該教訓！」老主簿忙幫腔，又小心溜縫，「只是雲公子身子不好，您多少留些情……」

蕭朔冷嘲，「我留情，讓他再在哪個我看不住的地方，滾回來一身傷？」

老主簿不敢說話了，拚命朝門口下人打手勢，讓去給雲公子通風報信。

蕭朔這一股火已壓得太久，前幾次都被意外岔過去了，這次被侍衛司手段激得怒火攻心，數罪併發，絕不好相與。

老主簿一路憂心忡忡跟著跑，眼睜睜看著蕭朔殺氣肆意，推開雲小侯爺的院門，徑直進了屋子。老主簿不敢跟進去，躲在門外面，偷偷往裡面看。

屋內昏暗，只點了一盞燈，靜得很。

雲琅躺在榻上，被蕭朔拎著衣領狠狠扯起來。

雲琅勉強睜開眼睛，從夢裡醒來一半，「蕭朔？」

蕭朔眸色陰沉，定定看著他。

雲琅打了個呵欠，「你也被關進來了？」

蕭朔蹙緊眉，「什麼？」

雲琅睡得迷迷糊糊，一時還不很清醒，拍拍他，「沒事。」

今日審那幾個刺客，雲琅心知不容手軟，照著記憶裡自己被折騰的法子走了一通。

收效很好，只是躺下歇息時，夢境裡又翻騰起天牢中的情形。

一時是撲了水的紙一層一層蒙在臉上，一時又是拿棉布罩著，一桶水一桶水狠狠潑下來。

雲琅躺了一刻，實在睡不踏實，起來吃了劑安神助眠的藥。

起先的夢很不錯，夢著夢著，不知怎麼就夢著了蕭朔。

夢著了蕭朔……就更不錯。

雲琅對梁太醫的藥格外滿意，察覺蕭朔身上冰涼，順手抄起被子，連他一併裹了，溫聲道：「來，暖一暖。」

蕭朔滿腔怒火，被雲小侯爺一張被裹了個結實，「……」

「別折騰。」雲琅道：「快睡。」

蕭朔不等立規矩，先被他理直氣壯訓了，冷了神色正要開口，眉峰忽而蹙了蹙。

雲琅睡得舒服，眉宇舒展開，大抵是屋內暖和，臉色難得不似往日那般蒼白。

因陋就簡，被蕭小王爺拎在榻邊角落，也就順勢蜷了，拽著他，「過來點。」

蕭朔神色陰晴不定，看了一陣，確認了雲琅是真的不曾醒透，慢慢放開手。

「地方不夠，別折騰了……」雲琅睏狠了，折騰了幾回，把蕭朔怎麼都礙事的那條胳膊拿起來，放在背後，「將就點，抱著吧。」

蕭朔肩背微滯。

他屏息靜坐了一陣，手臂挪了下，想讓雲琅靠得穩些。

雲琅皺眉嘟囔，「別動。」

蕭朔：「……」

雲小侯爺睡慣了厚絨暖裘，覺得這張墊子也勉強合意，沒再挑剔，不管不顧睡熟了。

老主簿生怕王爺動怒，一時不察把雲公子拆了，帶著玄鐵衛，戰兢兢把窗戶紙捅了個洞，往裡看了看。

屋內昏暗，唯一那一盞燈擱在桌上，光點如豆。

來立規矩的王爺坐在榻上，身形鑄鐵一般，紋絲不動。

不知為什麼，身上裹了層被子。

懷裡靜靜躺了個睡得昏天黑地、四仰八叉的小侯爺。

雲琅一覺睡得踏實，醒來時，周身氣血自覺又比睡前通暢了幾分。

「我睡後有人來過？」雲琅沒叫人扶著，自己撐坐起來，「誰點的折梅香？」

刀疤聽不懂，「什麼梅香？」

「就知道不是你……」雲琅揉著脖子，啞然，「沒事。」

京城裡香鋪雖多，要論熏香，向來還要以點香閣為最。尤其臥苔、折梅兩種，香氣極雅，餘韻清幽，最為難得。

可惜步驟繁瑣，材料難求，製出來的又極少，輾轉託人都不見得能買到。

雲小侯爺少時不喜那些亂七八糟的香料，只青睞這兩種，常拿折梅去熏衣襬。

丁點香料就要花上幾兩銀子，點個熱鬧就什麼都不剩了。小皇孫讀詩書經義，受聖人教誨，很看不慣，總訓他鋪張揮霍。

「少將軍不是說，琰王手下才沒有譜嗎？」刀疤不解，「少將軍被搶回琰王府，連拉車用得都是上好的大宛馬。」

征戰沙場，戰馬向來極重要。

大宛馬勇猛強悍，不畏生死，與主人極為配合。疾馳起來如風如雷，最適長途奔襲。

朔方軍這些年如同被朝中徹底忘了乾淨，已多年不曾接到問詢，糧草都只勉強續得上，兵馬早斷了補給。

刀疤替他倒了杯茶，低聲抱怨：「這般奢靡跋扈，咱們朔方軍都沒有幾匹了……」

「我回頭訛他。」雲琅笑道：「他倒不是奢靡，不識貨罷了。」

小皇孫雖然懂得一簞食一瓢飲，但自小養在王府裡，既不逛街市酒樓，也不去坊間夜市，向來不知東西價格貴賤。

當初那次京郊遇險，兩人都才不過十來歲。雲琅的傷足足拖了大半年才好全，看著蕭朔往他那兒搗騰的家底，一度甚至有些觸目驚心。

那時候雲琅甚至還有些慶幸，好在自己只養了大半年。

要是再拖個把月，好好個端王府，說不定掏空到連給年終走動的人情禮物都湊不出來了。

「也不知後來挨沒挨端王叔的揍……」雲琅自己想得有意思，笑著念了一句，搖搖頭，「罷了，不說這個。」

他睡前審了那幾個刺客，撐到將供詞整理好，自覺心力不濟，當即就決定倒頭先睡一覺。

越睡越穩當，一覺睡透了醒過來，竟就已到了這個時辰。

「我睡前，叫你們出去找的那幾個人。」雲琅打了個哈欠，慢慢活動著筋骨，「可都有回話了，說了什麼？」

「有，都回信了，等少將軍拆看。」刀疤應聲，看了看雲琅神色，遲疑了下，「少將軍……不問問琰王那邊嗎？」

「我問他做什麼。」雲琅失笑，「供詞不都叫玄鐵衛送過去了？」

刀疤點點頭，「是。」

「那就行。」雲琅道：「他知道怎麼做。」

刺客是太師府所出，半點都不值得意外。

老太師龐甘，執掌了三朝的政事堂，兩任太傅，先帝御賜橫匾「中正純臣」。

「純臣……」雲琅不以為然，喝了口茶，「太師府那點事，他應當比我更清楚。」

端王一案，盤根錯節，關聯頗多。

這些年，蕭朔在京中多有不便，只能暗中探查，未必能把所有幕後之人揪出來。

但要連太師府都揪不出，就太不像話了。

別家姑且不論，太師府做的事，背後永遠都還有另一隻手。

只是始終隱匿在最深處，從不顯露，不為人知。

蕭朔雖然面上漠然冷厲，這些年兩人又被家仇血痕深深亙著，但彼此之間的默契，再怎麼也還是在的。

「他始終知我。」雲琅笑笑，「我……亦從來知他。」

雲琅：「至知至交，無非世事弄人。」

刀疤聽不懂，只莫名覺得難過，「少將軍……」

「打住。」雲琅唏噓夠了，不准他多話，扯了件衣服披上，「問問也無妨，琰王那邊都有什麼動作？」

刀疤：「琰王派人，燒了那幾家京城暗樁鋪子。」

「他這些年多有不易，你們若閒著，也多幫幫他……」雲琅頓了下，匪夷所思抬頭，「燒了什麼玩意兒？」

「鋪子。」刀疤道：「那些死士供出來的，埋在京城的暗樁。」

雲琅：「……」

刀疤：「還砸了兩家，搶了不少東西回來。」

雲琅：「……」

刀疤看著他，「少將軍？」

雲琅心情複雜，「我……不知他。」

經年不見，蕭小王爺行事作風愈發野了。

「少將軍讓我們多幫琰王。」刀疤不懂這裡面的關竅，倒很喜歡這種朝堂之爭，耿直道：「下回再有這種事，我們……」

「不准去！」雲琅按著胸口，「扶我起來，拿披風……算了。」

雲琅衡量了下，覺得自己走得未必有暖轎快，順手抄了個暖爐，「備轎，去書房。」
刀疤忙伸手扶他，「王爺行事不妥嗎？」
「太不妥了。」雲琅心累道：「怎麼不把太師府的匾卸了，趁龐太師睡覺的時候，直接掄他臉上？」刀疤怔了怔，不及再問，雲琅已提前開口：「不准記上！」
刀疤遺憾地收起了備忘木牌，「是。」
雲琅深吸口氣，用力按了按額頭。
這些天來，蕭朔漸同他有所交流，兩人雖還有許多事不曾說明白，但彼此心裡總歸大致已有了數。尤其蕭小王爺看起來，分明也沒有傳聞中那般荒唐恣睢、舉止無狀。
雲琅一時不察，放鬆了警惕。
「這種事都叫他做出來了。」暖轎候在門外，雲琅上了轎子，還想不通，「偌大個王府，就沒有哪怕一個人覺得不對，來告訴我一聲嗎？」
好歹當年，蕭小王爺一度打算把府門口鎮氣運保平安的御賜石獅子扛來給他的時候，府上還是有不少人捨命死諫，又哭著來抱他的大腿的。
「是他不聽勸，下人不敢多言。」雲琅不放心，「還是如今王府行事，已連這種事也不覺得不妥了？」
刀疤跟著暖轎小跑，遲疑道：「倒都不是……」
「在京裡待久了，幾時也學了吞吞吐吐的毛病！」雲琅心中發急，沉聲喝斥：「怎麼回事，有話就說！」
「主簿其實來過，想同少將軍商量。」刀疤道：「叫玄鐵衛攔回去了。」
雲琅怔了下，想了想，一陣啞然，「我不都說不跑了，怎麼還叫人看著我……」

「倒沒不准少將軍出去。」刀疤搖頭，「是攔著外頭的人，不准進來。」

雲琅微詫，輕皺了下眉。

「我們出去替少將軍送信，想回院子稟報，都被攔了。」刀疤也不清楚怎麼回事，如實稟道：「等了兩個時辰，天黑透了，才放行的。」

雲琅蹙著眉，靠回去，靜坐了一陣。

雲琅撐著，慢慢坐起來了些，「停轎。」

暖轎應聲停住，刀疤跑過了幾步，退回來，「少將軍，怎麼了？」

雲琅撚了撚袖口布料，挑開轎簾，看著廊下零星風燈。

琰王府當初修得闊氣宏偉，府上滿打滿算，總共只有蕭朔一位主人，真住人的地方其實不多。雲琅住的獨門小院，離書房十分遠。眼前是處雜院，夜裡不掌燈，一片清冷寂靜。

靜得懾人。

雲琅咳了兩聲，摩挲著懷中暖爐。

無論起因為何，中間又出了多少變故、生了多少事端。

他與蕭朔，總歸已有六七年不曾好好見過了。

蕭朔堅信他有事隱瞞，當初情勢那般混亂不堪，依然死認他定有苦衷。

說不感懷，無疑是假的。

可……蕭朔畢竟，已不是當年那個既無城府也無心機、一眼便能看穿的小皇孫了。

雲琅近日來，已時常有揣摩不透他心思的時候。

「琰王……莫非還信不過少將軍？」刀疤此前不曾細想，這會兒忽然反應過來，「玄鐵衛守著，是有意不叫人報信給少將軍知道，要瞞著您？」

「何必如此！」刀疤皺緊眉，「莫非琰王仍在試探，看少將軍是不是編了謊，其實還同那些人暗中……」

雲琅笑了笑，「倒不是。」

刀疤放不下心，「怎麼就一定不是？」

「我只知道，定然不是這個。」雲琅道：「剩下的，我也一時猜不透。」

雲琅細想了想，「大抵……要麼是不願叫我插手，要麼是不想叫我管他。」

刀疤皺緊眉，守在轎旁。

雲琅垂了視線，靠回轎內，將暖爐往懷裡揣了揣。

當初在京中，他也曾聽人提過。

少年人長到一定年歲，哪怕再乖巧聽話的，也會忽然離經叛道些，添上不願叫父母師長管教約束的毛病。

性情會有變化，敏感多思，易躁易怒。

越是管教，越不聽話。

倒也不是本性出了什麼問題。

人之常例，因勢利導循循善誘，再過個幾年，自然就好了。

雲琅自己沒被管教約束過，對這一段倒沒什麼感覺，但眼下卻忽然有些隱憂。

蕭小王爺的叛逆年歲……來得比旁人稍許遲了些。

「可要去同琰王說清楚！」刀疤忿忿，「這般待少將軍，是何道理！明明……」

「不可。」雲琅道：「徐徐圖之。」

刀疤愕然，「少將軍不是說，如今情勢緊急，步步維艱嗎？」

「再緊急也要有章法，貿然行事，只會適得其反。」雲琅嘆了口氣，吩咐道：「你們下次出府，幫我看看。」

刀疤忙屏息靜聽，「是。」

「各家書鋪。」雲琅按著額角，「有沒有售賣《示憲兒》、《教子經》之類的。」

刀疤：「……」

刀疤：「啊？」

「多買幾本回來。」雲琅道：「精裝平裝不論，只要能看。」

刀疤：「……是。」

「教養三五歲小兒的那種，便不要了。」雲琅沉吟，「至少十歲。」

刀疤站了一陣，一言難盡地收了備忘木板，「是……」

「行了。」雲琅已然盡力，鬆了口氣，「就這些。」

刀疤依言記下了，遲疑片刻，又低聲問道：「還去書房嗎？」

「還得去。」雲琅道：「到底是大事，他聽不聽得進去，也要同他說。」

總歸蕭朔也不會吃了他。

雲琅定了定心神，坐在轎中，凝神盤算了一陣，「刀疤。」

刀疤立時應聲：「少將軍。」

雲琅還是愁，「你養過孩子嗎？」

「沒有。」刀疤耿直搖頭，「我們當初商定要入京砸了御史臺劫囚，挑人時，那些有婆娘兒子的先被劃掉了。」

雲琅：「……」

雲琅靜默良久，挑不出錯，「……很周密。」

「少將軍要養孩子？」刀疤不知他怎麼忽然想起了這個，說到現在，卻也聽懂了一二，「養孩子容易，有什麼可愁的？」

雲琅頭疼，「你沒養過，哪裡知道。」

「沒養過，聽也聽會了。」軍中風氣向來粗放，刀疤想不出養個孩子要花什麼心思，「給他吃給他喝，教他做事。不聽話就揍，打一巴掌再給個甜棗子……」

雲琅聽得啞然，正要叫他不必再說，忽然心中微動，「甜棗子？」

「就是哄。」刀疤解釋：「做點叫他高興的事，對付戧毛強驢最好用。」

雲琅若有所思，慢慢靠回去。

做點……叫他高興的事。

兩人年少時，雲琅從沒費過這個心思。縱然吵架，最後認錯服軟的永遠都是蕭朔，少不得還要賠上些禮，誠心誠意地哄個三四五天。

小皇孫也沒脾氣，真因為什麼發了火，雲小侯爺紆尊降貴給講個笑話，沒兩句就逗樂了。

事到如今，雲琅竟真不知應當怎麼哄蕭朔。

少時蕭朔倒是還會喜歡些古籍字畫，看如今的架式，多半也沒了這個雅興。

栗子給過了，再剁總顯得誠意不足。

從琰王書房掰回去的那個珍寶架，倒是放了不少東西，還有雲琅惦記了十來年的魯班鎖、孔明車、諸葛機關弩，做得極精緻機巧。

可再要拿從琰王那兒搶走的東西，掉頭送給琰王……八成也並不很合適。

況且雲琅記得，蕭朔也分明是對這些個東西一竅不通的。

當初雲琅從工部弄來了個九連環，十分喜歡，整日裡擺弄，興沖沖拿去考蕭朔。
還特意承諾，蕭小王爺只要能拆開，就答應他一件事。
結果不消一天，小王爺就把九連環掰碎成了整整九段。

◆

暖轎已到了書房外，雲琅仍沒能想出個頭緒，越想越糾結，「難不成真要把我綁上……」
刀疤扶他下轎，聽見半句，嚇得心驚肉跳，「少將軍？」
「不成。」雲琅搖頭，「太險了。」
刀疤憂心忡忡，「少將軍究竟要做什麼？這般風險重重，怎麼……」
雲琅擺了下手，不叫他說下去，「在外頭等我。」
刀疤低聲，「是。」
雲琅輕呼口氣，向後倚了牆，忍著疼，闔目推了會兒氣血。
等自己看起來氣色更好些，伸手推開了書房的門。
蕭朔尚不曾就寢，靠在書房窗前，正聽著玄鐵衛的回稟。
見雲琅進門，玄鐵衛怔了下，遲疑，「王爺……」
蕭朔闔上手中名冊，「下去吧。」
玄鐵衛低聲應是，給雲琅行了個禮，快步出了門。
雲琅不曾想到蕭小王爺勤勉至此，側身讓過出門的玄鐵衛，「這麼晚了還忙……有要緊事？」
看玄鐵衛方才神色，分明話未說盡，欲言又止。

說不定是有什麼不能叫外人知道的事。

雲琅有心哄他，自覺退讓，「你若有事，就先辦，我回頭再來。」

「沒什麼要緊的。」蕭朔淡聲道：「睡醒了？」

雲琅有些不好意思，咳嗽一聲，「嗯。」

白日埋頭大睡，半夜四處亂跑。

若非蕭朔恰好有事，不曾就寢，簡直平白擾人清夢。

好歹是在琰王府上，雲琅難得自省，「今日一不留神，睡得沉了……亂了時辰。」

蕭朔將桌案上卷宗名冊攏到一旁，隨口應了，叫人，「上茶。」

「不用。」雲琅道：「我來找你，是……」

蕭朔放下卷宗，抬眸看他。

雲琅下意識停了話頭，靠在門口，暗自思索。

他終歸是來設法哄蕭朔的，眼下看來，蕭小王爺尚不像有要立時就寢的意思。

書房與小院畢竟隔得遠了些，難得來一次，總該做點事再回去。

雲琅沒立刻說下去，闔了門，走到榻邊坐下，「你不一向是亥時便歇的嗎？」

蕭朔看他，「亥時？」

「我記錯了？」雲琅怔了下，「當初你同我說，若要找你，好歹在亥時之前……」

蕭朔仍看著他，神色不明。

雲琅輕咳，「不是？」

「好歹。」蕭朔道：「在亥時之前。」

雲琅點頭，「對。」

「我每日四更天起。念完了書，習過了武，給父母請過了安，才躺下一個時辰。」蕭朔：「亥時還沒睡死，能爬起來去坑裡撈你。」

雲琅：「……」

少時，雲小侯爺向來隨心而動。

解衣欲睡了，看見月色入戶，想起古人風雅行止，就欣然起行來端王府尋小皇孫。

雲琅不是皇子，既無起居注日日盯著，也不受宮規約束，向來不拘什麼時辰。

苦了蕭小王爺，晨昏定省日日不落，半夜還要起來叫他折騰。

雲琅這幾日時常反思過往行徑，誠心誠意歉然，「是我……疏忽了。」

蕭朔似是好奇他還能說出什麼話來，靠在窗邊，饒有興致看著他。

「往後……」雲琅說了兩個字，又覺得不妥，笑笑，「罷了。」

雲琅放下暖爐，接過老主簿送進來的茶具，擱在桌上，親自封壺分杯，倒了杯茶遞過去，「以茶代酒，賠一椿罪。」

蕭朔並不抬頭，靜默一刻，順手接了。

雲琅好奇，「看什麼？」

「這些年。」蕭朔看了看手中茶盞，緩聲道：「想你大抵過得不錯，這一手誆人的本事，竟仍不見生疏。」

雲琅自小養在皇后宮裡，宮中隨侍，向來不失雅意。他日日耳濡目染，琴棋茶道這些事都做得從容，頗得心應手。

兩人同去坊間賞舞聽曲，少侯爺的一身風流雅韻，一度迷了不知多少京城待字的閨中姑娘。

雲琅怔了怔，擱下茶杯，笑了笑，「自然。」

這次好歹不再是煮茶葉蛋的粗茶，茶香騰起來，嫋嫋襲人。

雲琅將茶盞罩在手中，不自覺攏了攏，指尖噓著升騰熱氣，看向窗外，「你還不知道我？向來不受委屈的。」

蕭朔眸底晦暗，伸手闔上窗戶，放下了手中那一盞茶。

雲琅尚在賞玩王府夜景，冷不防被他關了個結實，愣了下，「怎麼了？」

「太冷。」蕭朔道：「凍手。」

雲琅：「……」

經年不見，蕭小王爺不止年歲到了，活得有些叛逆。

火力也眼見著要不行了。

雲琅拽了一旁薄裘推給他，想了想，又把自己的暖爐也塞過去，「這種情形有多久了？」

「……」蕭朔坐在榻前，眼睜睜看著雲小侯爺再度熟練地把自己裹了個結實，「什麼情形？」

「心情不好，夜裡睡不著，虛熱畏寒。」雲琅：「多半是腎陰虧損，腎水不固。」

蕭朔：「……」

蕭朔抬手，用力按了按眉心。

「下次梁太醫來，叫他也給你看看。」雲琅很操心，「防微杜漸，若是腎水長久虧損，萬一累及子嗣……」

蕭朔沉聲：「雲、琅。」

雲琅愣了下。

蕭朔闔眸，將火氣盡數壓制下去，把那個暖爐推回雲琅身前，連薄裘一併拋回去。

剛把人帶來府上時，蕭朔一度以為雲琅思慮周密，只是藉王府落腳，謀求逃生。

隔了些時日，又以為雲琅是插科打諢裝傻充愣，存心氣他。

如今才知道。

這人竟是當真對自身之事，沒有半點自覺。

「雲琅，你是當真不清楚……」蕭朔冷聲：「自己如今是個什麼狀況？」

雲琅微怔。

「積傷積病，氣不御血。」蕭朔語氣愈沉：「不臥床、不靜養，半夜來書房找我，連件披風也不帶，坐在窗口吹冷風。」

「心脈耗弱成這樣，這茶濃厚提神，你喝得下去？」蕭朔奪過他手中茶盞，盡數潑了，惱怒道：「不能喝便不喝，在這兒跟我裝什麼樣子！我若再不攔，你是不是便咬牙喝了，回去又胸口疼得睡不著！」

雲琅張了下嘴，看著他，不自覺咳了兩聲。

蕭朔冷聲：「說話！」

「不是。」雲琅訥訥，「我剛準備趁你不注意，假裝喝一口，全倒你坐墊上的。」

蕭朔：「……」

蕭朔深吸口氣，在屋裡轉了幾圈，忍著沒抄順手的東西拆了雲琅。

一旁老主簿聽得心驚，忙撤了茶具，叫人端走，恭聲道：「王爺，下人們不知道，以後定然不上這個了……」

「這屋的香也是提神的。」雲琅悄聲跟他補充：「快撤了，一會兒王爺氣得把香爐吃了……」

老主簿愁得橫生白髮，看了一眼雲琅，心說一會兒不氣得王爺把您吃了就是好的，終歸不敢多說，「是是，這就撤。」

「上些參茶來。」雲琅看了看蕭朔，替他吩咐：「不要老參，太補了，我眼下還受不住。」
老主簿忙記下，「是。」
「還有點冷。」雲琅攏了攏袖子，「再上兩個火盆，窗戶關著不通風，用獸金炭。」
雲琅探頭瞄瞄蕭朔，想了一圈，「府上有唱曲兒的嗎？我想聽醉仙樓……」
「沒有！」蕭朔忍無可忍，厲聲：「你少得寸進尺！」
雲琅鬆了口氣，「夠了？」
蕭朔冷了神色，並不理他，拎了個座靠，扔在了雲琅坐的位置。
雲琅沒忍住，漏了一點笑意，飛快朝老主簿打手勢。
老主簿不迭點頭，眼疾腿快溜出門，一併吩咐去了。
雲琅自己動手，拿軟枕墊著座靠，抱了暖爐倚上去，扯著薄裘裹好。
想了想，又伸手扯了扯蕭朔。
蕭朔被他扯著，坐回榻上。
攢著的怒氣洩去泰半，蕭朔轉回來，擺正桌案，眸色重歸平靜淡漠，「還要什麼？」
「下不下棋？」雲琅問：「我聽他們說，你近來鑽研棋道，頗有小成。」
蕭朔蹙了下眉，看著他。
「不耗心力，隨手落子而已。」雲琅保證，「連下三盤，把我放出去，一樣能跑能跳。」
蕭朔不知他又搞什麼名堂，抬了眸，看著雲琅舒舒服服暖暖和和靠在榻前，沒有立時出聲。
雲琅靠得舒服，打了個哈欠，也不等他回話，自伸手去拿棋盤。
「我先落子。」蕭朔靜了片刻，沉聲道：「不會讓你。」
蕭小王爺的棋盤還在老地方，雲琅熟練摸出來，大方點頭，「你執白。」

蕭朔看了他一陣，垂了視線，將棋盤擺正。

府中清淨，月上中天。

廊下燈火昏黃搖曳，書房窗戶闔著，窗下爆開燭花，落子有聲。

老主簿悄悄進來送了幾趟東西，欣慰地看著雲公子氣色尚佳，倚座憑窗隨手落子，悄悄送過去了一盞參茶。

「如今京中的情形，你當比我清楚。」雲琅自覺已把人哄得差不多，打量著蕭朔神色，似是隨意道：「侍衛司、樞密院、大理寺、太師府……」

「沆瀣一氣。」蕭朔看他一眼，接著道：「樞密院謀兵，大理寺謀權，侍衛司謀一家做大，掌控禁軍。」

雲琅微訝，抬頭看他。

「……」蕭朔垂眸落子，盡力不去因為雲琅身上不知哪來的和藹欣慰發怒，「想說什麼，直說就是。」

「我在外頭跑久了，朝堂之事，捕風捉影知道些。」雲琅鬆了口氣，道：「今日謀權，昨日黨爭，一脈相承罷了。」

大理寺與御史臺共管刑獄，長此以往，連主審裁奪的職分也一點點從開封尹挪過去，徹底湊齊了生殺予奪之權。

兵部與樞密院，原本一個內掌禁軍、一個外執募兵。

近些年禁軍疲軟，不堪一戰，倒是當年已被打殘的朔方軍，經端王與他兩代整肅，漸成中堅。侍衛司同殿前司的恩怨也由來已久，高繼勳貪生怕死，急功近利，倒是最好對付的一個。

權也勢也，起初還是傾軋奪權，不知什麼時候起……就成了黨爭。

爭朝爭野，爭戰爭和。

爭那一個九五之尊。

雲琅胸口又有些發悶，不再多想，吁了口氣，「這些先不論……我想同你說的，是太師府。」

蕭朔抬眸。

「老龐甘努力了大半輩子，熬了三朝，熬走了兩位皇上。」雲琅索性不拽詞了，直白同他說：「總算把閨女嫁成了皇后，直上青雲，位封一品太師。」

雲琅沉吟了下，總結：「很……不容易。」

「……」蕭朔：「我該給他捏捏肩嗎？」

「倒是不用。」雲琅擺手，「當年，他是朝臣中最早投誠賢王的一個，也是唯一將全副身家都壓上、孤注一擲押寶的一個。」

「如今來看。」蕭朔冷笑，「倒是賭贏了。」

雲琅扯了下嘴角，沒接話，「所以，凡是他說的話、做的事……」

「都是皇帝的意思。」

蕭朔徹底不耐煩，「所以呢？」

雲琅還沒排比完，「開的鋪子……」

蕭朔：「……」

「對。」雲琅點頭，「都是皇上的意思。」

平白就砸了，不論怎麼說，總歸有些不合適。

皇上遠在深宮，未必會立時做出什麼明面上的反應，但終歸是記下了一筆。若是等到將來清算，這一筆，又不知道要怎麼劃帳，才能滿足他們那位九五之尊的胃口。

雲琅拿不準蕭朔如今脾氣，稍一沉吟，道：「你平日行事，多多少少，總歸避諱一二……」

蕭朔原本撚著一粒白子，坐了片刻，忽然想明白了，笑了一聲，隨手將棋子扔了回去。

雲琅輕蹙了下眉。

「你要對我說。」蕭朔道：「龐甘的一舉一動，背後都是皇帝支持，甚至乾脆就是在替他做事。」蕭朔看著雲琅，語氣平靜：「我燒他的鋪子，就是打了皇上的臉，損了皇上的利益。早晚要被劃帳清算，是不是？」

雲琅看了他一陣，放下手中的棋子，坐正了抬頭。

「我知……」雲琅靜了下，撚了撚衣角，緩聲道：「琰王府如今已被各方盯死，一旦涉足朝政，只怕又會一朝傾覆。諸般動作，極為受限。」

雲琅還沒買到《教子經》，憑著直覺，盡力措辭，「但也……總有謀劃。同我說了，多少能幫你，不至……」

蕭朔起身，「雲琅。」

雲琅停下話頭，抬了目光。

「你今日來找我。」蕭朔靜靜道：「原來就為了這個？」

雲琅看著他，心說不然我為什麼不在院子裡好好玩我的諸葛小連弩。隱約覺得蕭朔神態不很對，乾嚥了下，沒應聲。

蕭朔垂眸，看著桌上棋局。

雲琅隨軍征戰，兩個人就不曾再對過弈，回頭看時，竟已過了七八年。

離雲琅最後一次深夜跑來找他，不由分說扯著他胡扯，也已有六七年。

一時恍惚。

他幾乎真以為，雲琅只是比過去身子弱了，翻不動日日開著的窗子，難得走了門……

「你以為。」蕭朔緩聲道：「我留玄鐵衛在你院外，是怕他們將此事告知於你？」

雲琅張了下嘴，沒出聲。

「是。」蕭朔笑了一聲，「你自然該這麼想。」

蕭朔不看他，垂在身側的手有些顫，強壓了不發怒，輕聲：「可惜……雲小侯爺運籌帷幄，料事如神，這次卻猜錯了。」

「我可沒有這般替你著想。」蕭朔冷嘲，「我是怕你又胡言亂語，編來一堆故事騙我。其實和那些人狼狽為奸，沆瀣一氣，來探我的虛實，故而令玄鐵衛戒備你……」

老主簿聽得愕然，「王爺！您明明……」

「這些日子。」蕭朔道：「我也不過是同你演戲，放鬆你的警惕。」

蕭朔寒聲：「畢竟雲氏一族，素來……」

蕭朔頓了下，看著雲琅，沒有繼續往下說。

雲琅撐著手臂，低頭苦笑了下，「素來什麼？」

蕭朔靜看他半晌，漠然轉過身，走到書架前。

老主簿急得團團轉，一會兒看看雲琅、一會兒看看蕭朔，焦灼低聲：「雲公子……」

「蕭朔。」雲琅輕聲：「若是我有力氣，眼下應當把你掄起來，鑲在你正看的那個書架上。」

老主簿：「……」

蕭朔仍背對著他，不以為意，「求之不得。」

「是我糟蹋了你的心意。」雲琅閉上眼睛，坐了片刻，「我睡著的時候，你來過了？」

雲琅一時不察，沒想到這一層，撐著下榻起身，「你留下玄鐵衛，攔著人不准進，並無他意，只想讓我睡個好覺。」

「是我誤會了。」雲琅胸口又有些疼，穩了穩，輕聲：「不僅沒領情，來找你，還繞了這麼大一個圈子……」

蕭朔眸底晦暗不明，轉過身來，冷冷看著他。

雲琅吸了口氣，慢慢呼出來。

雲琅閉了閉眼睛，壓下翻覆氣血，緩了緩。

「就因為這個。」雲小侯爺睜開眼睛，「你就跟我發脾氣？」

蕭朔：「……」

老主簿：「……」

「王爺！」老主簿眼前一黑，撲過去抱蕭朔的腿，「雲公子罪不至死……」

「動手就動手！」雲琅徹底豁出去了，一把掀了棋盤，「打一架！」

「你照顧我，又遮遮掩掩的叫我猜，我猜錯了，又不是多大的事！」雲琅吼他：「我猜錯了，你好好告訴我不就行了，非得撂狠話，把疤翻出來撕爛？當初割袍斷義，沒斷夠是不是！」

老主簿一條命被吼沒了大半條，「……」

蕭朔站在原地，卻並沒像老主簿擔心的那樣過去立時掐死雲琅，只是身形凜冽幾乎鋒利，沉默得冷硬如鐵。

「來來，我這兒還有。」雲琅咬牙，幾步過去，扯了袖子往他手裡塞，氣憤道：「割！再斷個百八十回！」

蕭朔肩背繃了繃，垂了眸，靜靜看著雲琅氣得發抖的手。

「你不說，我怎麼知道你砸的上一個珍寶架，都是當初攢了送給我的寶貝！」

雲琅：「你砸它幹什麼啊？給我啊！」

雲琅那時根本什麼也顧不上，自投羅網，卻也不曾想到琰王府裡有人往死裡砸了一屋子的東西。雲琅越想越心疼，越心疼越來氣，「你……」

「我以為。」蕭朔輕聲：「你不會被捉，侍衛司奈何不了你。」

「侍衛司當然奈何不了我！」雲琅磨牙，「那幫廢物……」

「只這一次，我沒派人跟著你。」蕭朔像是沒聽見他的話，繼續道：「我以為，你回京城，是……」蕭朔側頭，看著闔上的窗戶，沒再說下去。

他靜靜站了一陣，又道：「那三日，我都睡在了書房。」

雲琅怔了下，看著他。

「直到那時，我才知道。」蕭朔：「你回京城，並非尋人，而是尋死。」

雲琅無聲蹙了下眉，看著他，胸口起伏幾次，把血氣硬嚥回去。

【第七章】小王爺，我委屈，抱我一會兒吧

蕭朔立在燭影裡，隔了一陣，眼底情緒漸歸平淡漠然，抬眸，「雲琅。」

雲琅扶著桌沿，慢慢站直。

「我與當年，已無半點相似之處。」蕭朔慢慢道：「脾氣性情，處事手段，心志秉性。」

「而你。」蕭朔看著他，「往後，若再要試探我，也不必故作往日之態。」

「……」雲琅一陣氣結，「我不是試探你，我……」

蕭朔不說話，靜靜等著他說完。

雲琅站了半晌，本能覺得同蕭朔討論子女叛逆教養之事不很合適，掐頭去尾，「只是……想叫你高興點。」

蕭朔神色複雜，「於是你就來隨手跟我下棋，贏了我二十三目？」

「我哪知道你練了這麼多年，還是這麼個臭棋簍子！」雲琅冤枉死了，「我不過是走了走神，再看就來不及了！」

雲琅想不通，「我回過神就把棋盤掀了，你什麼時候數的……」

蕭朔不想同他多說這個，「總歸。」

雲琅皺眉。

「你不必同我講理。」蕭朔道：「我本就是個行事荒唐，悖逆無度的王爺。」

雲琅自忖當年自己已夠不講理，如今竟然半點比不上這一句的氣勢，心服口服，「哦。」

「今日之事。」蕭朔道：「該你反省。」

雲琅：「……」

雲琅有點想把王爺釘牆上，「我怎麼反省？」

「就在此處反省。」蕭朔道：「想不清楚，不必出門了。」

雲琅：「嗯？」

蕭朔不同他再多廢話，叫來玄鐵衛守在門外廊下，拂袖出了書房。

雲琅把窗臨望，看著蕭小王爺沒入夜色，心情複雜，「玄鐵衛。」

窗外甲兵磕碰，有人快步過來，「雲公子。」

「蕭朔小時候，讀書太用功，常常誤了睡覺的時辰。」雲琅靠著窗沿，「王妃疼他，叫人改了這間書房，同後面廂房連在一起，加了道暗門。」

玄鐵衛道：「是。」

「從那以後。」雲琅道：「這麼多年，他都是在書房讀書，夜間便去廂房歇息。」

玄鐵衛道：「不錯。」

「所以我每次掉他窗外陷坑裡，只要放聲大喊。」雲琅：「他就會聞聲出來。」

「那麼淺的坑。」玄鐵衛耿直道：「但凡會些輕功，一蹦就上來了。」

「這倒不重要。」雲琅不想提這個，看著窗外，「現在你們王爺把我關在這兒……反省。」

雲琅問：「他去哪睡？」

「此事不消雲公子多管。」玄鐵衛盡職盡責，如實轉達，「王爺說了，整個王府都是他的，無處不可去，大不了天當被、地當床。」

雲琅：「……」

雲琅心情複雜，「這般……威風嗎？」

「正是。」玄鐵衛道：「雲公子還有吩咐？」

「沒有了。」雲琅按著額頭，關上窗子，「守著吧。」

玄鐵衛應聲行禮，回了值守位置。

雲琅深吸口氣，裹著薄裘靠在榻上，自袖子裡摸了摸，翻出個格外小巧精緻的檀木九連環。將還熱著的參茶一口一口喝淨，隨手擺弄著，閉上了眼睛。

琰王行事悖逆，荒唐無度。

深更半夜，外袍也不曾穿，隻身出了自己的書房。

老主簿抱著外袍披風，領著原本守在書房的下人，不敢出聲，埋著頭在後面悄悄跟著。

蕭朔被追得煩了，神色愈沉了些，「跟著我做什麼？」

「王爺。」老主簿忙跟著停下，「夜深了，天寒露重，您……」

蕭朔垂眸，視線落在廊間積雪上。

他心中煩亂，眸底冷意更甚，靜立了一陣，揮手摒退了下人。

老主簿不敢多話，低頭候在一旁。

「他在府外。」蕭朔道：「立了三日三夜。」

「什……」老主簿怔了下，反應過來，「您說雲公子？」

當初端王出事，宮中不准重查舊案，滔天冤屈如石沉大海。

先皇心中愧疚，恩寵數不盡地降下來，賜爵加冠，興建王府，竟轉瞬將府中深冤血仇沖淡了大半。

蕭朔受了封，襲了爵，不再折騰得所有人不得安生。

閉門不出的那些日子裡，老主簿唯一拿不準、去稟過王爺的，就是雲小侯爺的拜帖。

可惜帖子送進了琰王府，整整三日，終歸不曾得來半點回音。

「您那時……」老主簿斟酌著，輕聲道：「不也在府裡，守了雲公子整整三天嗎？」

兩人一個在牆外一個在牆內，一步都不曾動，就那麼在風雪裡靜立了三日三夜。

老主簿帶人守在牆頭上，愁得肝腸寸斷，險些就帶人拆了王府的圍牆。

往事已矣，老主簿不敢多提，低聲勸：「雲公子那時，煎熬只怕不下於王爺。風雪裡站一站，身上固然難熬，心裡卻當好受些……」

「他心裡好不好受，與我何干。」蕭朔冷聲：「我想的不是這個。」

老主簿回頭看了看燈火溫融的書房，又看了看衣衫單薄立在淒冷雪夜裡的王爺，不敢反駁，低聲應道：「是。」

蕭朔靜立了一陣，「梁太醫走時，如何說的？」

「說雲公子傷勢初成之時，失於調養，又兼寒氣陰邪趁虛而入。盤結不去，終成弱症。」

老主簿背得熟，一口氣應了，忽然愣了愣，「您是說，雲公子是那時候在府外……」

蕭朔沒有應聲，閉上眼睛。

他越不發作，老主簿反而越膽戰心驚，訥訥道：「可這也拿不準……戰場凶險，說不定雲公子是征戰時落下的舊傷呢？」

端王久經沙場，身上大小戰傷不下幾十處，幾乎奪命的傷勢也是受過的。

當初在府裡時，每逢連綿陰天、雨雪不停，王妃也常叫請太醫來，替王爺調理沉傷舊患。

老主簿見得多了，知道雲琅身上有舊傷，半點都不曾多想。

「雲公子身上的傷，您也未必都清楚啊。」老主簿道：「說不準是哪次，沙場刀兵無眼……」

「他身上的傷。」蕭朔淡淡道：「哪一處我不清楚？」

老主簿愕然抬頭。

老主簿悄悄瞄了下，再看蕭朔，目光已有些複雜，「您是怎麼清楚的？」

蕭朔被他看得愈生煩躁，一陣惱怒，「少胡思亂想！」

老主簿實在難以做到，低頭應聲：「是。」

「他……當初。」蕭朔沉默一陣，低聲道：「父親教他，男兒本自重橫行，身上有幾處傷、落幾個疤，都是男兒榮耀。」

蕭朔咬牙，逐字逐句：「沒、什、麼見不得人的。」

「……」老主簿明白了，「雲公子向來敬重端王，自然會深以為然。」

老主簿還有一點不很明白，「這種事，不該去同端王炫耀……」

老主簿看著王爺的神色，把話及時嚥了回去。

「父王征戰沙場，一身沉傷。」蕭朔闔了下眼，「他覺得去炫耀沒意思，就來找我。」

「雲家出身將門，世代簪纓。所擅的是千里奇襲，一擊梟首。」蕭朔道：「並非大開大闔拚殺，原本就沒有那麼多受傷的機會。他自小在金吾衛中滾大，身法又非常人能及。」

老主簿大致聽懂了，「這樣說來，雲公子要受個傷，還很不容易。」

「但凡流了點血，破了處皮，就恨不得在我眼前繞十趟八趟。」蕭朔含怒道：「有次他肩膀中了一箭，高興極了，一回京便直撲到我榻上，扒著領口非叫我看……」

老主簿訥訥，「那您看了嗎？」

「我如何能不看！」蕭朔冷聲：「他那般折騰，傷口裂開怎麼辦？我只得將他衣服扒了，按在榻上，重新上藥包紮好，才叫他走的。」

老主簿一時竟聽不出有什麼問題，「您……做得對。」

蕭朔想起往事便更生悶氣，不願再多說，拂袖欲連主簿一併摒退，心煩意亂閉上眼睛。

少時，雲琅受了丁點大的傷，明明……都是會來呼天喊地折騰得闔府不寧的。不知從哪養成的這一身破毛病。

同他折騰、同他裝模作樣，瞞著傷不告訴他，撐到站不穩了，還要把血氣嚥回去。分明都已沒了力氣，就為了叫他能高興些，還要撐著如舊時一般跟他吵架。

「……」老主簿一言難盡：「雲公子為了讓您高興，故意同您吵架？」

「不然如何？」蕭朔冷聲：「以他如今的氣力，直接將我轟出去，鎖了門窗，不言不語冷著我幾日，豈不更省力解氣？」

老主簿張了張嘴，沒話說了，點點頭。

老主簿糾結半晌，「那您……高興了嗎？」

蕭朔神色愈沉，靜立在廊下，側開頭。

老主簿愕然看了半晌，心服口服，悄悄過去，把雲公子特意從窗戶扔出來的披風，默默替王爺披上了。

老主簿悄悄走開，扯著下人提醒：「王爺今日高興，不准來打攪，溫些酒送過來。」

下人不解，「王爺同雲公子吵贏了嗎？」

老主簿：「……沒有。」

下人恪盡職守，「王爺今晚回廂房睡嗎？」

「……」老主簿：「不，廂房連著書房，雲公子住了。」

下人還想再問，「王爺……」

老主簿一把捂了下人的嘴，聲色俱厲，低聲恐嚇：「話再多，就去廊下鏟雪。」

下人閉緊了嘴，行了個禮，小跑著去熱酒了。

老主簿鬆了口氣，打發了剩下的人回去書房候著，陪著披了披風的王爺，去了府上空著的待客偏殿。

雲琅奉命反省，在書房吃了一碟點心、兩個果盤，又喝了一小盅性極溫的暖熱黃酒。

他如今氣血耗弱，原以為白日睡透了，夜裡定然生不出睏意，在書房暖榻上靠了一刻，竟也不覺睡得沉了。

再醒來時，窗外已是天光大亮。

雲琅坐在榻上，看著送過來一應俱全的溫水布巾、晨間餐點，一時不禁有些許沉吟。

老主簿來看他，幫忙端著一盅山蜜糖霜漬的湯綻梅，「雲公子可還有什麼事？」

「無事。」雲琅拿過盞茶，漱了漱口，「我若一直反省不出來，就得一直被關在這兒嗎？」

「那是自然。」老主簿點頭，「王爺昨夜那般生氣，您想不通，只怕等閒是走不了的。」

雲琅想不通，「那我就不走了啊。」

王府書房有吃有喝，一應照料精心周全，就算閒得無聊了，還有滿滿一書架的書。

玄鐵衛又換回了管出不管進，除了攔著他，不准他出門，刀疤等人來回稟覆命，也半點不受阻礙。雲琅一時有些摸不透蕭朔的心思，摩挲著幾本嶄新的《教子經》、《示憲兒》，順手藏在了坐墊底下。

「您還是反省一二。」老主簿低聲：「畢竟……」

雲琅好奇，「畢竟什麼？」

「畢竟。」老主簿為難道：「您反省了，王爺也好回來。」

雲琅：「……」

老主簿：「……」

「哦。」雲琅按著額頭，「把他忘了。」

老主簿一陣心累，回頭嚴厲告誡了幾個侍奉的小僕從，絕不可把這話轉告給王爺半個字。

雲琅回到榻前，推開窗子坐下，「該怎麼反省？我知錯了，今後定然不辜負他心意，不誤解他初衷，凡事多想幾次，不誤會，不……」

雲小侯爺從小反省得熟練，文思泉湧張嘴就來，格外流暢地說了一大段，老主簿才反應過來，「雲公子……等等。」

雲琅停下話頭：「要寫的？」

「不是。」老主簿忙擺手，「王爺真惱的……怕不是這個。」

雲琅好奇，「那是什麼？」

「此事王爺雖然不悅，但雲公子那時願意同他吵架，他便不氣了。」老主簿自己都覺這話實在莫名，硬著頭皮說了，又道：「王爺惱的，是您有事瞞他。」

雲琅怔了怔，沒立時答話。

「昨夜，王爺提起……」老主簿心知此事只能徐徐圖之，謹慎迂迴道：「六年前，漫天大雪，您曾在府外立了三日三夜。」

雲琅一陣啞然，「經年舊事，幹什麼提這個。」

「那時候，王爺並非不想見您。」老主簿低聲：「是……虔國公來過了。」

雲琅蹙了下眉，沒說話，輕輕撚了下衣袖。

虔國公裴篤，也是三朝老臣，也曾執掌禁軍。

如今雖然去朝致仕，也仍是一品貴胄，開府儀同三司。

端王妃，正是虔國公的獨女。

「出事時，虔國公碰巧不在京中，星夜兼程趕回，終歸沒來得及。」

老主簿道：「縱然震怒，也已回天乏術。」

老主簿看著他，小心翼翼，「那之後，虔國公……也去打聽了些事，問了些人。認定了……」

「認定了鎮遠侯府。」雲琅道：「與此事定然脫不開干係。」

老主簿低聲道：「是。」

「只怕還不止。」雲琅稍一沉吟，「大抵還聽說了，我兵圍陳橋挾制禁軍，以致救援不及。闖入御史臺，逼迫端王。派出府上私兵，在半路圍剿端王府回京親眷……」

「雲公子！」老主簿失聲打斷，皺緊了眉，「您怎麼……」

「怎麼了？」雲琅笑笑，「不打緊的。」

他神色平靜，向後靠了靠，看了看窗子外頭的景色，「我要是把這些全放在心上，早該活不下去了。」

老主簿滿腔酸楚，低聲：「怪我，不該提這個。」

「不妨事，我原本也奇怪，蕭朔怎麼把那一段說得那般熟練。」雲琅咳了兩聲，拿過湯綻梅嘗了一口，忍不住蹙眉，「太甜了。」

「這就換。」老主簿忙叫人來收拾，「井水沉濁，要加雪水還是……」

雲琅笑了，「井水也無妨。」

老主簿忙搖頭，「雲公子在外流離，定然受了苦。如今既然回京，該用好的。」

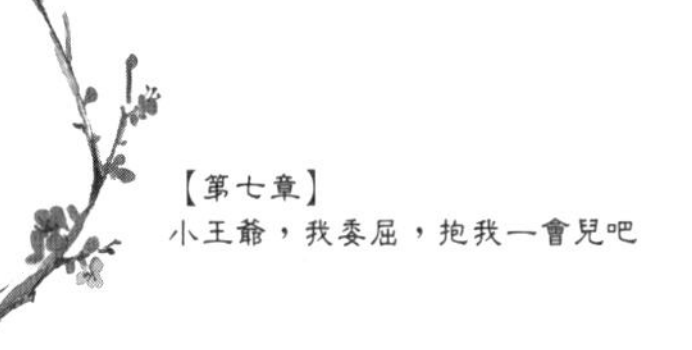

雲琅怔了下，靠在窗前，垂眸扯了扯嘴角。

刀疤曾同他提過，蕭朔不肯信京中那些流言，從朔方大營一路找他到鎮遠侯府。他來要人時，試圖給蕭小王爺講個血海深仇的話本，也被打斷了。

書房裡，蕭朔一樣一樣替雲琅找著能解釋的理由。洩憤一樣，恨恨問雲琅，是不是以為他也會如旁人一般，信那些萍水謠言。

雲琅閉了閉眼睛。

「我們都知道，當初的事定然有苦衷。」老主簿怕他牽動心脈，忙道：「王爺同我們說過，當時雲公子去御史臺是救人，陰差陽錯。山匪之事，是為馳援……」

「我知道。」雲琅笑了笑，「就是這一段，他背得……行雲流水。」

這些年，蕭小王爺也不知同多少人，爭辯了多少次。

「虔國公是武人，這些年騎不動馬、上不動戰場了，脾氣是不會變的。」雲琅不想再多說這個，將話頭扯回來，「知道了這些，定然視我為生死仇敵，欲伺機誅之而後快。」

老主簿欲言又止，「沒有……」

雲琅竟料錯了，「沒有？」

「沒有……伺機。」老主簿實話實說：「虔國公知道這些，當晚提著刀就去您府上了。」

雲琅：「……」

雲琅有些餘悸，「然後沒拿動刀嗎？」

「然後王爺去攔了。」老主簿低聲：「追到門口，攔住了虔國公。」

雲琅無聲蹙了下眉。

「虔國公震怒，當街痛罵王爺悖逆不孝，枉為人子。」老主簿：「激憤之下……動了手。」

雲琅倏而抬眸，撐了下，不防扶了個空，硬坐起來，「傷了何處？」

「倒不重。」老主簿忙扶他，「老國公畢竟心疼晚輩，手下有分寸……」

雲琅氣息續不上，咬牙沉聲：「傷了何處？」

「王爺不還手，被老國公一刀扎了肩膀。」

老主簿只得如實道：「見了血，老國公終歸下不去手……又氣又惱，帶人走了。」

雲琅被他扶著，胸口起伏，閉了眼睛。

「確實傷得不重，只是皮肉傷，不出半月就好全了。」老主簿生怕他傷及心神，忙保證：「只是老國公那幾日一直都在府上，王爺想出去見您，又怕國公對您不利。」

「雖不曾出去。」老主簿輕聲：「王爺在府中牆內，也陪您站了三天……」

「我知道。」雲琅闔目，慢慢調息，「我那時一身功夫好歹還有十之八九，一聽就知道，他在牆對面站著。」

老主簿愣了愣，「您知道？」

「我本來就想站一天的。」雲琅磨牙，「那個憨貨一直站著，我也不好意思走。」

老主簿：「……」

老主簿不大想知道這一段，勉強開口：「王爺、王爺也不知……」

「罷了。」雲琅輕吁口氣，睜眼重新坐直，「忽然同我說這個，是要問我的傷嗎？」

老主簿一腔心思被他陡然戳破，訕訕低頭。

「我那時底子尚可，又在宮裡好生養了月餘，立三日風雪，沒什麼的。」雲琅道：「是戰場苦寒，我自己又折騰……叫他不必胡思亂想。」

老主簿還想問，看了看雲琅臉色，低頭將話盡數嚥回去，「是。」

「至於這傷的來處。」雲琅慢悠悠道：「只靠你們還問不出。要想知道，叫你們王爺來把我扒了衣服、綁在榻上，親自問我。」

「……」老主簿身心震撼，「您不怕王爺當真這麼做嗎？」

「怕。」雲琅當晚回去就琢磨了一宿，計劃得很周全，「所以我會在他揪住我衣領的時候，因為受了驚嚇舊傷發作，胸口疼得喘不上氣。」

老主簿：「……」

「倘若他還要繼續。」雲琅道：「我就會昏死過去，人事不省。」

老主簿訥訥：「您是……打定了主意不告訴王爺，是嗎？」

雲琅心安理得，「是。」

老主簿盡力了，拿過座靠墊好，扶著雲琅靠上去歇了歇。

「虔國公……」雲琅原本沒想過這一層，被主簿提了一句，倒有些意動，「如此算來，琰王府在朝中，倒也不全然算是孤島一片。」

「話雖如此。」老主簿苦笑，「這些年，虔國公也不收府上的東西，兩家形同陌路，已許久不走動了。」

「凡事總在人為。」雲琅沉吟，「我若負荊請罪去一趟……」

「萬萬不可！」老主簿忙擺手，「不等您說話，老國公定然已一刀將您劈成兩段了。」

老主簿記得聽刀疤提過，稍一猶豫，「您是不是有王妃的遺信？若能拿出來……」

雲琅淡淡道：「燒了。」

老主簿微怔，遲疑了下，「先王……先王信物呢？」

雲琅：「埋了。」

老主簿：「……」

「當初……當初您在京郊城隍廟，以所知內情與先王靈位一併逼那位立誓，要保我們王爺。」

老主簿道：「誓言口說無用，您……」

「焚成灰燼，混血成酒。」雲琅：「喝了。」

老主簿啞口無言。

雲琅還在盤算虔國公的事，敲窗叫了親兵進來，隨口吩咐了幾句話。

老主簿怔立半晌，忽然察覺出哪裡不對，皺緊眉插話：「這諸般憑證，都盡數毀了乾淨。您當初就沒想過，倘若有今日，如何解釋……」

雲琅攤手。

老主簿喉間緊了緊，啞聲：「您、您沒想過解釋？」

老主簿越想越後怕，「若是我們王爺不信……」

「不信就不信。」雲琅笑笑，「我又不是幾歲小兒，受了些委屈，就哭著要人抱。」

老主簿說不出話，替他奉了一盞熱參茶，輕輕擱在雲琅手邊。

「他受的傷。」雲琅到底惦記主簿說的那一刀，「確實好了，也沒留什麼遺症？」

「確實沒有。」老主簿忙搖頭，「這個不瞞您，確實只破了皮肉。」

將心比心，雲琅為什麼不肯說出這處傷的來由，老主簿其實也大致猜得到，「若是嚴重到了您這個地步，縱然您親自問，我們也不會說的。」

「怎麼就我這個地步……」雲琅失笑，撐著胳膊坐起來，「我想見見你們王爺。」

老主簿怔了下，「現在？」

「就說我反省過，知錯了。」雲琅點點頭，「叫他今晚別睡偏殿，回書房來吧。」

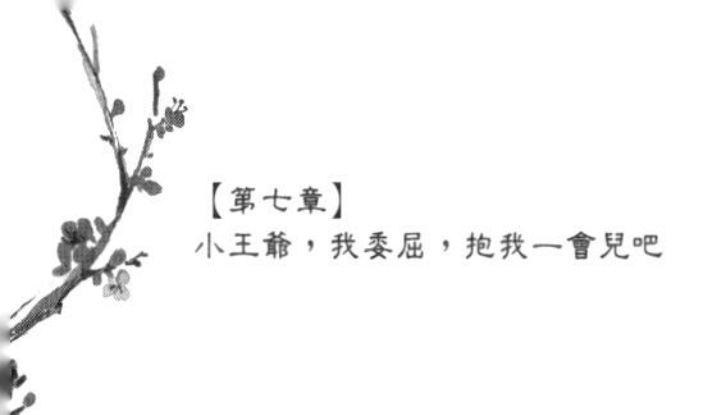

老主簿：「……」

雲琅：「……」

雲琅自己也覺得不很對，「是怎麼到這一步的？」

「大抵。」老主簿艱難道：「自小如此，您和王爺……都習慣了。」

每次吵架，都被雲小侯爺暴跳如雷轟出書房，久而久之，就養成了習慣。

從書房奪門而出這條路，他們王爺走得異常熟練。

「不合適。」雲琅最近時常自省，決心知錯就改，「現在叫他回來。」

老主簿有些遲疑，「現在王爺只怕還沒消氣……」

「不妨事。」雲琅道：「就說我沒睡好，胸口不舒服得很，怕是舊傷發作了。」

老主簿進退兩難，猶豫地看著雲琅。

「放心，一到門口就告訴他實話，承認其實是我叫你們說的。」雲琅拍胸口，豪氣道：「後頭的事我擔著。」

老主簿橫了橫心，應了句是，捨生忘死地帶人跑著去叫王爺了。

屋內無人，一時安靜。

雲琅撐著床沿，慢慢彎了腰，伏在膝上靜靜歇了一陣。

隔著一堵牆，分立在王府兩側的那三個日夜，忽然不講道理地從記憶深處翻扯上來。

最後一日，雪其實已停了，天高氣爽，風清雲淨。

三日的大雪，徹底埋淨了京城最後一絲血色，將一切都深埋在明淨的新雪之下。

他靠在牆外，聽著牆內的動靜。

年關將至，不遠處的街巷有人在喜氣洋洋地放著新鞭炮，爆竹的氣息混著街角的新酒香。在雪後的新年裡，像是從不曾發生過任何一件事、從不曾失去過任何一樣東西。

雲琅拄著榻沿，低低咳了兩聲。

絲縷痛楚順著血脈攪動，恍惚帶出風雪的刺骨寒意。

雲琅闔了眼調息，將翻騰起來的不適壓下去，抬頭想活動活動，通一通氣血，門忽然被人一把推開。

蕭朔立在門外，氣息不定，視線牢牢落在他身上。

雲琅等了一會兒，往門外看了看，「老主簿呢？」

「年紀大了，腿腳太慢。」蕭朔沉聲：「又不舒服？」

「沒有。」雲琅輕咳，「嚇唬你的。」

蕭朔：「……」

「是找你有事，怕你不過來。」雲琅不給他發火的機會，招了招手，「關門，過來坐，跟你商量一下。」

蕭朔神色不明，盯了他片刻，反手闔了書房門，走過去。

「再過些時日，就該到除夕了。」雲琅打點精神，坐起來，「守歲宮宴，外放的王侯也要回京，我記得虔國公在涿州，按例也要回來……」

雲琅低頭，看著被蕭朔拉過去的胳膊，咳了一聲，「我沒事，你不用動不動就給我把脈。」

「我放不下心，無心聽這些。」蕭朔淡淡道：「不必管我，說你的就是。」

雲琅張了下嘴，看著蕭朔，四肢百骸忽然絞著一疼。

老主簿說，那一日，蕭朔聽聞虔國公提刀去侯府尋仇，當即便追了過去。

那時……他其實已不在鎮遠侯府。

同鎮遠侯對峙那一日一夜，為保清醒，雲琅屢次以內力強震心脈。事了之後倒頭昏死過去，再醒來，就已躺在了宮中。

先皇后將他接進宮裡，逼著他臥床養傷，搜出了他身上的禁軍虎符。嚴令不准雲麾將軍踏出宮門一步、不准傳進半點外頭的消息。

太醫院繞著他，砸下去的藥方子疊了厚厚的一摞。

雲琅養了半月，才從榻上下來，受了一領御賜的披風，陪駕去見一個闖宮的世子。

蕭朔去攔虔國公，應當也是那之後的事。

雲琅已奉皇命去勸了蕭朔，就在端王的靈前，勸他就此作罷，勸他受封襲爵。

到這一步，兩人之間，已不剩半點當日情分可講，再無半句多餘的話可說。

雲琅閉了閉眼睛，低低呼了口氣。

他想不通，究竟為什麼，直到了那個時候……蕭朔竟還是信他的。

不由分說，不講道理。

沒有半點尋得到的憑證、沒有任何能轉圜的端倪。連雲琅自己接了旨，去做那些事的時候，都偶爾會恍惚，自己是不是已變成了和那些幕後陰謀者一般無二的人。

陳年往事，舊傷沉屙，一併翻攪起來。

雲琅闔著眼，心底生疼。

「怎麼回事？」蕭朔蹙緊眉，「你先調息，理順氣血……」

雲琅低聲：「蕭朔。」

蕭朔看著他，皺眉不語。

「你肩膀。」雲琅終歸不放心，再度確認，「確實沒事？」

蕭朔不知老主簿同他說了什麼，「什麼肩膀？你如今心脈不穩，先閉嘴……」

「沒事就好。」雲琅不多廢話，拿過他的胳膊，護在自己背後，「待一會兒。」

蕭朔眸光狠狠一凝，落在他身上。

雲琅閉上眼睛，抵在蕭朔肩頭，不著痕跡蹭去了溫熱水汽。

「又是哪兒學來的？」蕭朔神色驟冷，「真願意叫我寫話本是不是？我不知你這些年學了什麼，堂堂雲麾將軍……」

「閉嘴。」堂堂雲麾將軍靠在他頸間，「別動。」

蕭朔：「……」

雲琅低低呼了口氣，肩背一點點鬆懈下來。

「小王爺，我委屈。」雲琅靠著鐵鑄一般紋絲不動、半聲不吭的琰王，闔著眼，聲音格外輕：「抱我一會兒吧。」

雲琅靠得安靜，一動都不曾動。

他傷後體虛，氣力不濟，又兼心神波動未寧，撐不多久便支援不住，大半力道都壓在了蕭朔肩上。竟也沒有多少分量。

蕭朔靜坐著，聽著雲琅氣息由急促散亂一點點歸於平復，又慢慢換回了內家功法的調息斂氣。

「好了。」雲琅緩過些許，輕咳了一聲，「你……」

「你這些年。」蕭朔道：「就是這麼過來的？」

雲琅怔了下，「什麼？」

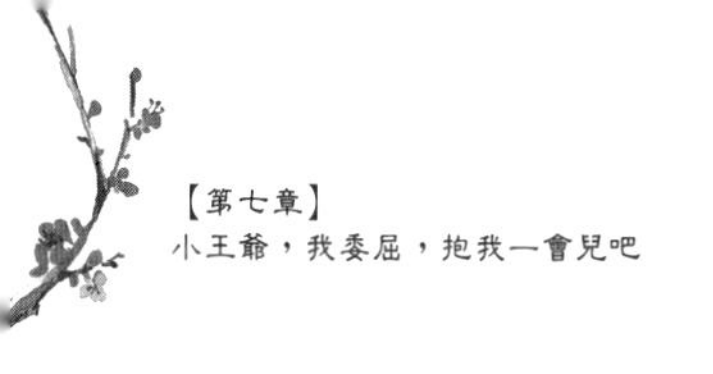

「累了便撐著，撐不住了就熬著。」蕭朔淡淡道：「實在熬不住了，倒在哪算哪，歇口氣緩過來，好再往死裡逼自己。」

雲琅肩背微滯，靜了一陣，失笑，「什麼跟什麼……」

蕭朔垂了眸，不理會他廢話，抬手去解雲琅衣襟。

雲琅：「……小王爺。」

蕭朔蹙眉，「幹什麼？」

雲琅看著蕭朔，咳了一聲，抬手攥上衣領。

同老主簿設想的時候，倒是已盤算好了。

蕭朔若是真敢上手扒他的衣服，他立時先裝病後裝死，力求把蕭小王爺三魂七魄嚇飛九條半。

可眼下的氣氛……又大抵不很合適。

他剛調息妥當，氣色也比方才牽動心事時好了不少，再一頭昏過去，蕭朔也無疑不會信。

「當真不要緊了。」雲琅謀劃時運籌帷幄，此時只能向後靠緊窗戶，牢牢將衣領攥在手裡，「傷也早好了，不用看，你……」

蕭朔神色沉了沉，眼底一片晦暗，「你少時，倒沒有傷了不准人看的毛病。」

「我現在有了啊。」雲琅剛反省過，愣了下，認真道：「你不是說，不讓我為了哄你，故作往日之態……」

蕭朔：「……」

「故而。」雲琅知錯就改，死死拽著領口，格外堅定，「叫你看傷是萬萬不能的。」

蕭朔已決心今日不同他生氣，忍了忍，沉聲：「放開！」

此前刺客夜闖王府，太醫行針時，雲琅躺在榻上悄無聲息，血止不住地自唇邊往外冒，眉宇間卻倦成一片輕鬆釋然。

彼時蕭朔立在榻邊，耳畔空茫，分不出半點旁的心思。

如今終於將雲琅從死線邊上堪堪找回來了些許，無論如何，再由不得他這般蒙混耍賴。

蕭朔壓著怒意，看著雲琅此時眼底難得的一點真實活氣，強忍著不同他計較，「不想同你動手……自己解開！」

雲琅聽得心驚，暗道蕭小王爺果真今非昔比，仍堅決搖頭，不著痕跡向後瞄了瞄半掩的窗戶。

蕭朔看著雲琅戒備神色，胸口凌厲殺意翻攪起來，手有些顫，向後背了背。

雲琅……變成如今這樣，當年究竟出了什麼事？

有多少事壓到過雲琅肩上，死死壓著，半點喘不過氣，將他一路逼進有去無回的死路裡去。

咬碎牙和血吞，忍了多少剖心剜骨的疼。

蕭朔掃過書架上的卷宗，死死壓住對幕後那些主使者的滔天殺意，身形凝得冷硬如鐵，冷聲道：「雲琅——」

雲琅一把推開窗子，踩著窗櫺，頭也不回往外跑。

蕭朔：「……」

雲琅身法精妙，當年曾在寶津樓前折枝摘桂，此時跳個小小的窗戶易如反掌。越過窗外玄鐵衛，踏雪騰挪，輕輕巧巧翻上殿沿。

玄鐵衛攔之不及，齊齊錯愕仰頭，愣愣看著房頂上的雲小侯爺。

雲琅蹲在房檐上，仍攥著衣領，格外警惕向下望。

蕭朔也自窗戶出來，揮退玄鐵衛，抬頭，「下來。」

雲少將軍錚錚鐵骨，往後挪開兩步，「我不。」

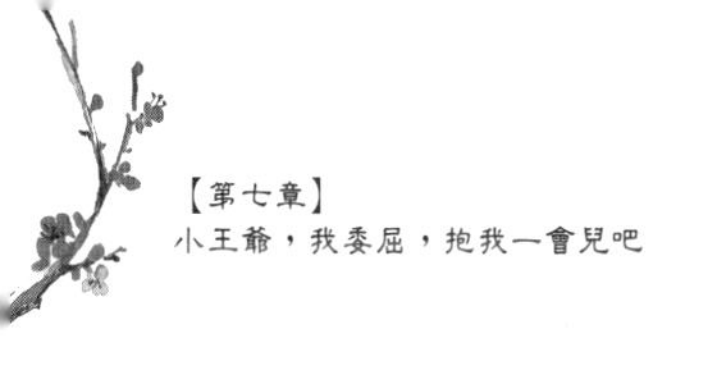

蕭朔垂眸，靜立片刻，將心念自舊日往昔裡強抽出來。

「看出你比剛回府時好很多了。」蕭朔道：「光天化日，不成體統，下來。」

雲少將軍敢作敢當，又挪了幾步，「我不。」

蕭朔看著他蹲在殿沿，胸口雖稍許起伏，卻終歸不曾再一動便咳血，闔了下眼，耐著性子，「你未穿外袍，房頂風涼。」

「剛好透透氣。」雲琅打定了主意跟他硬剛到底，衡量著蕭朔隱在腕間那一副袖箭，緩緩後退，「早知你真會練這東西，當初便不該送……」

話音未落，雲琅不及防備，腳下忽然一空。

玄鐵衛嚇了一跳，撲上去要接，被蕭朔抬手止住。

雲琅一時不察，沒發覺腳下那塊瓦片竟是被人提前掏空了的，跌下來時已不及反應。

他本能雙臂交合護著頭胸，預備好了摔個傷筋動骨，卻才一跌到地上，就又驀然向下一墜。

坑底鬆軟，墊了棉布厚裘。

雲琅坐在墊了裘皮的坑底，心神感慨，恍如隔世

蕭朔緩步走到坑邊，低頭看他。

「小王爺……」雲琅實在想不通，「這些年，還有人踩你的房頂嗎？」

蕭朔淡淡道：「沒有。」

「有人來書房刺探消息？」雲琅揣摩，「你記起舊時手段，學以致用……」

「若防刺客。」蕭朔道：「你眼下便該穿在削尖了的木樁上。」

雲琅：「……」

經年不見，小王爺心狠手辣。

「那你這五年。」雲琅實在想不通，「不僅修繕王府，連這些陷坑，也一起時時修繕整理了嗎？」雲琅有心提醒蕭朔，留神一二府上開銷，查一查那些修繕的銀子究竟都花到了什麼地方，「你府上……」

坑外，蕭朔卻已從容道：「是。」

雲琅身心複雜，一時竟有些想回去翻一翻剛買回來的《教子經》。

「這些年。」蕭朔撐了下坑沿，半蹲下來，「這底下的棉墊裘皮，半月一換。你右手邊有一處暗坑，埋了一小罈竹葉青。」

雲琅剛要說話，忽而怔了怔，輕蹙了下眉。

「月餘之前。」蕭朔好整以暇，慢慢道：「我剛叫人重新修整了府上房頂，隔幾處便抽空一塊瓦片。」

蕭朔垂眸，平靜看著他，「你自可以多踩幾個房檐，探一探每個坑裡裝的都是什麼酒。」

雲琅愣了半晌，沒繃住，扯扯嘴角輕笑了下。

他低著頭，探了兩次，慢慢摸索出了那一個格外精緻的石青色小酒罈。

「來人。」蕭朔不再同他多廢話，起身叫人，「把雲少將軍撈……」

「蕭朔。」雲琅撐著坑底，抬頭看他，「我回京時，原本想過來你府上。」

「撈上來。」蕭朔眸底凝了凝，神色依舊漠然，向下說：「換身衣服……」

「徘徊三日。」雲琅苦笑，「終歸無顏見你。」

蕭朔胸口狠狠起伏了下，豁然回身，低頭看著他。

「先帝大行後，近一年裡，單只為尋覓我蹤跡，朔方軍篩子一樣過了六七遍。」

雲琅苦笑道：「曾暗中助我脫身的，存疑者，一律停職查辦。若有實據，帶回京城，交由侍衛

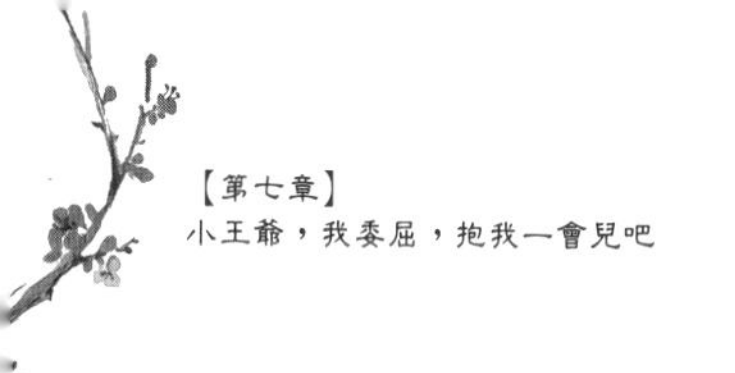

司刑審。」

雲琅靜了片刻，輕聲道：「再沒回來的，有七八個。」

蕭朔眸底冷凝冰寒，示意玄鐵衛摒退一應人等，圍死書房，靜靜聽著他說。

「參軍……景參軍，端王叔的幕僚，幫你養兔子的那個。」雲琅輕聲道：「被帶回京城審訊，再回來，只剩了塊染血的鐵牌。」

「樞密院權勢愈盛，禁軍已盡收納，四境募兵，只剩朔方軍仍歸兵部節制。」

雲琅：「如今兵部全無實權，尚書之位至今空懸。軍糧物資，一日虧似一日。」

「端王叔當年遺願，一則護朔方軍不散，一則護你不失。」雲琅咳了兩聲，苦笑，「朔方軍被我護成這樣，你……」

雲琅握著那一小罈酒，說不下去，笑了笑。

月餘前，蕭朔特意叫人修了房頂。

這些年蕭朔都死盯著他蹤跡，聽說他回京，叫人抽空了瓦片，往坑裡埋了酒，書房窗子日日夜夜開著。

雲琅輕吁口氣，閉上眼睛。

蕭朔如今，確實已與過往大不相同了。

當年那個少年老成、古板到小老頭似的小皇孫，如今喜怒無常性情恣睢，像是被倒空了根基，又灌進去滔天恨意。

可他卻仍止不住想，時隔五年，知道了自己終於回京的三天夜裡，蕭朔坐在書房的樣子。

身形定然比少時鋒利得多了，說不定還冷得懾人，有打擾的，就要被拉出去吊在牆上。

偏偏一動不動，守著那扇開著的窗子。

守來了他在侍衛司面前現身、自願就縛的消息。

「雲琅。」蕭朔盯著他，戾意壓不住地翻湧，冷聲質問：「你若打定了主意用舊日情分，在這裡糊弄……」

「上不去。」雲琅抬頭，「沒力氣了。」

蕭朔肩背狠狠一悸，眼底幾乎洇開怵目血色，胸口起伏不定，死盯著他。

像是藏了無邊暴戾殺意。

「有本事。」雲琅拂開殺意，慢慢說：「就下來將小爺撈出去，你我棋盤上見真章……」

蕭朔厲聲：「雲琅！」

雲琅扯了下嘴角，閉上眼睛，向後靠了靠。

尚不曾靠實，蕭朔已下到坑底，抬手封住他的嘴，將雲琅死死抄回了臂間。

老主簿喘著氣跑到書房，雲小侯爺正躺在榻上，被琰王慢慢解開了最後的一層衣襟。

老主簿嚇了一跳，愣愣道：「王爺……」

蕭朔眸底冰寒，殺意仍氤氳吞吐不定，冷冷掃他一眼。

老主簿打了個激靈，悄悄往門邊縮了縮，小聲招呼：「雲公子？」

雲琅躺平在榻上，安詳同他揮手，「許久不見。」

老主簿：「……」

眼前情形實在難以捉摸，老主簿不大放心，硬著頭皮，「如何……便到這一步了？」

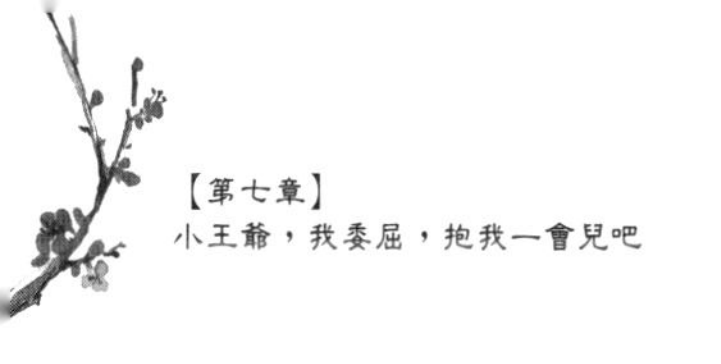

雲琅明明說得篤定，錚錚鐵骨，寧死也不叫蕭朔看傷。

老主簿看雲公子此時眉眼間，竟隱約有了幾分看透世事、超脫隨緣的意思。

老主簿心驚膽戰，看著神色陰鷙幾乎能噬人的蕭朔，苦心勸：「王爺，雲公子他身子不好，經不起……」

蕭朔不耐煩，蹙緊眉冷聲：「我不曾打他。」

老主簿稍鬆了口氣，連連點頭，「是，這種事打了……總是不合適的。」

當初盛怒之下，蕭朔親手寫的話本，此時如何不知道老主簿在想什麼，含怒慍聲：「少胡思亂想！我不曾動他，是……」

蕭朔咬了咬牙，本能地不想把雲琅在坑裡坐著、服了軟要他抱出來的事說給這些人聽。

同在他肩上片刻的那一歇不同，他伸手去抱雲琅的時候，是察覺到了雲琅臂間的力道的。

仍被什麼橫亙著的東西牢牢隔著，卻又能察覺到的、掙扎又微弱的力道。

雲琅不只扯住了他的袖子，更……主動伸手，握了下他的手臂。

蕭朔闔了下眼，不去叫自己想這些，冷聲道：「是他自己願意的。」

老主簿：「……」

蕭朔：「……」

蕭朔被看得愈發惱火，幾乎便要發作，雲琅已及時探出腦袋，「是是，我自己願意的。」

老主簿接了個臺階，忙不迭點頭，「是是，雲公子自己願意的。」

雲琅幫他說了句話，自認仁至義盡，在榻上躺得溜扁，高高興興看著蕭朔。

「……」蕭朔死死壓著火氣，不順手掐死雲琅，吩咐老主簿：「去……熬些參湯，要溫，二十年分，薄切三片，煎成一盅。」

老主簿不敢觸霉頭，飛快應了，下去吩咐。

蕭朔轉回來，不理雲琅撩閒，垂眸看著他心口陳舊傷勢。

是處明顯到全然不容忽略的刀疤。

隔了這麼久，面上無疑早已痊癒了。猙獰刀痕盤踞在心口，幾乎不消細想，也能想出當時的慘烈局勢。

「你這傷。」蕭朔靜了一陣，又道：「自己掙裂過幾次？」

雲琅就不想被他盤問這些，偏偏想著那時書房裡的蕭朔，一時心軟，已到了這一步，只得含糊道：「不記得了，有三四次……」

蕭朔坐在榻邊，拿過浸了熱水的布巾，擰得半乾，替他細細拭過舊創。

雲琅被他靜得心虛，遲疑了下，「五……五六次？」

蕭朔不理他，取過藥油，在掌心塗了些，焐了焐。

雲琅斟酌：「七八九次……」

他那時被關在宮裡，不准出去，又心焦蕭朔那邊到底情形如何，一有機會便豁出命往外跑。從榻上掙起來已不易，連躲帶闖，被按住了再死命的掙，傷便乾脆不曾收過口。

在宮中養了月餘，也數不清掙開多少次了。

雲琅不懼蕭朔身上戾氣殺意，這會兒見他靜默不語，氣息斂得分毫不露，反而不很放心，「小王爺？」

蕭朔抬手，覆在他心口，慢慢推開。

掌心溫溫熱意烙下來，雲琅措手不及，悶哼一聲，倉促忍住。

「別忍著。」蕭朔道：「疼便出聲。」

雲琅不很樂意，「那多丟人。」

蕭朔抬眸，視線落在他身上。

「你那時候不也是？」雲琅忽然想起來，「咱們兩個偷跑出去看除夕焰火，叫太傅捉了，打你的板子，你也忍著一聲都沒吭……」

「……」蕭朔想不明白他怎麼能這般理直氣壯，「是你生拉硬拽，點了我的迷走穴，將我偷著扛出去看的焰火。」

雲琅訥訥：「是嗎？」

蕭朔不與他計較，闔了下眼，繼續專心推揉藥油。

雲琅想了一會兒，忽然笑了，「太傅審你，你卻死不承認，一口咬定是你拖我出去的。」

「翌日便是三軍殿前演武。」蕭朔看他，「我不替你挨了，堂堂雲麾將軍被打二十下屁股，蹲在馬上受閱？」

雲琅張了下嘴，一時忍不住細想了想，沒撐住，吸著涼氣笑了一聲。

蕭朔靜看了他一陣，手下緩了幾分，順著骨隙肌理，緩緩推開雲琅鬱結氣血。

「虔國公的事，那時候沒同你說完。」雲琅見他神色隱隱有所緩和，挑了件正事，緩聲道：「好歹是你外祖父，若有機會，你設法同國公緩和了罷。」

蕭朔那時急著診脈，不曾細想，此時才細聽雲琅說的什麼，「不必。」

「蕭朔。」雲琅耐心勸：「琰王府如今局面，你比我更清楚，孤立……」

「此事無從緩和。」蕭朔道：「並非我不想，你也不必再多費心思。」

雲琅停住話頭，無聲沉吟。

蕭朔不想同他多說這個，拿過熱布巾拭去藥油，又換了一種倒在掌心。

「虔國公。」雲琅道：「是要我性命嗎？」

蕭朔倏然抬眸，牢牢盯著他。

「沒說完，別著急。」雲琅按著蕭朔，不叫他發作，「老國公嘴硬心軟，說是要我賠命，我真邊吐血去抱著他的腿哭，他也不捨得下手……」

「……」蕭朔冷冷道：「你會去？」

「不會。」雲琅實在想不下去，扶著額頭，「太丟人了。」

「既然知道，便不必想這些。」蕭朔收回視線，「我在朝中，也並非如你所想，孤立無援到那個地步。」

「你有人脈？」雲琅微愕，「哪一家？如何走動的？」

「不必多問。」蕭朔將他按回去，「你如今只管祛病養傷，我既然打定主意要動一動，自然不會只燒鋪子……」

雲琅猜著了，「刑部？」

蕭朔手臂微頓，背過身去，拿過布巾拭了掌上藥油。

雲琅看著他，半晌胸口無聲一熱，側過頭在枕上埋了埋。

「我那時……」雲琅咳了一聲，壓壓笑意，問道：「若不是福至心靈，感而有孕，是不是還會出別的事？」

「鍘刀被做了手腳，落不下去。」蕭朔道：「鍘刀不落，必有冤情。刑部雖已被架空多年，卻仍有一樁舊權……」

「凡刑案複審，一律先交歸刑部，再批大理寺御史臺。」雲琅想了想，輕聲問：「刑部天牢，是你的人？」

蕭朔靜了一刻，並未否認，不冷不熱望他一眼，「可惜我人在府上，喜得貴子。」

雲琅繃不住，笑得嗆了口風，撐著身子咳得險些岔了氣。

「刑部如今也已被架空大半，並無實權，除了設法把我淘換出來，剩下的只怕不很夠用。」雲琅撐著翻了個身，避了避風，邊咳邊笑，「你……你還是理一理朝堂，來日你我盤一盤……」

他話未說完，眼尾被指腹輕輕一按，不自覺怔了下。

「毛病太多。」蕭朔看著他，眸色不明，「想哭便哭，也嫌丟人？」

雲琅屏息靜了下，垂眸笑笑，敢作敢當，「是。」

蕭朔難得的並未動怒，伸手替雲琅掩上衣襟，站起身。

老主簿恰好捧著參湯進來，見蕭朔像是要出門，愣了下，「王爺，您去哪？」

「我在，他歇不舒服。」

蕭朔拿過披風，「剛推過氣血，靜臥兩個時辰，我再過來。」

老主簿一時幾乎以為自己來得不是時候，進退維谷，遲疑著想要找條地縫，蕭朔已逕自出了門。

老主簿追悔莫及，捧著參湯，看向榻上雲琅，「雲公子……」

「噓。」雲琅虛虛比劃了下，側耳細聽一陣，朝窗外打了個手勢。

老主簿愣了片刻，忽然反應過來，目光一亮，「是是。」

王爺聽牆角也不是一次兩次了，老主簿放了心，樂顛顛把參湯分出一碗，給雲琅端過去。

雲琅沒急著喝，掀開坐墊，取出了《教子經》。

老主簿：「……」

刀疤把書送進來時，老主簿雖然詫異，細想之下，揣摩著雲琅大抵是要假戲真做，將懷胎之事演得更逼真一些。

卻不曾想，雲琅竟真是買來看的。

老主簿隱約生出些不祥預感，放下參湯，悄聲道：「雲公子，您看這個……」

「他如今性情不定，敏感多思。」雲琅擺了擺手，悄聲：「我看看要怎麼辦。」

「……」老主簿眼睜睜看著雲琅翻到了「幼學之年．小兒教養心得」一頁，眼前黑了黑，勉強站穩，「您……從這上面找嗎？」

「還有幾本，我回頭再看。」雲琅藉著油燈，屈指算了算，「《禮記》上說，人生十年曰幼，學。這幼學之年就是十歲罷？」

老主簿年紀大了，頭暈目眩，往窗外看了看。

雲琅凝神細看了幾頁，心中大抵有了成數，將書闔上，塞回枕頭底下。

書上講，此時小兒方離父母，始學文，探知世事，初生自立之心。

正是心性敏感，彆扭要強的時候。

此時若教養，可設法託其做些力所能及的簡單小事，做成之後，多加褒揚。

雲琅藏好書，四下裡找了一圈。

他的氣血已盡數推過了，如今胸口既不悶也不疼，連日作祟的舊傷也被藥油烘得隱隱發熱，不復往日蟄痛難熬。

屋內被收拾得細緻盡心，暖榻舒適，靠墊柔軟，案上燈燭都既不暗也不晃眼。

甜湯在紅泥小爐上煨著，點心擱在桌上，十八種餡，甜鹹都有。

雲琅：「……」

辦法雖好，蕭朔竟沒給他留什麼施展的餘地。

「雲公子。」老主簿實在覺得不妥，按著胸口，顫巍巍勸他：「三思……」

雲琅正在三思，沉吟著點點頭，恰巧看見榻邊參湯，心念一動。

蕭朔著了披風，不叫玄鐵衛跟隨，走到書房窗下。

窗內安穩，燈燭暖融。雲琅靠在榻上，隔著窗戶，隱約能看見個影子。

活著的，碰上也不會消散的影子。

蕭朔站了一陣，胸口起伏漸緩。低了頭，看著手臂被雲琅扯住的地方，凌厲肩背慢慢放鬆，伸手輕碰了下。

屋內，雲琅好好的在榻上，同主簿說話。

不是夢，也不是什麼荒唐妄念。

折騰大半日，天已漸晚。冬日風寒，蕭朔立在殘陽暮色裡。

他闔眸站了良久，重新抬頭看著書房安穩燭火，從無邊暗沉血色裡掙脫出來。

蕭朔垂眸，自己試著緩了緩神色。

他早已忘了該如何和緩，試了幾次，依然不得其法。

煩躁又湧上來，索性作罷，走到窗前。

雲琅正同老主簿說話，「這參湯真好，不濃不淡，顏色鮮亮。」

老主簿：「是。」

「二十年這個年份，選得也好。」雲琅：「再久些，我受不住，虛不受補。再短些，卻又沒有效用了。」

老主簿：「是。」

「薄切三片，也很妥當。」雲琅：「切多了，藥力空耗。切厚了，又不能將藥力徹底逼出。」

老主簿：「……是。」

窗內人影動了動，坐起來，靠在窗前。

蕭朔靜立一陣，眸色漸緩，靠在窗下。

「只是。」雲琅道：「太燙了。」

老主簿：「是……」

雲琅終於找到了蕭朔力所能及的小事，字正腔圓，談吐清晰：「我能請琰王回來，幫我吹一吹參湯嗎？」

【第八章】沒戲弄你，我想看那本寫了吹參湯的話本

老主簿站在書房內，眼前一黑。

雲琅自覺沒有半分破綻，端著參湯，用蕭朔無論如何都能聽見的音量說完了話。

萬事俱備。

只等蕭小王爺從窗外繞回來，重新進了書房門，接過他手中的參湯。

「雲公子。」老主簿看著雲琅篤定神色，艱難迂迴，勸道：「如此、如此行事，是否不很深思熟慮……」

「熟慮了。」雲琅深思，「可是這事挑得還不夠大？」

老主簿心說這事可挑得太大了，看著雲琅仍端端正正拿著湯碗，終歸不敢多勸，過去要接，「您身子還沒好，先放下罷。」

「無妨。」雲琅向後靠了靠，「這樣莊重些，一會兒等他進來……」

話未說完，背後先一空。

書房的窗子沒有插銷，雲琅一靠之下，竟猝不及防靠了個空，一頭朝窗外栽了出去。

老主簿慌得險些撲上去，「雲公子……」

雲琅倉促間怕灑了參湯，本能舉高了，再要自救，背後忽然被手臂穩穩一攔。

蕭朔站在窗外，單臂架著雲琅，抬手接了他手中湯碗。

老主簿：「……」

雲琅：「……」

蕭小王爺接過參湯的流程，簡化得有些許多。

甚至不曾離開窗外，先繞回來，重新進書房的門。

老主簿清楚府內所有牆角都是他們王爺的，卻也無論如何想不到王爺的牆角能聽得這麼近，一時不知該進該退，噤聲藏在了暖榻底下。

蕭朔將掉出來的雲麾將軍從窗戶塞回去，看了看那碗參湯，「燙？」

「有。」雲琅咳了一聲，「有一點。」

這些天相處下來，蕭朔如今的脾氣，雲琅也已摸清了大半。

若是堂堂琰王覺得吹湯這等小事落了面子，發怒叱責，令他弄清楚分寸，倒還能叫人放心些。

此時蕭朔神色正常，語氣平淡，雲琅反而覺得有些不對，悄悄探頭看了看，「小王爺？」

蕭朔立在窗外，視線落在他身上，眸色不明。

雲琅心中不很有底，向後避了避。

書上說，這種事萬不可操之過急。一次不成，便再設法多試幾次，徐徐圖之。

雲琅深以為然，知難而退，伸手去接湯碗，「算了，其實也不很……」

蕭朔低頭，吹了吹手中參湯。

雲琅張了下嘴，怔在半道。

說燙……自是胡扯的。

王爺親自吩咐，下人們哪敢不盡心，參湯既不燙又不涼，剛好正能入口。

不燙又不涼的參湯，被琰王四平八穩端著。

映著月色，吹起來了一點兒清凌漣漪。

「好了。」雲琅看著他月下眉宇，一時晃了下神，伸手去接，口中仍按著書中教導照本宣科，「吹得真好，就不燙了……」

蕭朔並不給他，端著湯碗，自己含了一口。

雲琅：「……」

蕭朔含著參湯，好整以暇，抬眸看他。

雲琅束手僵坐兩息，耳後轟地騰起熱意。

在外五年，雲小侯爺飽讀話本，對這些情節說不莫名熟悉，無疑是假的。

可也……太過不妥當了。

雲琅虛攔了下，乾巴巴道：「不、不用這般……」

蕭朔將參湯嚥了，「這般什麼？」

雲琅憋了半晌，「事必……躬親。」

「你我、你我肝膽相照。」雲琅乾咳，「按理雖說……我曾在月下輕薄過你，可畢竟事急從權，也是無奈之舉……」

「……」蕭朔：「你輕薄我，還是無奈之舉？」

「自然。」雲琅訥訥：「算起來，你畢竟吃了虧。故而當初拿此事調侃，還寫什麼話本捉弄我……便也罷了。」雲琅橫了橫心，「嘴對嘴餵，實屬不妥。」

蕭朔：「……」

「懷胎之事的真相，你知我知。」雲琅低聲勸：「平日裡玩鬧歸玩鬧，你早晚要成家立業，納妃生子……」

蕭朔：「雲琅。」

雲琅臉上仍滾燙，停了話，勉強抬頭。

「方才替你推宮過血。」蕭朔道：「又一時不察，同你說了許多廢話。」

雲琅細想了下，「是。」

「推宮過血，手上占著。」蕭朔：「話說多了，又費口舌。」

「確實如此。」雲琅訕訕：「有勞小王爺，所以……」

「所以。」蕭朔面無表情地接話，端著自己接下來、自己吹涼了，只喝了一口就被攔下的參湯，「我渴。」

雲琅：「……」

老主簿從榻下出來，嘆了口氣，接過參湯，給窗外的王爺奉了一盞涼茶。

事鬧得烏龍，雲小侯爺抹不下臉，一連避了琰王三天。

「跟的幾個人，今日都有動靜了。」玄鐵衛已習慣了來偏殿回稟，將蠟封密信呈遞給蕭朔，「刑部衛侍郎回話，說朝中如今情形，大致全在信上。」

蕭朔接過來拆開，大致看了看。

「樞密院和政事堂，如今分管軍政。財政歸三司分管，戶部只掌地方與京中特產往來。」

老主簿當年便跟在端王身邊，對這些政事仍熟悉，在一旁低聲解釋：「三省六部雖然還在，可幾乎也已只剩了個空殼子，有名無權，只怕……幫不了多少。」

「有用無用，總該先理順。」蕭朔看過一遍，擱在案旁，「謄一份，給書房送過去。」

「是。」玄鐵衛應聲，「還有，書房那邊傳話，說雲公子的舊部，暗中聯絡上了幾個。」

雲琅的親兵也帶過來了謄抄的信函，玄鐵衛一併取出來，交給蕭朔，「雲公子說，此事機密，決不可叫外人知道半點，叫王爺看完便燒了。」

蕭朔點了點頭，「知道了。」

玄鐵衛稟完了事，有些遲疑，「王爺……」

蕭朔擱下手中信函，等他說話。

「這般兩處傳信，還要謄抄遞送。」玄鐵衛實在想不通，疑惑道：「王爺為何不能去書房，直接同雲公子……」

老主簿眼疾腿快，過去牢牢將人捂了嘴，「他說事已稟完了，請王爺審詳。」

「……」蕭朔闔了下眼，並未動怒，抬手按按眉心，「去罷。」

玄鐵衛愣愣的，還想再問，已被老主簿囫圇推出了門。

玄鐵衛出身軍中，個個生性耿介，這幾日已有不少愣頭來問的。老主簿長年隨侍王爺左右，見機行事，能攔的都攔了。實在攔不住的便直接推出門，到今日也已推出去了五六個。

老主簿已推得熟能生巧，料理妥當，從門外回來，探看蕭朔臉色，「王爺……」

蕭朔神思煩亂，坐了一陣，將手中信件擱下，「他用過飯了嗎？」

「吃了。」老主簿忙道：「只是吃得不多。我們猜……大抵是這幾日又要落雪，雲公子身上不舒服，沒什麼胃口。」

蕭朔蹙了下眉，看向窗外陰沉天色。

「梁太醫來行過針，說除了舊傷慘烈，累及筋骨臟腑。」老主簿稍一遲疑，繼續向下說：「還有一樁麻煩。」

蕭朔倏而抬眸，沉聲：「為何不曾同我說過？」

「雲公子不讓。」老主簿道：「梁太醫說，雲公子體內氣血虧空，並非只源於傷病所累。」

蕭朔神色冷了冷，按著並未發作，等著主簿向下說。

「支取過當，空耗太甚。」老主簿低聲：「又有鬱結思慮盤踞不散，日積月累……」

雲公子雖不准說，可這些早晚要叫王爺知道，老主簿也不敢瞞得太死，「真算起來，並非是這五年逃亡……反倒是當初，雲公子去北疆的那一年。」

蕭朔靜坐不動，身形凝得暗沉無聲。

當初一場慘案震驚朝野，一樁事疊著一樁事，叫人心驚膽戰得半點安穩不下來。

故而世間所傳，其實也多有模糊疏漏。

當初鎮遠侯府滿門抄斬，聲勢太過浩大。幾乎已沒有多少人記得，從端王冤歿在獄中，到鎮遠侯被推出來抵罪，雲氏一族滿門抄斬，中間其實隔了一年。

一年的時間，朝中發出過五道金牌令，傳雲麾將軍回朝。

雲琅不奉召不還京，領著朔方軍，在北疆浴血搶下了七座邊城。

「雖說咱們已基本能定準了，當初忽然放出來、逼得重查舊案的那些證據，大抵是雲公子臨走前有意留下的。」

老主簿遲疑道：「可為何偏偏是那時候放出來？若是當時叫雲公子把最後一座城打下來……」

蕭朔緩緩道：「他就會死在戰場上。」

老主簿打了個激靈，臉色變了變，看著蕭朔。

蕭朔眸色陰沉冰冷，卻仍靜坐著紋絲不動，隔了良久，才又闔目啞聲道：「先不管刑部了。」

「兵部那邊，我們的人並不多。」老主簿隱約猜到蕭朔的心思，輕聲道：「貿然動作，萬一引來宮中疑慮忌憚……」

「遲早的事。」蕭朔不以為意，淡聲吩咐：「備幾份禮，今年年關，我去拜會父親舊部。」

老主簿皺緊眉，「王爺！」

「當初……那幾位大將軍。」老主簿咬緊牙關，「來勸您受了爵位，不再翻案，可與雲公子立場半點不同！一個個只是想息事寧人，生怕再被牽扯連累……」

「明哲保身，無可厚非。」蕭朔拿過紙筆，鋪在桌上，「無非走動一二，不提舊事，沒什麼可委屈的。」

「可他們如今也一樣被當今皇上忌憚，個個身居閒職。」老主簿想不通，「去見了又能如何？那幾位將軍有職無權，在樞密院一樣半點說不上話的。」

「探聽些動靜罷了。」蕭朔提筆，「那時他在刑場上，聽見了些話，忽然便不想死了……那些話是怎麼說的？」

老主簿不料他忽然提起這個，怔了半晌，低聲道：「玄鐵衛易裝潛在人群裡，聽得不全。」

老主簿細想了想，硬著頭磕磕絆絆，「只聽見老龐甘說您告病，有了……有了今日沒明日。又有人說您素來體弱，只怕病體沉屙……」

「不是這些。」蕭朔道：「還有。」

老主簿愣了下。

「皇上如今忙著處理北疆之事，早已不勝其擾。」蕭朔手上寫著拜帖，慢慢複述道：「我等為臣，豈不正該替君分憂。」

老主簿幾乎不曾留意這一句，愣了愣，抬頭看著蕭朔。

「拿我的事拖著，讓他操心，讓他思慮，讓他撒不開手。」

蕭朔道：「只能勉強拽著他，叫他病病歪歪活著。」

「梁太醫說了，精心調理個三五年，再好生休養，是能好的。」老主簿聽不得這個，低聲：「到時候，雲小侯爺就算再閒不下，有王爺領著他，遊歷山水也好，縱馬河山也罷……」

蕭朔靜靜站著，不知聽到哪句，笑了一聲。

老主簿不敢再多說，噤聲低頭。

「當年妄念罷了。」蕭朔寫了幾次，筆下始終不穩，拋在一旁，「如今朝中無將，除卻朔方軍，剩下無論禁軍募兵，一律兵羸馬弱，不剩一戰之力。」

「此事非旦夕所至啊。」老主簿皺緊眉，「要改，也非一朝一夕……」

「正是改不了。」蕭朔道：「他也清楚。」

長年征戰沙場，執掌朔方軍，雲琅比任何人更清楚如今朝中軍力如何。

這些年，蕭朔派人盯著雲琅天南海北的跑，心中其實清楚他是在做什麼。

「您是說……」老主簿愕然，「雲公子四處逃亡，還要設法試探四境兵力嗎？」

老主簿心有餘悸，「如何這般藝高人膽大？萬一失手……」

「他若能試探出任何一支兵力，能調度有章，圍他不失，將他緝捕歸案，自然可放心刎頸隨我父王而去。」蕭朔道：「今日，你我便碰不著活人了。」

「……」老主簿眼睜睜看著王爺就這麼接受了輩分，張了張嘴，無力道：「王爺……」

「我能勉強拖他活著，有件事，卻隨時隨地能要他的命。」蕭朔走到窗前，「無論何時，一旦北疆有失，朝中又無將。你猜他會如何？」

老主簿從未想過這一層，怔怔道：「雲公子，大抵……」

「他會偷了我的馬，回府去拿他的槍。」蕭朔垂眸，「雲少將軍規矩大，大概還要設法弄來身像樣的衣服，花言巧語騙他那些親兵留在京城護著我，單人獨騎回北疆。」

老主簿臉色煞白，錯愕愣住。

「然後，他會打一仗。」蕭朔笑了笑，「酣暢淋漓的打一仗，把這些年背著的、記著的、在心裡死死壓著的，全發洩乾淨。」

蕭朔抬手推開窗戶，「你當初在城隍廟，血誓是怎麼立的？」

雲琅靠在窗外，臉色隱約淡倦泛白，看他半晌，勉強笑了下。

老主簿萬萬想不到聽牆角這等習慣竟也傳得這麼快，看著窗外，「雲公子？」

「他答應你保我的命，你答應了他什麼……將過往祕辛嚼碎了，嚥進肚子裡？」蕭朔並不看雲琅，繼續道：「應當不止。他生性多疑，只這樣不夠。你應當是應了他，帶著這些祕密死在北疆。如今你既活著回來，其實就已算是背誓了，是不是？」

「……蕭朔。」雲琅啞然，「你若實在心中不痛快，出來打一架……」

「你當初立的什麼誓？」蕭朔神色漠然，偏了下頭，「是萬箭穿心，還是馬革裹屍？」

雲琅肩背微繃了下，張了張嘴，無聲垂眸。

蕭朔看著他，眸底一片冷戾，擇人而噬的凶獸像是隨時都能撞破出來，「你走之前，把證據留給了先皇后，是嗎？」

雲琅扯了下嘴角，「是。」

「先帝急召你回來，不是因為不信任你。」蕭朔：「是因為你再打下去，就會把這條命生生耗死在戰場上。」

雲琅站得累了，倚在他窗邊，「是。」

「先皇后選在那個時候引發舊案，是因為一旦開始徹查舊案，無論你是不是願意，都必須回來。」蕭朔：「有些事，只有你回來了才能繼續，才能還我一個交代。」

「都是過去的事了。」雲琅抬頭，「王爺……」

「除此之外，沒有第二件事，能把你從戰場逼回來。」蕭朔緩聲：「我也不能。」

雲琅眸底輕顫了下，側過身，看向廊間雪亮月色。

他的臉色已比來時更不好，整個人淡得能消融進月影裡，卻又摸索了下，去握蕭朔的衣袖。

「如今，北疆戰事若起。」蕭朔道：「無論京中如何，無論你身子養到何等程度，你還是會……」

雲琅笑笑，「我還是會去。」

老主簿再忍不住，失聲道：「小侯爺！」

「我還是會去。」雲琅靜靜道：「蕭朔，我不為忠君報國，不為建功立業。我出身貴胄，自幼鐘鳴鼎食，受民生供養。」雲琅靠著窗櫺，慢慢給他數，「燕雲十三城，後面便是冀州。冀州有五萬戶，在冊二十六萬八千三百七十二人。日出而作，日落而息，安居樂業……」

「這些話。」蕭朔道：「你當初為何不同我說？」

雲琅微怔。

「雲琅。」蕭朔看他半晌，輕輕笑了一聲，追問道：「你到現在，依然覺得我會逼你選一條路，是不是？」

雲琅張了張嘴，沒出聲，立穩身形抬頭。

「你從沒想過帶上我。」蕭朔看著窗外，語氣極淡：「如今我也懶得再讓你改這個破毛病。」

「從今日起，我探聽到的所有消息，兵部的、樞密院的、北疆的。」蕭朔道：「一律給你。」

「征戰沙場，克敵制勝，我天生愚魯，學不會。」蕭朔：「可駐兵死守，攔著後方的廢物自毀長城。就算是條狗拴著饅頭，也該會了。」

「……」雲琅乾咳一聲，訥訥道：「倒也不必這般……」

「雲琅。」蕭朔緩聲：「那日你說，你我肝膽相照。」

雲琅自己幾乎都已不記得，怔了下，隱約想起來當時被參湯所惑，一時竟口不擇言，不禁結舌：「我……」

「既然肝膽相照，我便與你交句實底。」蕭朔抬眸，「你若舉兵，我必隨之。」

雲琅終歸沒能攔住他這句話，胸口悸了下，肩背一點點綳緊，垂下視線。

「生死而已。」蕭朔道：「你來挑。」

蕭朔：「同歸，共赴。」

蕭朔說完了話，便自窗前支起身。

雲琅仍握著他衣袖，倏而回神，正要鬆開手，卻見蕭朔已褪下了身上外袍。

不等雲琅反應，仍透著溫溫熱意的外袍已翻轉過來，覆在了凍得發木的肩背上。

「你……」雲琅出聲，才覺嗓音啞得過分，清了兩次，低頭扯扯嘴角，「走，先去書房。」

「今日不去。」蕭朔道：「進來。」

「不是同你胡鬧。」雲琅笑笑，「你既……我說不過你。」

雲琅方才不自覺摒了呼吸，眼下胸肺間陣陣隱痛，咳了一聲，「也下不去狠心，真動手揍到你回心轉意。」

蕭朔脫了外袍，右腕戴著的袖箭機關便全無遮擋的亮出來，抬眸掃過雲琅身上大穴。

「……」雲琅眼看著蕭小王爺要把自己釘在樹上，眼疾手快，伸手按住，「不必。」

蕭朔立在窗前，眸色仍漠然得不冷不熱，在雲琅眼底一掠，依然紋絲不動伸手等他。

「總得商量一二。」雲琅呼了口氣，將被蕭朔一番話攪起的無數念頭壓下去，稍撐起身，「你也知道，方才你說的，該是最簡單的辦法。」

「的確簡單。」蕭朔神色平淡，冷冷道：「少將軍選共死？容我一月，打點好府中上下，遣散僕從……」

「我沒力氣，少同我抬槓。」雲琅懶得跟他吵，逕自堵回去，嚴肅道：「你既要換法子，總該想辦法商量。」

如今在朝中，雲琅尋摸了整整三日，能找著幾個舊部已是極限。

雲氏一門盡皆傾覆，當初鎮遠侯留下的舊人，都和昔日六皇子一派關係匪淺，半個都不能用。

端王當初平反得俐落，蕭朔的情形比他稍好些。可能搜羅出來的，卻也無非都是些被貶謫冷落的閒官，派不上多大用場。

「聽見你叫人給我抄朝中局勢了。」雲琅倚著窗子，扯扯蕭朔，「別費事了，拿過來我看。」

蕭朔蹙眉，看了他一陣，回身將那封密信拿了，連盞熱參茶一併擱在雲琅手邊。

「樞密院架空了兵部，三司抵了戶部，中書門下這兩年，也把吏部的事幹得差不多了。」雲琅展開，大略掃了幾眼，摸過茶盞喝了一口，「刑部明面上還和御史臺、大理寺共掌刑獄，實際用途，大抵也就剩一個把我撈出來……」

雲琅喝了兩口，覺得不對，低頭看了看，「你怎麼也喝起參茶了？」

「那日沒喝夠。」蕭朔拿了盞燈，擱在窗邊，「剛剛吹涼，只喝了一口，便有人……」

「……」雲琅耳後驀地一燙，磨著牙瞪他，「蕭朔！」

蕭朔不等他問候自家伯父，像是沒見雲琅在窗外摩拳擦掌，自顧自轉身，進了內室。

「這幾天，王爺在偏殿日日都備著參茶。」老主簿忙快步過來，小聲同雲琅解釋：「雖不喝，也拿小爐隔水溫著。」

老主簿瞄了瞄內室，悄聲道：「一日沒動，隔天便倒了再換一壺，都是新的。」

雲琅還沒從面紅耳赤中緩過來，咬牙切齒，「四海無閒田，農夫猶餓死……」

「是京郊那幾座莊子平日裡採製，挑好了送來的參片。」老主簿忙保證：「不勞煩農夫。」

雲琅：「……」

「玄鐵衛困在京城施展不開，平日操練，也會去莊子上。」老主簿暗中揣摩，只道雲公子這些年實在顛沛，看這些東西也自然金貴珍惜，「不少是他們採回來的，不花銀子，您……」

「……知道了。」雲琅按著額頭，「農夫不餓。」

「是是。」老主簿連連點頭，「您先進來嗎？」

雲琅同蕭朔說了這小半日的話，都已看上信了，人還在偏殿窗外。

老主簿看著王爺親自挪到窗邊的一應物事，既猶豫要不要再端個火盆過去，又仍惦著把雲公子請進來，「夜間風寒，外面著涼便不好了。」

雲琅原本可進可不進，無非只是身上太乏，一時翻不動窗戶，才在外頭磨蹭了這一陣。偏偏蕭朔哪壺不開提哪壺，雲小侯爺被激起了脾氣，也較上了勁，「我不。」

老主簿滿腔愁結，一時幾乎想帶人把王府的各處窗戶也拆了。

「你方才說，玄鐵衛會去莊子上。」雲琅從好勝心裡脫身出來，稍一沉吟，「京郊那幾座莊子，他可還去嗎？」

「王爺不去。」老主簿搖搖頭，遲疑了下，低聲道：「當初……」

「我知道。」雲琅道：「他不願意去。」

當初端王蒙難，府上家小恰在溫泉莊子上過冬，並不在京中，才會有趕回不及，盜匪截殺的一應後續。

雲琅曾聽過去支援的親兵說過，蕭小王爺提著劍，一身淋漓血色，仍死死護在王妃身前。這等地方……如今，蕭朔自然是不會再願意去的。

「他不去，有人會去。」雲琅道：「那幾處莊子，可有人來往？」

「倒是有。」老主簿想了想，點頭，「都是進不來王府的，又想疏通咱們王爺的門路，去莊子上設法走動……」

「咱們蕭小王爺。」雲琅問：「有什麼門路可疏通？」

老主簿微怔，沒能立時答得上來。

「找個靠得住的心腹，去仔細盤查一遍，尤其走動人情送的那些東西。」雲琅道：「看有沒有什麼不合禮制的、私占貪吞的、奪權謀逆的……」

老主簿聽得駭然，「雲公子！」

「怕什麼，謀逆這頂帽子都栽了幾個人了。」雲琅不以為意，「都是他們用濫了的手段，沒什麼可避諱的。」

老主簿此前尚不覺得，眼下聽雲琅說起，只覺背後發涼，忙道：「是。」

「有些事。」雲琅邊說，邊看那封密信，「我知道他不想理會，不愛管，也不愛聽……」

「雲公子，切不可如此說。」老主簿連連擺手，「端王向來不涉這些，王爺又遠離中樞，縱然將府上看得嚴，卻總有疏漏。」

「幸好有您懂得這些，幫著提醒。」老主簿道：「不然縱是這些最尋常濫用的陰詭手段，也未必全提防得住。」

雲琅扯扯嘴角，「我原本也……」

老主簿剛要去叫人，聽見他說話，「什麼？」

「沒什麼。」雲琅笑笑，「陰差陽錯……倒也很好。」

既然已打定了主意，自然該做的都要做，該懂的都要懂，也沒什麼了不得的。

到了這時候再鬧些彆彆扭扭的架式，他自己看了都牙酸。

雲琅拿起熱參茶，幾口喝淨了，遞回去，「再來一杯。」

老主簿忙替他續了一杯，悄悄看他神色，「雲公子……」

方才一時不察，老主簿雖是無心失言，卻也隱約覺得自己怕是說錯了話，一陣後悔，「不是、不是說您擅陰詭……」

「知道，不矯情這個。」雲琅打點起精神，拿過燈油，將那封密信點著燒了，「如今情形，與過往不同。他……」雲琅看著屋內，「他……」

老主簿不解，「怎麼了？」

雲琅抬手，揉了揉眼睛，「與過往不同。」

老主簿還在凝神靜聽，眼看著雲琅反應，有所察覺，跟著回頭，「……」

老主簿站在窗前，心情有些複雜，「王爺。」

「愣著做什麼？」蕭朔從容道：「替少將軍披上。」

老主簿心說雲少將軍只怕不很願意身披棉被站在窗外，甚至不敢問王爺從哪裡尋摸出來的一床繡了大花鳳凰的被子，訥訥：「只怕不妥，雲公子風雅……」

「他風雅他的，我吩咐我的。」蕭朔頷首，「來人，窗外風寒，把暖榻給雲少將軍抬出去。」

老主簿：「……」

雲琅：「……」

雲琅實在丟不起這個人，盯了半晌蕭小王爺懷裡的棉被，咬牙撐著窗欞，縱身翻了進來。

他在外頭站久了，其實不覺得冷。屋內溫暖，透進周身的寒意反而襯得尤為明顯，不自覺打了個激靈。雲琅不想服軟，壓著咳意，扶著桌沿站直了，「有什麼，當我不敢進來？你……」

蕭朔不同他廢話，走過去，把那一床棉被徑直摺進了雲琅懷裡。

雲琅不及反應，險些被棉被壓了個跟頭，咬牙探出個頭，「自己的東西，自己抱。」

「我知道。」蕭朔點點頭，「你自抱你的，我自抱我的。」

雲琅一時沒能反應過來，愣愣眨了下眼睛。

蕭朔握住他手腕，連人帶被打橫抄起，在老主簿驚恐瞪圓了眼睛的注視裡，徑直進了臥房。

「……」事出突然，老主簿一時不知該進該退，站在內室門外，聽著屋裡分明拳腳較量的動靜，「王爺……」

屋內，蕭朔似是悶哼了一聲，淡淡道：「外面候著。」

老主簿嘆息，「是。」

「我與雲公子。」蕭朔一句話被打斷了幾次，「秉燭夜談，商議朝中局勢。」

老主簿願意信，「是。」

「摒退閒雜人等。」蕭朔隔著門，向下說完：「如無要事，不必回稟。」

「是。」老主簿自覺將自己也一併摒退，想了想，臨走又多囑咐：「王爺，參茶還在外屋溫著，爐火未滅……」

靜了片刻，蕭朔才在門內不耐煩道：「知道了。」

老主簿不敢多留，摒退一應閒雜的僕從侍者，只留玄鐵衛守在屋外，悄悄出了偏殿。

臥房內，雲琅胸口散亂起伏，趺坐在榻上，霍霍磨牙瞪著蕭朔。

「我只想將你抱進來。」蕭朔立在一丈遠處，「你的反應，叫我覺得我是要拿棉被捂死你。」

雲琅就很想用棉被捂死舉止無度的蕭小王爺，「我走不動路？你平白亂抱什麼，很順手嗎？」

蕭朔看了一陣自己臂彎，緩聲道：「在坑裡，你便耍賴，叫我抱你上來。」

雲琅：「……」

「在榻前。」蕭朔道：「你也說委屈，叫我……」

雲琅惱羞成怒，「閉嘴。」

蕭朔此時脾氣倒比在外間時好些，並不同他針鋒相對，垂了眸不再開口。

雲琅從耳後一路滾熱進領口，手腳幾乎都放不俐落，撐著榻沿穩了穩。

彼時在坑裡，他是想起蕭朔竟一直在府裡等他，被望友石的蕭朔一時惑亂了心志。

至於心中委屈，又無處排解，自然要找個什麼抱一抱。

這五年蕭朔不在，他也不是沒找棵樹、找塊石頭、找隻野兔設法抱過。

如何到了蕭朔這裡，便成了隨時想抱就抱了？

雲少將軍向來極重顏面，當初從崖上掉下去，好好一個人險些摔成八塊，不是實在傷得太重爬不起來那幾日，也是從不准人抱來抱去的。

也不知蕭朔從哪兒添的新毛病，也不知是不是這些年蕭小王爺長大成人，也在別的什麼事上添了手段、長了見識。

「今後再胡來，定然要同你狠狠打一架。」雲琅搜刮遍了四肢百骸，實在攢不出力氣，拿眼刀鉚足了勁戳蕭朔，「過來，說正事。」

「今日不說。」蕭朔道：「你身上難受，先好好睡一覺。」

「要等我不難受，今年都不用說了。」雲琅撐著胳膊，給他勉強挪開了個位置，「過來，我同你說，你那個莊子……」

「京郊獵莊，凡一應人情往來、走動禮數，都記在冊上。」蕭朔道：「那幾座莊子，如今都是當初父王身邊的幕僚看著，他們幾個的身分，我不曾對外宣揚。」

雲琅微怔，抬頭看他。

「此事敏感，不必同府上人說。」蕭朔走過來，在榻邊坐下，「他日萬一王府出事，知道的越少，受牽連便越少。」

雲琅蹙了下眉，看著蕭朔依舊格外平淡的神色。

「太傅說過，你於斷事明理，見微知著，天賦遠勝於我。」蕭朔道：「確實不虛，只聽主簿一句話，你便猜得到莊子隱患。」

「可朝堂之上，爭權奪利，勾心鬥角。」蕭朔緩緩道：「陰謀詭計之事，終歸非你所長。」

「你如何知道？」雲琅靜了良久，低頭扯了下嘴角，「你我已五年不見了……」

蕭朔理順衣襟，輕笑了一聲。

雲琅問：「笑什麼？」

「你我五十年不見，我也知道。」方才扭打，蕭朔挨了好幾拳，都結結實實。此時理好衣服，順手揉了下，「你可知道，父王當初受人陷害，是為什麼？」

「方才把你打傻了？」雲琅愕然，伸手探他額頭，「自然是立儲之事，端王叔連年征戰，軍功無數，威脅到了賢……」

「一個只知道打仗，戰功累累征伐沙場的皇子。」蕭朔道：「如今被調回京中，不再執掌朔方軍。雖然手握禁軍，也無非只是奉命宿衛宮城，何況禁軍又實在暗弱，全無一戰之力。」

「這樣一個皇子。」蕭朔抬眸，「有什麼可威脅的？」

雲琅怔了怔，慢慢蹙緊眉。

「他那時尚只是六皇子，在朝中已人脈極廣，更得人心。」蕭朔道：「就因為父王身上軍功無數。就讓他不惜搭出去一個世代軍侯、皇后本家，不惜鋌而走險兵挾禁宮？」

雲琅彷彿被當頭一棒，胸口狠狠滯了下，血氣翻攪，又壓下去，「是……」

「當初，我便同你說過。」蕭朔看著他，慢慢道：「端王府自取其禍，並非無妄之災。」

「端王叔當時……」雲琅輕聲：「定然也已參與了奪嫡。」

雲琅閉了閉眼，反覆思慮，「彼時朝中主戰主和打成一片，先帝仁慈，卻畢竟優柔寡斷，賢王一派日日遊說，徹底議和歲貢是遲早的事。」

「王叔奪嫡，不是為了大位。他若是永遠只做個征戰沙場的皇子，依然無力主宰朝局。」雲琅啞聲道：「若是不爭，皇位落在賢王手中，朔方軍下場，就如今日……」

「你看。」蕭朔扶住他，讓雲琅靠在榻邊，溫聲道：「時至今日，你聽了這個，第一樁思慮的還是這些。」

雲琅怔了怔，在他臂間抬頭。

「你不是行陰詭權謀之事的料子，看了些沾了些，以為自己也學得同那些人一樣了。」蕭朔淡聲：「其實在我眼中，你與當年，並無一分不同。」

雲琅張了下嘴，沒能出聲，胸口起伏兩下，低頭笑笑。

「父王當初決意奪嫡，無論緣由為何，都定然已經有所動作，且有所成。」蕭朔起身，去替他拿參湯，「正是因為已有所成，才逼得敵方不得不兵行險著，玉石俱焚。」

雲琅心神仍定不下來，靠在榻邊，怔怔出神。

蕭朔去了外間一趟，滅了爐火，將參湯提進來，分出一碗晾著，「我原本不願同你說這些。」

「你還是……得同我說說。」雲琅勉強笑了下，伸手去接，嘆了口氣，「我這些年荒廢久了，確實差出太多……」

「什麼叫荒廢。」蕭朔淡聲打斷他：「不會行陰私權謀之事，不會勾心鬥角爭權奪利，就叫荒廢了？」

雲琅抬頭，迎上蕭朔眸底玄冰般的深寒凜冽。

「父王當年遇害，身畔助力，自然隱入暗處。」蕭朔道：「這些助力，有些被發覺了，打壓排擠、架空在朝堂之外。有些還不曾被察覺，甚至還有些，仍在朝堂的中樞之內。」

「當初父親奪嫡，孤注一擲，為保家小平安，也並不曾將這些講給我。」蕭朔蘸了桌上茶水，在案上慢慢寫下幾個名字，「這些年，我旁觀朝堂紛爭，隱約摸出幾個人，只是還不能全然確認，要再試探甄別。」

「我來。」雲琅稍微緩過一陣心口麻木，撐起身，「叫我這麼一鬧，該察覺的，心中當有些決斷。端王叔當年既然已捲入奪嫡，雖然下獄倉促，卻不會毫無準備。倘若是端王叔一派的心腹，定然被王叔特意囑咐過，我雖出身鎮遠侯府，卻是無論如何都能信得過的。」雲琅記下了那幾個名字，低聲：「他們若有心思，第一個想找的……應當是我。」

「王府太顯眼了，不知多少人盯著。你只說我在府中飽受折磨，命在旦夕，將我拉出治傷……梁太醫那個醫館便不錯。」

「你……你教教我。」雲琅扯了下嘴角，「我學東西一向很快，等學會了，便替你甄別……」

蕭朔端過晾著的參湯，低頭輕吹了吹。

雲琅：「……」

雲琅心底仍紛亂著，看他動作，哭笑不得，「說正事呢，你……你先別做這個。」

蕭朔莫名看他，「我連參湯也不能吹了？」

「……能。」雲琅耳朵發燙，乾咳一聲，「我看不順眼。」

雲琅仗著帶傷，胡攪蠻纏，「你轉過去吹。」

「罷了。」蕭朔抿了一口參湯，試了試冷熱，「同梁太醫說好了，過幾日便將你抬去醫館。」

「好。」雲琅撐起身，「你何時……」

「但對那些人，應當如何分辨甄別、試探算計。」蕭朔：「我不會教你。」

「這時候，你還賭的什麼氣？」雲琅無奈，「是是，小王爺天賦異稟、小王爺冰雪聰明，當初我不該拿栗子砸你，說你榆木腦袋不開竅……」

「你到了醫館，只管躺在榻上養傷，幫我分析局勢推斷利弊，謀求大局。」蕭朔道：「算計人心，驅虎吞狼的手段，你學不會，也不必費腦子學。」

雲琅靜了片刻，低頭苦笑，「蕭朔。」

「當初，父王不曾把你託付給我，先皇后也不曾把你託付給我。就連你自尋死路，也不知道來託付我。」蕭朔試好了溫度，將參湯抵在雲琅唇邊，「於是，我只好把你託付給我自己。」

雲琅閉了一會兒眼睛，抬了抬嘴角，慢慢一口一口將參湯喝了。

「等去了醫館，我會以怕你潛逃為由，派人貼身看管你。」蕭朔不想叫他再多費力氣，一臂攬住雲琅，穩穩端著藥碗，「到時候，自然有人甄別他們。」

雲琅倚在蕭朔臂間，諸多念頭紛雜混亂，說不出話，含混應了一聲。

蕭朔看著他喝淨了參湯，將碗放在一旁，「現在，少將軍的正事議完了？」

「你少這麼起哄。」雲琅失笑，虛踹他一下，「寒磣我？還少將軍，我統哪家的兵？」

蕭朔拿過帕子，遞到他手裡，「統我家的兵。」

雲琅微怔，抬頭看他。

「既然正事議完了，我也有件事要問你。」蕭朔不同他廢話閒扯，「你那日忽然讓我吹參湯，是鬧得什麼毛病？」

雲琅還在想奪嫡的事，險些沒跟得上，「啊？」

「從哪裡學來的……這些亂七八糟。」蕭朔想要叱責，看看雲琅臉色，盡數壓回去了，只冷聲道：「還有當初胡扯的什麼『自己動』、『這樣那樣』……」

「小王爺。」雲琅愣愣看著他，「您自己寫話本，自己平日裡都從來不看的嗎？」

蕭朔一時被他噎住，險些發作，狠狠瞪他一眼，「少東拉西扯！」

「我東拉西扯……」雲琅一陣氣結，「你點評得像模像樣，還說我蒼白流水帳，不真摯不動人，莫非自己其實一本都沒看過？」

「看過封皮。」蕭朔沉聲：「沒看過便不能點評了？難道我要點評御膳，自己還得去御膳房觀摩不成？」

雲琅從沒見過蕭小王爺胡攪蠻纏，一時竟被他堵得無話，按著胸口，「……」

雲琅心服口服，「蕭朔。」

蕭朔蹙緊眉，「說話！」

雲琅：「你大爺。」

蕭朔：「……」

雲琅拿過那床大花鳳凰的被子，蒙在蕭朔頭上，自己倒回去，自顧自和衣面壁躺下睡了。

蕭朔溢著冷氣坐了一陣，將被子扯了，拋在一旁，「你說，這些都是同話本上學的？」

「廢話。」雲琅都懶得同他說，沒好氣道：「我還能怎麼學，去青樓轉兩圈，看有沒有官兵來抓我在床？」

蕭朔靜默了良久，久到雲琅幾乎犯睏睡過去，才又緩聲道：「當初你說，騎馬倚斜橋，滿樓紅袖招。」

「不是我說的。」雲琅打了個哈欠，「有個叫韋莊的說的。」

「你還立志。」蕭朔道：「等你滿了二十，及冠那日，要睡遍天下青樓。」

雲琅：「……」

雲琅撐著胳膊，翻了個身。

蕭朔仍冷著神色，定定看著他。

「蕭朔。」雲琅抬手，摸摸他的額頭，「我二十歲的時候，不在青樓，在吐蕃躲追兵。」

「二十一歲時，我在黨項吃土。二十二歲，我在大理滾溝。」

「五年間，以京城為軸心，我劃出去少說兩千里路，兜了三個半的圈子。」

雲琅想不通，「你不都一直派人追著我跑嗎？」

「你行蹤隱祕。」蕭朔沉聲：「到了一處，要找到你，也要花些時日……」

雲琅：「……」

「這些時日。」雲琅深吸口氣，字正腔圓：「我也在專心逃命，不曾到過青樓。」

蕭朔神色不動，依舊在榻邊巍然坐了一陣，肩背似是緩了緩，起身道：「睡罷。」

「慢著。」雲琅扯住他，「這麼大的人，你當真一本話本都……」

他這語氣蕭朔極熟悉，一聽便知道雲琅又要設法嘲笑捉弄自己，拂袖冷然，「自然看過！無非設個圈套，試探於你罷了。」

「當真看過？」雲琅狐疑，「看過哪句？可知道自己動什麼意思嗎？」

蕭朔被他戳破，眸色愈寒，沉默一會，咬牙道：「你那句……叫我吹一吹參湯，便是話本裡的，我親眼見過。」

「……」雲琅輕嘆，「真會挑。」

蕭朔皺緊眉，「什麼？」

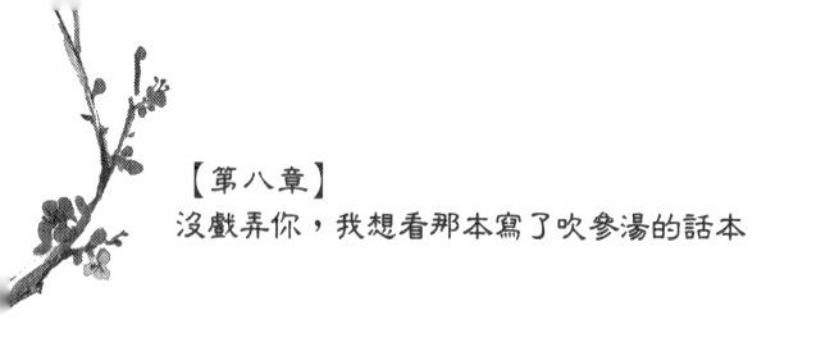

「無事。」雲琅沒出賣書房枕頭底下的《教子經》，施施然點頭，稱讚道：「知道了，小王爺博覽群書。」

「雲琅！」蕭朔含怒道：「你少戲弄於我！倘若……」

「沒戲弄你。」雲琅枕著胳膊，看著怒氣沖沖的小王爺，實在忍不住，「我想看那本寫了吹參湯的話本。」

蕭朔：「……」

「我不是被託付給你了？」雲琅伸手，拽拽他袖子，「小王爺，想看。」

蕭朔：「……」

雲琅壓著笑，輕咳一聲，還要再捉弄他一二。

蕭小王爺已霍然起身，頭也不回，匆匆出了臥房。

王爺半夜傳喚府內，叫到書房共議正事。

為保穩妥，特意親手寫了重點詳情，叫左右分發下去，在心中反覆默誦清楚。

「王爺……」老主簿捧著王爺手書，心情有些複雜，「您當真要尋這個？」

「怎麼。」蕭朔看著窗外，神色漠然，「我不能找？」

老主簿忙搖頭，「不是不是。」

深夜忽然得了傳訊，老主簿還以為是什麼極要緊的正事，大半夜急匆匆跑來，特意帶了府上幾個最機敏伶俐、忠心耿耿的家將。

老主簿侍立在一旁，看著多半是同雲公子吵輸了嘴的王爺，欲言又止。

蕭朔被他攪得愈發心煩，沉聲道：「有話就說！」

老主簿低聲道：「不瞞王爺，咱們府上大半家將僕從，都是當初朔方軍退下來的舊兵。」

「我知道。」蕭朔蹙緊眉，「那又如何？」

「打個架、燒個鋪子，自然能行。」老主簿道：「斗大的字是識不到一籮筐的。」

蕭朔：「……」

「識字的。」老主簿道：「都按吩咐，去分揀盤理府內這些年的書信卷宗了。」

蕭朔抬手，用力按了按眉心。

「人手……不夠。」

「不能、不能去每個書鋪。」老主簿訥訥：「找裡面寫了替人吹參湯的話本……」

蕭朔闔著眼，死死壓著火氣，冷聲道：「罷了。」

「倘若王爺確實急著要。」老主簿怕王爺吵輸的次數太多，一時激憤去辦了雲小侯爺，咬咬牙，「老僕拚了，親自去……」

「罷了！」蕭朔叱了一聲打斷，看著老主簿眼中憂慮關切，盡力緩了緩語氣：「叫他們……也下去。」

老主簿忙應了是，小跑回去，遣散了終於從說文解字裡翻出第三個字的僕從下人。

蕭朔坐在窗前，周身寒氣四溢。

老主簿不敢太擾他，悄聲：「王爺……」

蕭朔沉聲：「你也下去。」

「這幾日都是雲公子住書房，諸般擺設，也是按雲公子順手的布置了。」

老主簿輕聲：「外面留了人，王爺若用不順手，便叫他們。」

「不必。」蕭朔道：「沒什麼不順手的。」

老主簿忙俯身應了是。

「前些年，他沒完沒了往府上跑。」蕭朔看了看老主簿，皺眉，「那時便將書房折騰得像是蝗蟲過境，動輒找不著東西。筆用完就丟，書看完便塞到枕頭底下，我也忍了。」

老主簿看著蕭朔神色，一時有些困惑，不知該不該表揚他們王爺，「是……」

「他還嫌我的棋不好。」蕭朔坐了一陣，又沉聲道：「換了漢白玉的，也沒見他誇一句。」

老主簿心道棋子無辜，雲小侯爺大抵嫌的是您的棋藝。

此時不便多說，順著道：「雲公子實在過分。」

「嫌點心不好，也按他口味做了。」蕭朔越想越氣，咬牙寒聲：「病得站都站不住，站起來第一件事，是給我下巴豆……」

老主簿估摸著王爺這股火也憋了不短時日，只是礙著雲公子身子不適，不便發作，當即連連點頭，「確實太得寸進尺了，當給雲公子些教訓。」

蕭朔閉目靜坐了片刻，身上冷意反而漸漸散了，靠在窗邊，睜開眼睛。

老主簿小心看著他神色，試探道：「王爺？」

「拿紙筆過來。」蕭朔淡聲道：「研墨。」

老主簿忙點了頭，沒叫下人幫忙，將被雲公子折騰到屋角的桌案搬回來，又鋪開了宣紙。硯內還有些殘墨，是雲琅攻讀《教子經》時做筆記剩下的。雲琅離了書房，去偏殿聽牆角，也沒來得及叫人收拾。

老主簿拿清水洗了，重新細細磨墨，「您要寫什麼，教訓雲公子的章程嗎？」

蕭朔執著筆，原本尚蹙眉沉思，聞言抬頭，「什麼？」

老主簿以為說錯了話，不迭搖頭，「沒什麼……」

「不必害怕。」蕭朔道：「說得有理。」

老主簿愣了下，「啊？」

「正煩惱寫什麼。」蕭朔鋪開紙，重新提筆，「沒規沒矩，的確應當教訓。」

老主簿還沒回過神，立在一旁，悄悄瞄了一眼。

燈光昏暗，看不清王爺寫了什麼，隱隱約約像是個雲字。

老主簿實在按捺不住，放輕動作掌了燈，想要再細看，蕭朔已蓋了那張紙，「去罷。」

老主簿滿腔遺憾，「……是。」

蕭朔將燈挪近，蘸了些墨，重新落筆。

老主簿收拾好王爺隨手用的東西，點上枝清心明目的臥苔香，輕手輕腳出了書房。

雲琅在偏殿準備一宿，該備的東西都叫親兵連夜備齊了，次日卻還是沒能去成梁太醫的醫館。

不只沒能去，玄鐵衛還特意跑了一趟，把梁太醫從醫館請回了王府。

「就是一點風寒。」雲琅被一圈人盯死在榻上，頭疼不已，「昨晚在窗外吹風，一不留神吹涼了，不礙事……」

蕭朔坐在窗邊，隨手翻書，頭也不抬，「礙不礙事，不由你說了算。」

雲琅氣結，瞪著眼前只知道添亂的人，「不是正好？我去醫館……」

「病都還未好。」蕭朔蹙眉，「去醫館幹什麼？」

雲琅：「……」

梁太醫：「……」

雲琅躺在榻上，眼睜睜看著梁老太醫拿著針的手氣得直發抖，心驚膽戰，「消消氣，您老消消氣，千萬瞄準了……」

「老夫開的是醫館！」梁太醫實在惱怒，不理雲琅，瞪了眼睛，「治病救人，醫者仁心！」

雲琅被醫者仁心的老太醫扎得悶哼一聲，識時務一動不動，在榻上躺得溜扁。

「把人拉過去，還能給你治壞了！」梁太醫瞪著蕭朔，氣得直噴白鬍子，「若是信不過老夫，你自去尋好大夫！能保證把人給你治好，老夫醫館便白送他了！」

雲琅有點意動，摸了個紙團砸蕭朔，悄聲：「快找找……」

梁太醫怒氣衝衝回頭，「閉嘴！」

雲琅輕嘆口氣，老老實實閉了嘴，重新躺平。

屋內原本的人更多，嫌堵得不通風，盡數被老太醫轟出去了。

老主簿領著人在屋外，站得遠些，不知究竟出了什麼事，格外緊張地探頭探腦向裡望。

「你們在謀什麼事，算計什麼，老夫不清楚，也不想清楚。」梁太醫自己消了會兒氣，沉聲道：「老夫只管治病救人，既然有病，當然要救。」

蕭朔在窗畔坐了一陣，放下手中的書，抬起頭。

「宮中的那些紛亂，老夫又不是不曾見過。」梁太醫掃他一眼，「兩個臭小子，要拿老夫謀劃便自謀劃。能摘得出去，來日記得將老夫摘出去便是。摘不出去，掉個腦袋，又不是什麼大事。」

雲琅苦笑，「您老也不是有八個腦袋……」

「活到這把年紀，要十八個腦袋有什麼用。」梁太醫惡狠狠瞪他一眼，扯開他衣袖，繼續行針，「真怕死，當初你們王爺說府裡有個人欠拿針扎，不來不就行了？」

雲琅不知該說什麼，抿了下嘴角，垂眸笑了笑。

「你們兩個小輩，還不比皇上的幾個皇子大。」梁太醫依次下了針，隔了一陣，又低聲道：「他們這個年紀，個個可都是跨馬遊街、風流意氣的。」

「我也風流。」雲琅有心氣蕭朔，輕咳一聲，「等來日我好全了，便去青樓看看……」

「少說話。」梁太醫瞪他，塞過去一碗湯藥，訓斥：「你自己的身子，自己心裡沒有數？要想好全……」

雲琅端著湯藥，喝了兩口，苦得嗆了一迭聲翻天覆地的咳嗽。

梁太醫面色複雜，看他半晌，重重嘆了口氣

「府內會再安排幾日。」蕭朔似是不曾察覺兩人端倪，淡聲接話：「並非信不過太醫，是宮中送出消息，這幾日風聲緊些。」

雲琅剛按下氣息，聞言抬頭，輕蹙了下眉。

「同我們所謀之事，倒是並無多少干礙。」蕭朔道：「冬至快到了，要排冬仗。」

雲琅沒聽明白，「什麼？」

「……」蕭朔按了下額角，把他手裡的碗接下來，遞一盞參茶過去，「你每次趴在大慶殿房頂上看的那場熱鬧。」

雲琅：「……」

雲琅端著參茶，訥訥：「哦。」

「自古有例，冬至陽氣生發，君道滋長。」蕭朔看著他，不緊不慢，「文武百官當齊至大慶殿前朝賀，以宣朝堂之禮，正君王之威……」

「想起來了！」雲琅惱羞成怒，「背禮部的奏摺幹什麼！」

「你趴的房頂太多，怕你記不準。」蕭朔淡聲：「冬至朝會，僅次於元旦大朝。等這一次朝會過去，便該休朝了。」

雲琅多少記得這麼一齣，印象卻不深，細想了想，「是不是文武百官都要去？」

「有爵位便要去。」蕭朔點頭，「你當初長在宮中，身上卻沒有官職爵位。後來封雲麾將軍，那兩年冬至日卻都又鎮守北疆，一次都沒能趕得上。」

雲琅不想他竟記得這般清楚，扯了下嘴角，笑了笑，「可惜。」

蕭朔並不覺得可惜，拿過薄裘，替他搭在身上。

「今日是初二。」雲琅順手裹了，算了算，「今年冬至在十六，不還有些天嗎？」

「雖然還有時間，但冬至前三日，皇上就會移駕大慶殿就寢。今年是新皇登基後首次，要十五日。」蕭朔道：「諸皇子晚輩按例，應在夜間輪流於外殿值守。」

雲琅看著他平淡神色，沒接話，把喝空了的茶盞塞回去，「再來一杯。」

「你氣血不穩，虛不受補。」蕭朔擱下茶盞，「這幾日，朝中在議我該不該去？」

雲琅一手垂在身側，虛握成拳，輕攥了下。

這種外殿值守，說是皇子晚輩，其實也並不嚴格，非要是皇上自己的兒子。本朝皇室子嗣向來不旺，只要同皇族沾親，都會來走個過場，雲琅是皇后本家孫輩，當初人頭不夠，都被硬拉去守過幾次。

「這有什麼可議的。」梁太醫久在宮中，知道規矩，「你是端王血脈，皇上的親侄子，為何不能去？」

蕭朔：「大慶殿是祭祀明堂、恭謝天地的地方，行國之大禮。」

梁太醫莫名，「那又如何？」

「我少年失怙，滿門不幸，身上有怨恨盤踞、瀰天血氣。」蕭朔不以為意，「不吉。」

「什麼道理！」梁太醫按捺不住，惱火道：「從來也沒有這等亂七八糟的說法！你……」

雲琅沒摸著茶，有些無奈，乾咳一聲。

梁太醫皺眉，「我又說錯話了？」

「您老年紀大了，又因為我，平白被折騰一趟。」雲琅好聲好氣勸：「就先回去休息，我這裡收拾妥當，一定去醫館找您治病。」

梁太醫才聽了個開頭就被往外轟，還要再問，忽然醒悟，默默看了一眼屋內一坐一立的這兩個小輩。

雲琅氣色雖不很好，精神卻顯然不差，笑吟吟朝他拱手。

蕭朔立在榻邊，神色淡漠，一手扶著雲琅背後，塞下了個不軟不硬的枕靠。

「罷了罷了。」梁太醫知道自己不能再聽，拂了下袖子，「老夫走就是。」

「隔兩個時辰，找府上醫官起針。」梁太醫收拾了藥箱，「開的藥記著喝，不准叫苦，自己找的病……」

「是是。」雲琅保證，「我一口氣乾三碗。」

梁太醫原本還有些火氣，被他哄得不上不下發不出，瞪了雲琅一眼，匆匆走了。

雲琅看著老太醫出門，一口氣鬆下來，向後靠了靠。

【第九章】

小王爺怒氣攻心，硬生生吐了口血出來

雲琅是半夜察覺到的不對，原本想著不要緊，壓著沒叫人，早上卻沒能起得來。

原本惦著試一試瞞過蕭朔，糊弄著去醫館，不出所料的半步沒能走成。

「我著了涼，你來幹什麼？」雲琅磨牙，「不怕我過了病氣給你？」

「裝的好心。」蕭朔掃他一眼，「你恨不得叫我也染上，同你一塊兒咳嗽。」

「……」雲琅被他戳破，有些訕然，乾咳了一聲，「雖然，然而……」

「不同你計較。」蕭朔看了看他背後，抬手挪了下軟枕，「咳了半宿，為何不同我說？」

「說不說也要咳。」雲琅身上乏，舒舒坦坦靠了，闔了眼嘀咕：「老太醫說過，這些毛病算不上事，吃藥七天病，不治病七天……」

蕭朔看著他，眸色沉了沉，「真該把你綁上。」

雲琅沒太聽清，「什麼？」

「無事。」蕭朔道：「前些年，我也都未曾入宮值夜，先皇並不曾管我。」

「先帝整天提心吊膽，怕惹你傷心，勾起你陳年舊恨。」雲琅扯了下嘴角，「你能好好的便知足了，如何還會管你去不去值夜。」

「況且。」雲琅想了想，「這等夜裡值守，原本就是皇子一輩的職分，皇孫外戚，過去都是湊數的……」

「這一次，爭的便是這個。」蕭朔點頭，「皇上膝下只有兩位皇子，值十夜定然不夠。」

「咱們這位皇帝。」雲琅還惦記著蕭朔的一排王叔，「子嗣還真是單薄……」

「皇后獨寵罷了。」蕭朔並不願多說，隨口提了一句，便又繞回正事上，「按照慣例，皇子不夠，便會從其他皇族王室裡挑同輩的補上。」

「這樣算，便不能再如之前那般含混糊弄了。」雲琅摸過個點心，吃了一口，「如何……可爭出個結論沒有？你進不進宮？哪日……」

蕭朔：「今日。」

「……」雲琅抬頭，看了看外面天色，「什麼時辰？」

「雖然是夜裡值守。」蕭朔道：「卻不能夜裡才去。」

「……」雲琅：「我知道。」

蕭朔給自己倒了盞參茶，喝了一口，「戌時。」

雲琅又向窗外看了看，按了按額頭。

雲琅吸了口氣，默念著扎了針不能動手，坐正了些，「是離現在滿打滿算，只怕還剩半個時辰、再磨蹭就連半個時辰也沒了的那個戌時嗎？」

蕭朔徐徐道：「是。」

雲琅一陣氣結，咬著嘴裡的點心，盤算起了能不能一口咬死蕭朔。

「又不是什麼正事。」蕭朔全然不理他脾氣，又抿了口參茶，「你如今覺得如何了，若是躺下，還喘得過氣嗎？」

「我喘不喘得過氣，有什麼要緊？」雲琅頭疼，「你再不去，說不定就不能好好喘氣了……」

「無妨。」蕭朔笑了一聲，「這些年，比這更悖逆狂妄的事，我做得多了。」

「我如今只覺得後悔。」蕭朔道：「最該悖逆的時候，我竟聽了話。」

雲琅怔了下，看著他，胸口像是被什麼東西堵了大半，一時沒能出聲。

「關你什麼事？」蕭朔抬眸，掃他一眼，「雖然悖逆狂妄，但這些年，我也不曾去過青樓。」

「……」雲琅：「小王爺，這兩件事有什麼關係嗎？」

「並無關係，說給你聽罷了。」蕭朔起身，「你比我瞭解他，我去見皇上，當如何說？」

「就說恨我，挫骨揚灰，食肉寢皮。」雲琅收回心神，撐著榻沿想了想，「不能叫我這麼痛痛快快死了，還要再百般折磨拷打，討回當年血債。」

蕭朔背著他，靜立在日影裡，默然不動。

「他憂心的無非是我將事實告訴你……」雲琅沉吟，「你只說，我經不住刑，竟一夜便吐出血來，人事不省。如今病勢漸沉，昏昏醒醒，睜眼也認不得人。」

蕭朔呼吸驀地滯了下，身形凜得幾乎生生破開屋內暗影。

「說得越慘，他越放心，回頭將我送去醫館也越方便。」雲琅不曾察覺，越說越來勁，「斷胳膊斷腿不合適，你就說我已內外交困藥石罔顧，只勉強吊著條命，不定什麼時候便沒氣了……」

「他為示寬仁，會勸慰你幾句，說不定還會替我求一求情，叫你適可而止免增殺孽。」雲琅道：「你若裝得出，便撕心裂肺披頭散髮吼幾句。若裝不出，也就演出個心如死灰的架式，磕個頭出來就行了……」

蕭朔沉聲：「夠了。」

「知道你不愛聽。」雲琅自己也不愛說，無奈失笑。他話說得多了，喉嚨有些乾澀，給自己倒了杯清水，「小王爺。」

蕭朔胸口起伏幾次，仍不轉過來，靜了良久，攥死的拳才緩緩放開。

「什麼時候你若膩了，招呼一句，咱們兩個去北疆，滅了戎狄那群狼崽子。」雲琅喝了兩口水，輕聲：「也好得很，豈曰無衣，與子……」

「我不愛聽的，不是這個。」蕭朔道：「不必胡亂猜測，從朝局裡翻扯出一條生路，我比你心志堅定。」

雲琅靜了半晌，終歸忍不住意動，「那你會在駕前披頭散髮地大哭嗎？」

蕭朔：「……」

「你若要哭。」雲琅實在想看，「我就去房頂上趴著。你放心，宮裡的那些路我熟透了，沒人看得見我……」

「雲琅。」蕭朔仍在想他口中那些慘狀，臉色差得嚇人，猛地回身，牢牢盯著他，「你若想看見我哭，一頭撞死，不必等魂飄出來就能看見了。」

「……」雲琅乾嚥了下，「哦。」

雲琅鬧不清哪句話沒說對，就惹了蕭小王爺生氣，有些遲疑，「你不恨我，我知道。」

「我如何不恨你？」蕭朔冷嘲：「我恨不得將你剝皮拆骨，食肉寢皮。」

雲琅看了半天，心道蕭小王爺這般上道，竟然已開始醞釀情緒了，當即順勢點頭，「正是。」

蕭朔眸底一片晦暗冰冷，看他一眼，便往外走。

老主簿候在門外，見蕭朔出來，忙小跑過去，「王爺……」

「更衣，備車。」蕭朔漠然道：「入宮。」

老主簿不敢多問，一連串吩咐了，幫蕭朔換上朝服，備好了入宮的東西。

備好馬車，老主簿叫車夫等在門口，帶著玄鐵衛去書房找人，「王爺，都收拾妥當了。」

蕭朔立在桌前，昨夜的宣紙鋪在桌上，筆墨淋漓鐵畫銀鉤，不知寫了份什麼。

老主簿幾乎從字跡見看出隱隱殺氣，心驚膽戰，「王爺……」

「收拾了。」蕭朔道：「我這便去。」

老主簿俯身，「是。」

蕭朔寫了這一陣，周身幾乎破開四溢的戾意淡了些許，扔了筆，逕自出了書房。

老主簿替王爺收拾東西，向來從不多看，此時實在按捺不住滿腔念頭，壯著膽子瞄了一眼。

「王爺寫什麼了？」玄鐵衛交接了防務，悄聲問：「奏摺？」

「不是。」老主簿心情複雜，搖搖頭，「若是奏摺，王爺豈會不帶著？」

「也是。」玄鐵衛點點頭，「朝堂謀劃、來往書信？」

老主簿緩緩搖頭，「也不是。」

玄鐵衛實在想不出，「這也不是那也不是，究竟是什麼？」

「你說。」老主簿神思不屬，搧著風吹乾了墨跡，把紙摺上，「雲公子若是知道了……咱們王爺天賦異稟，無師自通，寫了一邊吹參湯一邊把他綁在床上狠狠打屁股的話本，還會信王爺是真的從沒去過青樓嗎？」

老主簿實在放不下心，將王爺親手撰寫的話本小心收好，去探望雲小侯爺時，還特意仔細看了看雲琅的神色。

「還有話？」雲琅剛起了針，掩著衣襟撐坐起來，問道：「可是宮中有什麼不方便的，叫我在外照應？」

「不是不是。」老主簿忙過去攔了下，「您還病著，再多躺躺……留神再著了風。」

「大驚小怪的，早好了。」雲琅不當回事，「王爺進宮了？」

老主簿點了點頭，「酉時三刻進的宮，咱們府上離宮裡近，腳程快些，不出一刻便到了……」

雲琅笑笑，「我知道。」

老主簿怔了下，看著雲琅仍不以為意的平淡神色，自知失言，一陣後悔，「是……要論這條路，最熟的就是您了。」

就連端王在時，帶了世子往宮裡去請安，也沒有雲小侯爺從宮裡來得勤。從宮裡到府上，有幾條路、幾家房頂，怎麼走能躲開禁軍巡查、怎麼走最繁華熱鬧，雲琅都熟得根本不必細想。

「正是。」雲琅倒沒細想，仍靠在窗前，心算了下，「眼下幾時了？」

「亥時，王爺大抵已在大慶殿了。」老主簿愣了愣，「您有什麼安排嗎？」

「自然。」雲琅推開窗子，敲了兩下，「刀疤。」

老主簿不及反應，眼睜睜看著刀疤扛了個不知身分的生人，應聲自窗外翻進來，落在了暖榻邊上。老主簿嚇得魂飛魄散，險些驚呼出聲，「什、什麼人……」

「不是人。」雲琅即時打斷，「是個幌子，您老當沒看見就行。」

老主簿來不及摳眼睛，失魂落魄站在牆角，看著刀疤將雲琅扶起來，又將扛著的東西平放在榻上。窗外昏暗，變故又突然，老主簿一時間看得不很清楚。此時細看，才看出竟只是個不知棉花還是稻草製成的假人。

「您……您弄這個做什麼？」老主簿有些不安，顫巍巍道：「王爺走時有話，說叫您安安生生躺在榻上，若是亂跑，定然、定然……」

雲琅靠在一旁，看著刀疤細緻將假人安置在榻上，活動了幾下身手，「定然怎麼？」

老主簿不敢說，偷瞄了一眼雲公子的尊臀。

「我如今一推就倒，一碰就碎，他定然不敢真動手。」雲琅從刀疤手中接過個小玉瓶，倒出顆碧水丹嚼了，很有把握，「最多拿東西撒撒氣。他砸的時候，你們別往邊上湊就是了。」

老主簿有心說王爺只怕今非昔比，看著雲琅篤定神色，乾嚥了下，迂迴著勸：「外頭的事，王爺說有他，不要您跟著折騰。」老主簿身負重責，不敢輕忽。一心二用守住門窗，盡力勸道：「您前幾天，不也好好的躺在榻上嗎？」

「前幾天，我若出去找人，便是去尋死路的。」雲琅不同他避諱，「叫小王爺知道，我也的確怕他一時激憤，親自捅了我。」

「……」老主簿年紀大了，按著胸口，「您、您說些溫和的……」

「今日的便很溫和。」雲琅伸手扶了主簿，朝他笑笑，「他要同生，我去找活的法子，是不是正經事？」

老主簿訥訥：「雖說，可……」

「您也見了，王爺盯著，我哪兒也去不成。」雲琅好聲好氣：「他身負爵位，又在明面上，四處盯死步步掣肘。」

雲琅輕嘆，「想做些什麼，翻遍府內，竟也沒什麼人幫得上。」

老主簿一箭扎心，「是……」

「而如今，雖然我們已有所謀劃，意指朝中。」雲琅：「但他究竟如何想的、做了哪些打算，就連您這個看著他長大的主簿，也知之甚少。」

老主簿愣愣地反被他勸，一不留神聽懂了，愈發失落悵然，「是我等無能，竟也不能替王爺分憂……」

「也不怪您。」雲琅耐心安撫，「怪他，有什麼事都自行處置，也不同你們商量。」

「這事如何能怪王爺！」老主簿全然被他一席話拐走了，跌足道：「朝中險惡，步步殺機，王爺分明是不願牽連府內眾人！」

「正是。」雲琅適時頷首，「可縱然明白這個道理，心中悵惘憤懣，是少不了的。」

老主簿胸中無限悵惘憤懣，說不出話，立在原地。

「悵惘的，是這些年王府上下，看似榮寵萬丈，實則如履薄冰。」雲琅唏噓道：「憤懣的，是眼看著王爺臨於深淵，卻徒有心力，無從相助。」

老主簿咬緊牙關，含著熱淚，「正是！小侯爺——」

「我如今回來了。」雲琅握住老主簿的手臂，「是不是該幫一幫他？」

老主簿哽咽不能言，點點頭。

「我要幫他，」雲琅笑笑，又緩聲道：「您是不是該幫幫我？」

老主簿老淚縱橫，用力點頭。

「那我現在要出去，拿這個當幌子，替我在榻上躺一躺。」雲琅循循善誘：「您是不是該幫我拿被子把它蓋上，就說我身子乏，不能吹風，喝了藥便早早睡下了？」

老主簿抹了把眼淚，抽泣兩聲，去榻前鋪被了。

雲琅鬆了口氣，朝聽得呆若木雞的刀疤打了個手勢，趁著老主簿還沒緩過來，帶著刀疤飛快溜出了臥房。

❖

過了亥時，府外天色已然黑透。

廊下風燈掩映，映著月色，風高人靜。

親兵早聞訊候著，雲琅換過了夜行衣，拿過蒙面巾繫上，「都打探清楚了？」

「清楚了，就是此前同您說的那些。」刀疤低聲問：「如何改了今夜就要去？不是定了，過些時日，等少將軍稍好些……」

「我也不想。」雲琅站了幾息，闔目催動碧水丹藥力，「這兩夜……情形變得有些大，有些事要重新謀劃。」

刀疤知道他在推行血脈，示意幾名親兵，屏息立在一旁。

雲琅將內力運轉了幾個周天，呼了口氣，睜開眼睛，「朝中祭典儀禮，我當初一向都胡鬧過去，只顧著朝外跑，竟記得不熟。」

雲琅拿過第二顆碧水丹，想了想，又加了顆護心丹，「下次再有這種事，你們若還存著叫我多歇歇的心思，有意不提醒我，便不必跟著我了。」

刀疤臉色變了變，撲跪在地上，「少將軍——」

雲琅並不看他，服下兩丸藥，正色道：「在朔方軍，蓄意瞞報延誤軍機，該是什麼處置，你們比我清楚。」

刀疤咬牙低聲：「是。」

「若非我將老主簿設法勸住，今夜耽擱了，還要重罰。」雲琅淡聲道：「此次算了，下次再有，一併自領。」

刀疤應了是，要過去扶他，被雲琅隨手推開。

藥力已徹底推開，雲琅不用扶助，將蒙面巾繫上，借力騰身，輕輕巧巧掠過了王府圍牆。

玄鐵衛巡視府內，要不多久就要過來。刀疤不再耽擱，帶了人翻牆出府，跟在了雲琅身後。

「少將軍怎麼勸住的老主簿？」邊上的親兵趴在窗外，看著少將軍順利出了門，身心敬佩，「琰王走的時候，可凶得不成……」

刀疤親眼目睹了全程，眼睜睜看著老主簿被忽悠得找不著窗戶，心中一時有些複雜，含混應付，「曉之以理。」

「就出來了？」親兵訝異，「前日玄鐵衛還說，主簿只聽王爺吩咐，從不通融的。」

刀疤近日替雲琅傳話，學了些文謅謅的詞，咬牙道：「動……動之以情。」

親兵還想再打聽，「如何動的？我們出來的時候，還聽見老主簿在哭……」

「問什麼問！」刀疤惱道：「叫少將軍聽見，小心軍法處置！」

在北疆時，雲琅治軍向來極嚴。親兵叫軍威一懾，不敢多話，當即牢牢閉上了嘴。

刀疤訓了一通屬下，看著前頭絲毫沒有要緩行意思的雲琅，咬咬牙，還是加快腳步趕上去，「少將軍。」

「一會兒到了。」雲琅道：「別都跟進去，留幾個在外面。」

「是。」刀疤稍一猶豫，還是低聲問道：「此人……當真信得過？」

他們奉了命，去給少將軍仍在京中的舊部送信的時候，便已被雲琅點出的人嚇了一跳。

刀疤心中不安，悄聲道：「好歹是執掌金吾衛的將軍……」

「不知道。」雲琅搖了搖頭，「只是……我有些東西還在他手裡。」

刀疤愣了下，「什麼東西？」

雲琅並未回答，在街角停下，隱進一處陰影裡。

後頭跟著的親兵立時跟著噤聲，悄然沒入夜色。隔了幾息，一隊奉命巡邏的侍衛司挑著燈籠，自前街齊整經過。

「原本我也準備試探一二，徐徐圖之。」雲琅立了一陣，推算過侍衛司布防的時辰路線，轉入一條隱蔽小巷，「可我們這位皇上如此執意，非要把他弄進宮，我不放心。」

刀疤不解，「琰王不是依例奉命進宮嗎？」

雲琅搖了搖頭，稍穩了氣息，再度拐入了條新的石板路。

論起朝中的勢力對抗、博弈手段，雲琅不很清楚，蕭小王爺也霸道蠻橫得很，竟不准他學。

可若要論如今坐在龍椅上的那一位……

「若不是有所圖，他該是這世上最不願見琰王的人。」雲琅心中有數，「就算沒什麼血氣凶煞不吉的說法，也會因為琰王體弱多病，不宜守祭之類的緣由，讓他老老實實在府上待著。」

「這麼說，皇上分明就不想見琰王，這次還偏偏把人叫進宮了。」刀疤聽得雲裡霧裡，疑惑道：「為什麼？」

雲琅停在一處院牆外，聞言笑了笑，站定平復著氣血。

刀疤沒得著回話，猶豫道：「少將軍？」

雲琅坦蕩蕩，「不知道。」

刀疤：「……」

「在這兒守著。」雲琅指指院牆，「我替你們去問問。」

雲琅服了兩丸碧水丹，眼下心力體力尚足，不叫人跟著礙事，翻進了金吾衛將軍府。

金吾衛左右將軍有兩人，他來找的是其中的一個，叫常紀。

論起來，常紀倒也不盡然算是他的舊部。雲琅當初去朔方軍前，曾領了禁軍的驍銳營練手，常紀那時是營中校尉，領的也無非是守城門之類的職分。

這層關係實在太淺，故而當初篩子一般將京城過了一遍，也未曾翻出什麼端倪來。

雲琅已有些年不曾見過此人，如今不敢全然放心，叫刀疤守在屋外隨時接應，摸出枚石子砸在了書房的窗櫺上。

金吾衛奉命護衛皇上左右，向來極為警醒，稍一有動靜，便有人一把將窗子推開，「誰！」

雲琅將剩下的飛蝗石收好，解開蒙面巾，從容抬頭。

屋內的人錯愕震驚地盯著他，面色變了數變，張了張嘴，沒能出聲。

「常將軍。」雲琅笑笑，「不請我進去坐坐？」

常紀勉強回過神，匆忙自窗前讓開。

雲琅單手一撐窗櫺，掠進屋內。也不同他見外，自顧自坐了，拿過茶杯倒了盞茶。

常紀定定望著雲琅，咬緊牙關，緩緩伸出手，將窗子關嚴。

他眼眶通紅，仍說不出話，回來一頭重重磕在地上。

「好了。」雲琅抿了口茶水，單手扶他，「緩一緩，我有事找你。」

常紀胸口起伏幾次，低聲道：「少將軍稍待。」

他站起身，在書架上擺弄幾次，扯出了個暗格。

剛打開，雲琅已在他身後笑道：「我不是來要東西的，坐。」

「為何不要？」常紀攥著暗格內的東西，怔了下，「如今難得有空檔施為，若錯過了……」

「我當初叫人將這東西給你。」雲琅不緊不慢道：「一併帶到的，應當還有句話。」

常紀靜默立了良久，低聲道：「是。」

雲琅：「如今可還記得？」

「這是先帝所賜免死金牌。」常紀啞聲：「他日若時局有變，將此物……並血書，假託端王名義，交給蕭小王爺。」常紀忍了忍，終歸壓不住急意，「可如今琰王分明恩寵正盛！少將軍身負逃犯罪名，險些便被處斬，為何不用此物……」

「我命大。」雲琅笑笑，「用不著這個。」

常紀皺緊眉，還要再說，被雲琅抬手止住。

「你方才說。」雲琅潤了潤喉嚨，便將茶水放在一旁，「琰王恩寵正盛？」

「這些年都是，皇子們也不如他。」常紀就在皇上左右護駕，看得清楚，「今日皇上特意召他進宮，垂詢時何等寬容殊待，我們也見了……」

雲琅沒忍住好奇，「他以頭搶地大哭了嗎？」

常紀愣了下，「什麼？」

「無事。」雲琅有些遺憾，「你接著說。」

「皇上問他身子如何，連府上是否缺人、年尾缺些什麼東西，也一一親自垂問了。」

常紀頓了下，有些吞吞吐吐，「還、還問到了……」

雲琅輕敲桌面，「我？」

「是。」常紀垂著頭，不敢看他，「琰王說，他將您……」

「琰王回稟時，身上恨意殺氣是做不得假的。」常紀才從宮中回來，記得分明，「他跪得遠，倒是不曾衝撞皇上。但字字說得瀝血，加上周身噬人戾意，觀之仍極怵目懾人……」

這段是雲琅親自編的，倒不用他細說，「我大致知道，然後呢？」

「皇上後來都已聽不下去，親自降階，將琰王攙了起來，開解了幾句。」常紀邊想邊說：「皇上還說，縱然您當年忘恩負義，罪無可恕，卻也不願叫琰王再添殺孽。」

雲琅所料大抵不差，多少放了心，點點頭，「他倒有些天賦。」

常紀愣了愣，「什麼天賦？」

「無事。」雲琅笑了笑，「後來呢？」

「後來皇上憐惜琰王，不想他因此事太傷心神，又勸慰了幾句，便叫人送他回前殿歇息了。」

常紀盡力回想，「送琰王回去的人回稟，說琰王大抵是惱皇上替您說話，餘怒未消，砸了一屋子的東西。」常紀當時在御前伴駕，已聽得憂心忡忡，轉述道：「琰王說您已被拷打得碎成一地，不成人形，如何……」

「……」雲琅：「碎成一地這般慘嗎？」

「琰王一時激憤，說得慘烈了些……我們也記不很準。」常紀忙將剩下的嚥了回去，看著雲琅彷彿尚好的面色，「您是如何脫身的？」

雲琅靜坐了片刻，笑笑，「侍衛司暗中助我，送進琰王府叫他拷打洩憤的，是個與我八分相似的替身。」

常紀恍然，「原來如此……」

「我在京中無處可去，索性暫且藏身在琰王府中，尚無人發覺。」雲琅來時便已打過腹稿，編好了始末，緩緩道：「今日琰王入宮，我尋了個空，便出來見你。」

常紀聞言不疑有他，鬆了口氣，「我安排下去，少將軍就藏在我府上，斷不會有失。」

「不必，琰王府閉門久了，不通世事，也沒那麼凶險。」雲琅看了常紀一陣，將手中飛蝗石輕輕放下，「你如今已是金吾衛右將軍，不必攪進來。」

「六年前，我兄長父親俱在禁軍軍中。若非少將軍死鎮陳橋，不准禁軍衝出大營請願，定然要被扣上個嘩變的罪名。」常紀搖頭，「少將軍救我父兄性命，此恩沒齒難忘。」

「陳年舊事罷了。」雲琅啞然，「不提這個，我今日來，是有件事託你辦。」

「少將軍請講。」常紀半句也不多問，「我能做的，斷無推辭。」

「不是什麼有風險的事。」雲琅笑了笑，不動聲色看著他的神情，緩聲道：「你也知道，琰王如今，還並不清楚當年情形……」

常紀不明就裡，點了點頭。

雲琅凝神看他一陣，稍鬆口氣，「可皇上看起來，已有些要回護我的意思，是不是？」

「是。」常紀細想了下，「皇上今日還開解琰王，說您當初只是年紀小，被父親矇騙裹挾了，又不得不保自己的前程，才會做出那些事，並非有意要害端王。」

雲琅失笑，點點頭，「勸得真好。」

「可惜琰王滿腔怨恨，哪裡聽得進去。」常紀嘆了口氣，「皇上這麼一說，琰王反而更怒氣攻心，硬生生吐了口血出來……」

雲琅尚在走神，聞言蹙緊眉，稍沉了聲：「什麼？」

「琰王這些年身子都不很好，老是生病，聽說城西致仕的那位梁太醫隔三差五便要去府上。」常紀以為他不清楚，解釋道：「皇上也賜了不少上好藥材，還時常派閣老去探問呢。」

雲琅一時有些拿不準，心中不安，幾乎起身便要走，強壓著坐回來，「此事先不提。」

雲琅虛攥了下拳，摸過茶水，抿了一口，「如此說來，依你們所見，琰王確實對當初情形一無所知，是不是？」

「是。」常紀點點頭，「皇上和琰王殿下應當都不知道，當初是您出手，救了端王府上下的。」常紀遲疑了下，又悄聲道：「可要我們暗中提醒一二？若是琰王知道了，或許對您……」

「不必。」雲琅道：「接下來幾日，琰王大抵還要常在宮中行走。你們只要多看顧些，不要叫他再如今日這般，冒冒失失衝撞皇上就是了。」

常紀欲言又止，埋頭應了，「是。」

「那塊金牌，你依然收好。」雲琅道：「一旦有變，就叫人同血書一併扔進琰王府裡，其餘的不必多管。」

常紀點頭，「是。」

雲琅急著走，沒心思再多說，匆匆起身，「再有什麼事，我會叫人給你傳信，不必送了。」

常紀已多年不見他，心中又積了不少費解疑惑。急追了幾步，還要再說話，雲琅已抬手推開窗子，沒進了茫茫夜色。

書房外，刀疤守在窗下，被雲琅匆忙身形嚇了一跳，「少將軍！」

雲琅打了個噤聲的手勢，晃了下勉強站穩，靠在他身上歇了歇。

「少將軍，怎麼了？」刀疤有些不安，扶著他走得遠了些，悄聲道：「可是有什麼不對？」

「無事。」雲琅咬牙，「出去再說。」

刀疤不敢多問，點了點頭，將雲琅一臂架在肩上，一路翻出了將軍府。

親兵奉命在牆外警戒，也被兩人嚇了一跳，「怎麼回事？可是碧水丹用得太多，藥力……」

「足夠。」雲琅深吸口氣，慢慢呼出來，「嚇著了，有些心悸……沒事了。」

「可是他們說，琰王吐了口血的事？」刀疤在窗下，大致聽見了，忍不住皺眉道：「少將軍，您要是怕吐血……都要叫自己吐的血嚇死了。」

「這怎麼能比。」雲琅啞然，「我不放心，進宮去看看。」

「……」刀疤：「現在嗎？」

「一顆碧水丹，三個時辰藥力。」雲琅莫名，「兩顆六個時辰，我去哪兒不行？」

「自是行的。」刀疤硬著頭皮道：「只是——皇宮大內，戒備森嚴……」

「我只進去看一眼，他若無事，我掉頭就走了。」雲琅長年在宮裡來往，不以為意，「放心，我上個月剛回京城，去宮裡繞過兩圈呢。」

刀疤愕然，「滿城搜捕，您去宮裡幹什麼？」

「廢話。」雲琅將蒙面巾繫上，「我沒有銀子，去不成酒樓，還不能去御膳房吃口好的嗎？」

刀疤張了張嘴，一時無話。

「宮裡的路你們不熟，先回去，不必跟著我。」金吾衛將軍府離宮城不遠，雲琅打點精神，算了算時辰，「我若寅時尚不曾回來，只怕就是……」

「就是出事了嗎？」刀疤抄緊腰刀，「我等可要殺進皇宮，去劫少將軍出來！還請少將軍先留一幅皇宮地圖……」

「……」雲琅神色複雜地看著他，「只怕就是被小王爺扣下，押進轎子抬回來了。」

刀疤：「……」

「下次。」雲琅道：「你們行動之前，先默念十遍開封府尹頒布的汴梁良善之民行止範例。」

刀疤：「……」

雲琅：「還有《宋刑統》裡，所有掉腦袋和可能掉腦袋的刑律法條。」

「……」刀疤：「是。」

雲琅不語，拍拍他的肩，看見刀疤身上琰王府下人的腰牌，隨手扯了塞進懷裡，掉頭直奔了巍峨宮城。

✥

宮中，大慶殿。

琰王剛吐過了血，精力不濟，被扶著臥在榻上，幾個內侍躬著身躡手躡腳退出了偏殿。

「當真凶戾得很。」落在最後的小太監緊跑幾步，壓低聲音跟同伴道：「方才我進去奉茶，喘氣都不敢。」

「沒聽說？前幾年好像就有個伺候的，因為咳嗽了一聲，就被砍了腦袋。」內侍悄聲道：「這些年宮裡宮外打殺的，聽聞一半都是惹了琰王府……」

「我也聽了，琰王府裡頭有口枯井，專扔打殺了的侍從下人。」又有太監悄聲道：「說是他家裡人都沒了，脾性就跟著變了，專愛將人綁起來，凌虐致死。」

小太監聽得心驚膽戰，「他家人沒了，就要禍害別人嗎？那別人的家不也跟著散了？」

「可不就是愛看這個？」內侍低聲：「他自己沒了爹娘，就看不慣旁人其樂融融地活著，非要毀了才高興。」

有人向後望了一眼，「多行不義，這不就遭了報應？看這架式，怕也活不了多久……」

幾個太監內侍躲在牆角嘀咕，話音未盡，聽見一聲咳嗽，立時閉緊了嘴低頭站定。

有膽大的，硬著頭皮低聲：「洪公公。」

才進來的老宦官拎了藥盅，掃過幾人，將仍滾熱著的藥盅擱在一旁，「在宮裡伺候，什麼時候還添了嚼舌頭的職分了？」

「公公，那琰王實在可怖。」小太監才進宮不久，怕得站不穩，壯了膽子哭道：「我們不敢伺候，求您放我們出去罷……」

「琰王打殺下人。」洪公公慢吞吞道：「你們誰親眼見了？」

小太監一時被問住了，仍臉色慘白，哆嗦著回頭望了望內侍。

「愈發離譜，這兩年連枯井都編出來了。」洪公公拿過藥盅，拿帕子墊著，試了試涼熱，「琰王已有三四年不曾進宮住過，請安也是磕了頭便走。這宮裡的人，他是特意趕進來打殺的？」

內侍張口結舌，訥訥道：「可、可旁人都說……」

「旁人說什麼，同咱們沒關係。」洪公公掀了眼皮，淡淡掃他一眼，「在宮裡伺候，要想不掉腦袋，靠的不是嚼哪個王爺貴人的舌頭。是把嘴巴閉緊了，少說話，明白嗎？」

內侍不敢頂撞，低頭應了，退在一旁。

洪公公已是宮裡的老人，侍奉三代，受了內東頭供奉官，正經有俸祿的八品銜。幾個太監內侍都沒膽子頂嘴，規規矩矩站著，噤聲受了教訓。

洪公公看過這幾個人，將藥盅扣好，擺了下拂塵，「罷了，都出去吧。」

幾人如逢大赦，忙不迭行禮，搶著逃出了殿門。

洪公公立了片刻，輕嘆一聲，將蕭朔緊閉的房門輕輕推開。

屋內寂靜，掌了盞半暗的燈。窗戶不曾關實，冷風攜著月色灌進來，映出隱約人影。

蕭朔並未在榻上休息，立在屋角，正用盆裡的清水淨手。

「琰王殿下。」洪公公放下藥盅，低聲道：「那幾個不長眼亂嚼舌頭的奴才，已申斥過了……這些年宮裡愈發不像話。也不知是什麼人，竟編出這些子虛烏有的話來傳。」洪公公說著話，留神看他神色，「是我們管教的不嚴，您切莫往心裡去。」

「沒什麼可往心裡去的。」蕭朔拿過布巾擦了擦手，「他們說的也不全然是子虛烏有。」

「殿下又說賭氣的話。」洪公公哭笑不得，「老僕在宮裡伺候這麼些年，您的心性，如何還不清楚？就是當年……」洪公公話頭一頓，自知失言，將手中藥盅放下，「總歸，先帝臨終前，最放心不下的晚輩……也就是雲小侯爺和殿下了。」

蕭朔蹙了下眉，佇立良久，周身冷意稍淡了些許。

他擦淨了手，將布巾放在一旁，又換了盆清水，重新將手浸進去。

洪公公察言觀色，稍稍鬆了口氣，「您同雲小侯爺說上話了？」

蕭朔垂眸，「說過了。」

「那就好。」洪公公放心道：「您在殿上說的那些，不說皇上，老僕都險些被唬得信了……」

「那些話。」蕭朔神色陰沉，冷聲道：「也不盡然是子虛烏有。」

洪公公愣了一刻，忽然反應過來，「雲小侯爺當真受了拷打？可是被送進御史臺的時候？可御史臺分明……」

洪公公遲疑半晌，又試探著問：「小侯爺如何……可還好嗎？」

蕭朔闔了眸，將手拿出來，又換了塊布巾擦淨。

「您……」洪公公看著他，心中終歸難過，過去攔了攔，「老奴知道，您見了當今聖上，心中……不好受。」

「可也得提醒您一句。」洪公公悄聲道：「您查著的那些事，心中有數便是了，萬不可拿來質詢陛下。往事已矣，故人已逝，先帝端王若尚在世，定然只願您無病無災，平安喜樂……」

蕭朔臉色漠然，看著眼前清水，「我知道。」

洪公公怕他再沒完沒了濯洗下去，親自端了水，出門倒淨了，又拿了個暖爐回來。

藥已溫得差不多，洪公公試了試，一併端過來，「殿下，這是靜心寧氣、養血歸元的藥，老奴看著太醫熬的。您今日牽動心神，竟在殿前吐了血……」

「喝什麼藥？」蕭朔蹙眉，「不是你們想的那樣。」

洪公公怔了下，細看過他氣色，鬆了口氣，「那就好。」

「您這些年都假作身子不好，年年請梁太醫去府上。就是為了哪天小侯爺回來，能順勢叫梁太醫替他調理這些年在外奔波的傷損虧空，不惹人耳目。」洪公公笑吟吟道：「梁太醫的醫術精湛，如今小侯爺終於回來了，好好調理，定然能養好的。」

蕭朔不置可否，看了看那個暖爐，隨手擱在一旁。

「原以為雲小侯爺這次回京，正巧能趕上您今年生辰的。」洪公公在宮內，不盡然清楚內情，將藥盅闔上，嘆了口氣，「誰知天意弄人，偏偏您生辰那日，小侯爺叫侍衛司抓著了。那之後折騰月餘，如今才好算到了府上……」

侍衛司那些手段，洪公公只一想，都覺骨縫發涼，「定然受罪不輕，也該好好養養。」

蕭朔不打算多說話，他看了看才被皇上握著拍撫的手，還想再去洗，被洪公公側身不著痕跡攔了回來。

蕭朔看向窗外，眼底無聲湧起些煩躁戾意。

「您歇一歇，明日出宮便好了。」洪公公扶著他坐下，「這是上好的藥，用的都是進貢的藥材，質性最是溫平補益。既然您用不著，給雲小侯爺帶出去，也是好的。」

蕭朔正要叫人將藥扔出去，聞言蹙了下眉，「他正用著藥，藥性可相沖？」

「這是補藥，專給皇上娘娘們用的，同什麼都不相沖。」

洪公公笑道：「您若不放心，再叫梁太醫看一看。若是外頭，還尋不著這些好藥材呢。」

蕭朔皺緊眉坐了一陣，沒再開口，閉上眼睛倚在榻前。

洪公公知道勸不了他躺下歇息，悄悄拿了條薄毯替蕭朔蓋上，正要去關窗，便聽見蕭朔沉聲：「別關。」

「您這不關窗戶的毛病，都害您著了多少次風寒了。」洪公公無奈失笑，替他將薄毯覆嚴實，「這是宮裡。如今的情形，雲小侯爺就算再藝高人膽大，又如何能進宮來跳窗戶找您？關上也不妨事的。」

「不必。」蕭朔仍闔著眼，靜了片刻才又道：「關了窗子，我心不實。」

洪公公微怔，停下手上忙活看了看他，終歸沒再多勸，輕聲：「是。」

「有勞您了。」蕭朔身形不動，「去歇息吧。」

洪公公看他半晌，輕嘆了口氣，將要說的話盡數嚥回去，悄悄出了門。

蕭朔靠在窗前，蓋著薄毯，眉峰漸漸蹙成死結。

要在皇上面前做戲並不容易，他這幾年自知沒這個好涵養，從不進宮來惹得彼此相看兩厭，今日卻已不得不來。

雲琅到了他府上，就是扎在皇上心中致命的一根刺。

他要留住雲琅，叫雲琅在府上安安生生養傷，活蹦亂跳地氣他，就不得不來這一趟。

暮間時分一場做戲，已將心力耗去不少。宮中用的安神香也是上好的，月上中天，嫋嫋地牽人心神。

蕭朔靠著窗戶，胸口起伏幾次，腦海中盤踞的仍是那個坐在龍椅之上的皇上含著淚走下來，握著他的手，說著「雲琅被矇騙裹挾，為保自己前程，不得已為之」的樣子。

為保前程……為保前程。

雲琅為保前程，把自己保得滿門抄斬，不容於世，把自己保得隱匿五年一身病傷。

倒是這位當年慷慨激昂「拚上個賢王的爵位不要、定然要替皇兄雪冤」的六皇子，一路坦途，憑替皇兄翻案的功勞成了太子，先帝駕崩後，順理成章成了九五之尊。

蕭朔闔了眼，壓下心底滔天恨意。

今日殿前做戲，心力耗得太多。他眼下才稍許放鬆，安神香便乘虛而入，神思一時凝沉一時混沌。蕭朔不自覺做了夢，側了側頭，額間隱約滲出涔涔冷汗。

……是兩人少時跑馬，被戎狄探子逼得墜崖的夢。

在冰水裡醒過來，他背著雲琅，把人死死綁在背上，一路跌跌撞撞地往山上走。

雲琅沒力氣說話了，同他約好，不舒服便扯他的袖子。

蕭朔怕他握不動，把袍袖裹在雲琅手上，邊走邊搜腸刮肚地同他說話。

平日裡白看了那麼多的書，真到了該講的時候，竟然什麼都想不起來。

蕭朔不想叫他費力，卻又怕他睡過去，只能漫無邊際地想起什麼說什麼。說了半日，口乾舌燥精疲力竭，才忽然察覺雲琅已很久沒了動靜。

雲琅軟軟趴在他背上，涼得他徹骨生寒。

他發著抖，不敢回頭看，又不敢把人放下。

蕭朔陷在夢魘裡，微微發著悸，肩背繃得死緊，卻無論如何也掙不出來。

他背著雲琅，一路慢慢往前走，卻走不到頭。

兩人走著走著，竟漸漸已不再是少時模樣。

他不敢把人放下，小心地碰了碰枕在他頸間的雲琅。

雲琅徹底沒了意識，不想叫他知道，還本能抿緊了唇。被他驚擾，跟著輕輕一晃，殷紅血色溢出來，落在他身上袖間。

蕭朔恍惚立著，叫了一聲。

不見回應，雲琅伏在他背上，軟而冰冷，每一步邁出去，只剩安靜的耳鬢廝磨。

蕭朔急喘著，死咬了牙關，拚命要從不知多少次找上門來的夢魘裡掙出來。

這場夢已纏了他五年。老主簿憂心忡忡，四處尋醫問藥，鎮驚安神的藥一副副吃下去，從來不見效用。

加上臨入宮前雲琅教他的、他親口在御前說的，甚至……還比過去豐富了不少。

蕭朔被困死在地獄一般無盡血色的夢魘裡，想起雲小侯爺躺在榻上沒心沒肺的架式，都被氣得沒繃住笑了一聲。

夜深風寒，沿著窗縫向裡灌進來，將他裹挾著，往更深的黑沉緩緩拖曳進去。

蕭朔胸口一時滾熱一時冰冷，被猙獰痛楚翻絞著撕咬，心神反倒漸漸平靜。

倒也沒什麼不好。

雲琅既然累了，一併沉下去也沒什麼不好。

總歸雲小侯爺鬧騰慣了，真沉進一片虛無裡，若是沒人作陪，定然要無聊得翻天覆地。

蕭朔肩背慢慢鬆緩下來，身上知覺一分分消褪，幾乎要沒入那一片安寧靜謐的深黑裡，忽然被人一把拽住。

不及反應，一捧雪冰冰涼涼，半點沒浪費地盡數糊在了他的臉上。

拽著他的人喪心病狂，不等他緩過口氣，又一捧雪結結實實照著臉拍下來。

蕭朔不及睜開眼睛，已憑著多年養成的習慣，抬手握住了來人手腕，順勢向窗外隔擋，把一捧雪盡數潑在了窗外。

他咬了咬牙，睜開眼睛，「雲、琅——」

雲琅坐在窗櫺上，鬆了口氣，抬起隻手，「快快，這是幾個手指頭……」

「十八個！」蕭朔死死壓著火氣，一把將他拽進來，關嚴窗戶，「你來幹什麼！」

「看你。」雲琅沒坐穩，被他一拽，半點沒防備地坐在了蕭小王爺腿上。

他也顧不上在意，憂心忡忡拽著蕭朔，把那隻手往他眼前懟，「怎麼會是十八個？皇上給你吃藥了？你再看看……」

蕭朔方自從夢魘中掙出來，身上叫冷汗浸透了，半分力道也沒有，有心徒手拆了雲琅，終歸有心無力，狠瞪他一眼。

雲琅看他目色清明，稍稍鬆了口氣，抬手去摸他額頭，「怎麼這麼燙？你……」

蕭朔懶得解釋，扯過雲小侯爺凍得通紅的手，把暖爐塞進了他手心。

雲琅剛捧了兩捧雪把蕭朔喚醒，掌心正冰涼。陡然一碰暖爐，竟也燙得吸了口氣，不迭左手倒右手，「嘶。」

蕭朔胸口起伏不定，眼底戾意噴薄呼之欲出，死盯了他一陣，把暖爐搶下來。

雲琅不大捨得，「欸——」

蕭朔解開衣領，把雲琅雙手拉過來，貼在肋間。

雲琅一僵，張了張嘴，耳朵不自覺一熱，「小……小王爺？」

「別動。」蕭朔冷聲：「如今算是知道，你這陰寒之氣是怎麼入體的了。」

雲琅訥訥反駁：「我不曾與戎狄打雪仗……」

蕭朔心神未定，周身殺意仍凝而不散，凜眸橫他一眼，把雲琅剩下的話盡數堵了回去。

雲琅被他暖著手，安靜了一會兒，就又忍不住，彎腰細看了看蕭朔神色。

同金吾衛將軍說過話，雲琅實在不放心，特意進宮看了看。

雖說兩人心裡都大致有數，蕭朔的身子自然沒什麼大礙，做什麼都是特意給那位皇上看。但也難保蕭小王爺就後來居上，把內力修煉到了自震心脈的地步。

雲琅原本只想看一眼就走，在窗外一探頭，卻正好迎上了陷在夢魘裡的蕭朔。

「夢見什麼了？」雲琅碰碰他，「你爹娘？放心，他們時常到我夢裡來，跟我說他們如今過得很好……」

「……」蕭朔看著他，「這些年，我數次拜祭，都不曾夢見過父王母妃。」

雲琅：「……」

「哦。」雲琅乾咳一聲，「那大抵、大抵是你我身分不同。」

雲琅一時失言，頗為後悔，乾巴巴安慰道：「王叔王妃也是來看……我有沒有將你照顧好。」

蕭朔身上雖暖和，卻被冷汗飆透，衣物都是潮的。

雲琅摸了摸，不很放心，「有替換的沒有？」

「不必。」蕭朔神色沉了沉，按住雲琅四處亂摸的手，「常有的事，早習慣了。」

雲琅看著他，蹙了下眉。

「少用什麼亂七八糟的藉口糊弄。」蕭朔頂不願看他這般神色，不再多說，把雲琅從腿上挪下來，「你究竟來做什麼？不是已同你說了，宮裡的事，我來走動……」

「我知道。」雲琅順勢在榻邊坐了，拿過他手腕，「就只是來看你。」

蕭朔眸底無聲凝了下，抬頭看著他，身形依然不動。

雲琅摸了幾次，找準蕭朔腕脈，診了診。

蕭朔冷嘲：「雲小侯爺如今也通岐黃之術了？」

「不通。」雲琅又按著自己的脈，仔細比了比，鬆了口氣，「行，不一樣。」

蕭朔微怔，視線落在雲琅身上。

雲琅沒能尋著替換的衣物，把暖爐塞進蕭朔懷裡。想了想，又上手替他把外袍脫了，拿薄毯披在了身上。

久病成醫，雲琅雖然不知道種種脈象都有什麼說法，卻已能分辨出不同。

蕭朔心脈穩定有力，又同自己靠碧水丹激發心力的脈象有所差別，想來定然是無事的。

「你那口血是怎麼吐的，事先含了假的嗎？」雲琅實在想知道，忍不住打聽，「都瞞過去了？他……」雲琅話頭一頓，看著自己被蕭朔反過來執住的手腕，咳了咳，「小王爺。」

蕭朔看著他，原本的冷意戾氣一絲一縷斂淨了，眼底冰冷，只剩下一片不見喜怒的漠然。

雲琅向來最怕他這個架式，皺了皺眉，把手往回收了收，「蕭朔。」

蕭朔不給他糊弄過關的機會，握住雲琅的手腕，去按他腕脈。

「我……就是來看看你。」雲琅輕咳一聲，翻了下腕起身，「如今既看見了，就該走了，你好生歇息……」

蕭朔看著窗外，語氣極輕：「雲琅。」

雲琅頓了頓，立在榻前，抿了下唇角。

「我在宮中，曾聽過一種藥，叫碧水丹。」蕭朔道：「服下之後，便能激發人心神精力，哪怕傷病之人服了，也能一同往常。」蕭朔：「透支自身，狼虎之藥。」

雲琅抬眼瞄了下窗戶，不著痕跡，向後退了半步。

「幾顆？」蕭朔抬手拴了窗子，「別讓我去拷打你的親兵，逼他們開口。」

「就只吃了一顆，確實有些要緊事。」雲琅含混道：「當真，你既知道碧水丹，這不還沒到三個時辰嗎？」

「上次你來給我講話本，吃的是一顆。」蕭朔道：「你這些年，大抵已吃了不少吧？」

雲琅心說講你大爺的話本老子上次分明是來要人，不很敢在這時候同蕭小王爺耍橫，乾咳一聲，低了頭沒說話。

「這種藥吃多了，藥力會越來越弱，能撐的時間也會越來越短。」蕭朔語意清冷：「可於身體的損傷，卻半點不會少。」

「我知道。」雲琅啞然，「可……」

「可你如今還要用，甚至不惜疊加藥量。」蕭朔緩緩道：「雲琅，你若想要我的命，犯不著用這個辦法。」

雲琅胸口輕滯，定定看著他，扶著穩了穩身形。

「這話是什麼意思，你可以自己回去，慢慢想清楚。」

蕭朔語氣格外平淡，身形依然冷漠不動，卻已有悍然戾意盤踞伺機而出，「既然你不長記性，也的確該教訓一二，立立規矩。」

雲琅嘶了下，摸出顆飛蝗石，算了算出去要花的步驟，「怎麼教訓？」

蕭朔起身，收攏袖口，「過來。」

雲琅莫名覺得不祥，寧死不屈，「我不。」

「殿外有洪公公守著，他是當年侍奉我父王的太監，受先皇所託，知道我們的事。」

蕭朔看著他，不急不緩道：「有他在，這裡發生什麼，都不會有人進來看。」

雲琅看著燈下彷彿能吃人的蕭小王爺，搖了搖頭，向後又退出半步。

蕭朔耐心徹底耗盡，伸手去拿他手腕。

雲琅看得分明，邊欣慰蕭朔這些年果然有所長進，小擒拿使得這般得心應手，邊及時側身閃過，飛蝗石脫手，直奔窗戶上拴著的插銷。

蕭朔不給他空檔，箭步去攔。

雲琅一石頭砸開插銷，終歸比他快上幾分，伸手推開窗戶。

蕭朔追之不及，寒聲：「雲琅！」

雲琅鬆了口氣，踩著窗子要騰身掠出去，一不留神，卻叫窗外凜冽冷風迎面灌了個結實。

蕭朔自他身後趕上，一把將雲琅手臂握住，再不留情，擰在身後牢牢按住。空著的手扯了腰間繫帶，將雙手俐落反捆在身後，打了個死結，死死按在榻上。

「既然只靠說的，你無論如何也聽不進去，今日便給你個教訓。」蕭朔神色冷鷙，「省得你再不將自己當回事，動輒拿命往上填。」

雲琅被他按著，扯了下嘴角，低聲：「蕭朔……」

蕭朔壓不住滔天怒意，死死闔了眼睛，胸口起伏。

直到現在，雲琅竟還改不了動輒墊上這條命的毛病。

不計代價地用虎狼之藥，透支身子、透支性命，能走到哪一步就走到哪一步。走不動了，就找個他看不見的地方，一頭倒下去。

雲琅挪了挪，輕聲叫他：「蕭朔。」

蕭朔身形鐵鑄一樣，紋絲不動。

雲琅方才叫一口風嗆得眼前發黑，此時方緩過來些許，聽著蕭朔粗礪喘息，胸口驀地疼了疼。

「你教訓吧。」雲琅靜了一會兒，拿額頭貼了貼蕭朔手背，「我長記性。」

蕭朔從沒見他服過軟，將信將疑，皺緊了眉盯著他。

「今日……在宮外，聽人說你吐了血。」雲琅被他按著，扯了下嘴角，「我才知道，確實不好受。我打了不知多少仗，危如累卵、生死一線的也不少打過。」雲琅有點自嘲，「都從沒這般亂過方寸。」

縱然知道原本情形，大體怎麼回事也能推測得出，可聽常紀說起那些傳言，還是一時幾乎沒了主意。

「當年。」雲琅低聲：「你總是叫我對鏡自省，我也沒聽過。」

「你何止不聽，還將我屋裡所有的銅鏡，上面都用匕首劃了字。」蕭朔寒聲道：「父親恰巧來問我學業，查了半年『吾日三』的意思。」

「誰叫你老叫我吾日三省吾身的？」雲琅沒忍住，笑了一聲，輕吁口氣，「教訓吧。」

【第十章】

他這些年，胸中積了不知多少鬱氣

雲琅當初在軍中，也不是沒見人挨過軍棍，無非脊杖，倒也不很打怵。

雲少將軍敢作敢當，直溜溜趴在榻上，閉緊了眼睛準備挨揍。

蕭朔咬緊牙關，將腦中幾乎炸開的翻絞疼痛壓下去。自坐在榻邊，一把扯了雲琅，將人惡狠狠摺在腿上。

雲琅：「……」

蕭朔掃了一眼欠教訓的地方，半分不受他服軟蠱惑，冷聲：「他日若再犯……」

「等會兒。」雲琅趴在蕭朔的腿上，「小王爺，你要打什麼地方？」

蕭朔眉宇間一片晦暗，掀了他外袍，「你不必管，領罰就是。」

雲琅愕然，「我如何能不管！」

蕭朔打定了主意要給他個教訓，不容他胡攪蠻纏，厲聲：「不准動！」

「還不准我動？」雲琅身心複雜，「經年不見，小王爺玩得這般野嗎？」

蕭朔自幼被端王親手教訓，從不知道打個屁股有什麼不對，被雲琅的反應引得皺緊了眉，手仍懸在半空。

「還說你沒看過話本，什麼都不懂？」雲琅滿心懷疑，艱難擰著身看他，指控道：「分明是太懂了……」

「胡說什麼！」蕭朔被他鬧得心煩意亂，「你若心中不知錯，不想叫我教訓，也不必這般胡攪蠻纏……」

「我胡攪？」雲琅已經被捆得結結實實，眼看就要按在腿上打屁股了，平白攢了滿腔冤枉。還要再說，神色忽然微動，抬頭看向門外。

「殿下，可是歇得不安穩？」洪公公守在外面，聽見動靜不放心，悄悄推門進來，「可要安神湯……」

雲琅：「……」

洪公公一把年紀，在宮中見多識廣，咳了一聲匆忙低頭，「打、打擾殿下了。」

「什麼打擾？」蕭朔被這群人擾得頭疼，「他……」

「小侯爺竟還真摸進宮了……」洪公公認得雲琅，向外看了看，悄聲囑咐：「小聲些，老奴守在外頭。」

蕭朔隱約覺出不對，皺緊了眉，「我……」

洪公公暗罵著自己沒眼色耽誤事，笑吟吟給兩人作了個揖，關緊門，回外面去守著了。

蕭朔被亂七八糟折騰了一通，胸口怒意也消了大半。

靜坐半晌，動了下手，去解雲琅捆著的雙臂。

雲琅趴了半晌，忽然琢磨過味來，按住他，「小王爺。」

蕭朔不耐，「幹什麼？」

「你沒看過話本，竟還這般懂行……」雲琅擰了個身，大剌剌躺在他腿上，枕著蕭小王爺的肘彎，「快招，青樓什麼樣，裡頭好不好玩？這些年見了幾個漂亮姑娘？」

雲琅恃病生威，折騰得沒分沒寸。

蕭朔怕他滑跌下去，伸手將人攔住，皺緊了眉，「胡說什麼？」

「如何就是胡說？」雲琅抓了他的把柄，很是得意，「房事嬤嬤可不教這個，你既這般熟練，總不會是天賦異稟……」

鬧到這時候，蕭朔再不諳此道，也已能大致聽得懂。他素來不沾這些，被雲琅氣得咬牙，沉聲訓斥：「住口！」

雲琅閉上嘴，稍撐起身，滿腔好奇地眨了眼睛看他。

「再……胡言亂語。」蕭朔盡力壓了壓脾氣，冷聲道：「縱然你身上病著，我也不對你會有半分留手。」

雲琅搖搖頭，嘆息一聲。

蕭朔被他莫名盯著，愈發不自在，連惱帶怒便要發作，雲琅卻又主動撲騰著翻了個身。

「打吧，不必留手。」雲琅折騰半天，大致弄清楚了蕭小王爺的膽量，瀟瀟灑灑枕著他的腿，「此間唯有你我二人，不必端著。月下良辰，風高人靜。」雲琅輕嘆，「想綁我就綁我，想把我按在腿上就按在腿上，想打屁股便打屁股。」

蕭朔：「……」

「可惜你我身陷世事囹圄。」雲琅看的話本太雜，咳了幾聲，像模像樣，「縱然有此一晚，一樣不能挑琴夜奔、當壚賣酒，不能牆頭馬上、青梅垂楊……」

蕭朔：「……」

「後一個講的是《銀瓶記》，白樂天寫過的。」雲琅怕他不懂，特意注解，「前一個叫《鳳求凰》，說的是司馬相如與卓文君，他們兩個見了一面，聽了一曲琴，卓文君就跟著他跑了。司馬相如是前朝辭賦大家……」

「我知道！」蕭朔忍無可忍，「當年先生教《子虛賦》，罰你抄寫百遍，還是我寫的！」

雲琅張了下嘴，輕咳一聲，「我以為……你不喜好這些。」

蕭朔尚有事要做，不能眼下便任由他氣死自己。打定了不再與雲琅多費半句話，將人往回扯過來，去解他腕間綁著的布條。

「要叫我說，卓文君虧得很。」雲琅趴在他腿上，也忍不住點評起了話本，「家財萬貫不要，

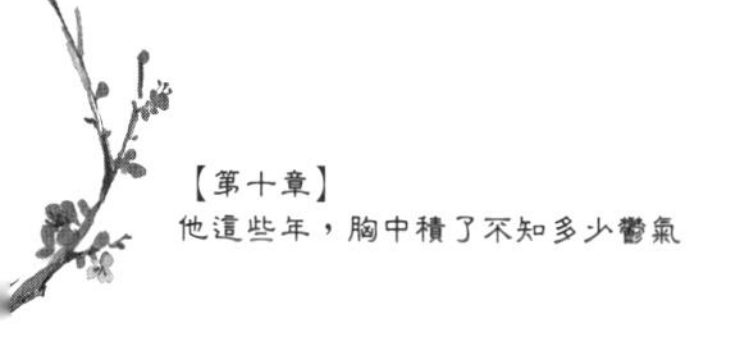

就跟著個書生夜奔，還要去賣酒。」

蕭朔先前盛怒之下打的死結，解了幾次不得其法，將人翻了個面，「賣酒有何不好？」

「有什麼好？」雲琅詫異，「小王爺，你若遇上個一見傾心的窮光蛋，願意放著王府不要，跑去跟他浪跡天涯釀酒賣嗎？」

蕭朔靜了片刻，依然去解他腕間死結。

「況且這故事後來也不很好。」雲琅道：「司馬相如發達以後，就去流連花叢，還要納妾，不再喜歡卓文君了。卓文君還寫了《白頭吟》，說『聞君有兩意，故來相決絕』。」

蕭朔蹙緊眉，「的確不好。」

「也都是話本清談，做不得準。」雲琅打了個呵欠，「說不定人家過得很好，只是世人妒忌，胡亂編造附會的……小王爺。」

蕭朔還在想著他說的，聞言收攏心神，「怎麼？」

「就解個布條。」雲琅都被他翻過三面了，一度覺得自己成了刀俎上的魚肉，「你是要解一晚上嗎？」

蕭朔肩背滯了下，重新將他扳著挪了些，還要再試，膝頭忽然一空。

雲琅已坐起來，將充作繩子捆縛雙手的腰帶遞還給了他。

蕭朔怔了下，抬頭看向雲琅。

「不鬧了，說正事。」雲琅撐著胳膊，靠在榻邊，「據你所見，皇上今日叫你進宮，究竟有什麼盤算？」

蕭朔看著他，肩背繃了下，伸手去握雲琅腕脈。

「以常理推之，應當是要看你對我的態度，也試探我落在你手裡，究竟說沒說什麼不該講的話。」雲琅手腕翻轉，輕輕巧巧回握住他來診脈的手，按在榻上，「但我總是覺得，只為了這個，他無需親自見你。」

蕭朔看著雲琅泛白的指尖，靜了片刻，低聲道：「是。」

「我去試探過皇上身邊的金吾衛。」雲琅道：「今日之事，皇上對你應當並未生疑，甚至幾乎已大略放心了……此事反而叫我有些不踏實。」

「你這些年雖然韜光養晦，卻畢竟不曾真供他驅使。」雲琅扯過條厚實裘皮，搭在腿上，「以我們那位皇上多疑的性情，不該就這麼放心，你是……」

蕭朔起身，去拿溫著的藥盅，「是。」

雲琅皺了皺眉，撐了下坐起來，「他下的套子，沒那麼好踩，你做了什麼？」

「我們這位皇上，生性多疑，只有將人變成棋子才能放心。」蕭朔緩緩道：「你此次回京，落在侍衛司暗衛手中，消息沒過兩日，便傳遍了京城。」

「他特意把消息放給你？」雲琅咳了兩聲，搖搖頭，「叫你知道幹什麼？讓你來吃了我？」

蕭朔：「是。」

雲琅：「……」

「我這些年四處搜尋你的消息，皇上非但知道，甚至刻意放縱。」蕭朔拿著藥回來，向他身後墊了個軟枕，將窗子重新插嚴，「這一次，更是暗中叫人鬆了手，讓我聯繫上了刑部。」

「這麼說。」雲琅心底微沉，「你打算暗中弄壞鍘刀，藉此打回刑部複審，將我弄出來的事，皇上心裡也大略清楚？」

蕭朔點了點頭，將藥盅掀開蓋子，擱在一旁。

雲琅靠在窗邊，垂首沉吟，「如此一來，無論那日我懷不懷你的孩子，其實都會在刑場上出岔子，最後落到你的手裡……」

蕭朔正替他吹涼藥湯，聞言神色沉了沉，橫他一眼，「說正經的。」

「很正經。」雲琅撫了撫小腹，輕嘆，「這兩個孩子，竟來得這般不是時候。」

「……」蕭朔壓下脾氣，打定了主意再不被雲琅無端拐遠，「總之，從你回京城起，到落在我手裡，每一步背後，都有皇上的影子。那日你在刑場，忽然胡攪蠻纏，雖未在各方意料之中，卻也殊途同歸。」蕭朔道：「我想要你，皇上也想讓你落在我手裡。」

「你想要救我，所以要把我搶到府上。皇上卻以為你這些年恨我入骨，藉此機會暗中放縱，想讓我在你手裡死透……」雲琅啞然：「你如何叫他相信，你是真恨到要拆骨剝皮生吃了我的？」

「我不必叫他相信。」蕭朔淡淡道：「我原本就恨不得將你蘸醬吃了。」

「……」雲琅咳了一聲，訥訥：「沒有威風點的吃法嗎？」

蕭朔不同他廢話，看了看雲琅面色，將藥仔細分出一小碗，自己嚐了一口，「但你這一通胡攪，陰差陽錯，也打亂了皇上的部署。」

「他原本想放縱我暗中偷換刑部死囚，先把事情鬧大，再作勢徹查，查到我頭上。」蕭朔道：「把我叫進宮裡，勸上幾句不痛不癢的風涼話。一來激得我更恨你，二來，也是藉機施恩。」

雲琅靜聽著，心底忽然動了動，「在刑部偷換死囚，是不是也是死罪？」

蕭朔吹了吹藥湯，遞過去，「你可分得出藥性？藥信得過，只是不知相不相沖……」

「我那時若不鬧一場。」雲琅看著蕭朔，「你真從刑部將我換出來，便會有一個把柄落在皇上手裡。只要他還在位，隨時可以用這個把柄來拿捏你……」

「此事不必你管。」蕭朔不欲多說，又將藥碗向前遞了遞，「你只管喝藥。」

雲琅看他半晌，拿過來，淺嚐了一口，「溫膽益氣湯……沒什麼玄奧的，就是用的藥材好些，效力大抵也比外頭的強。」

蕭朔抬眸，示意他將藥碗接過去。

「如今於我沒什麼用，你喝了罷。」雲琅笑笑，欠了欠身，「皇上……不會這般便作罷了。」

「我知道。」蕭朔聽他語氣漸微，蹙了蹙眉，伸手扶住雲琅肩膀，「很不舒服？」

「冷。」雲琅吁了口氣，「不礙事……我在想，皇上為何非要拿捏住你的一個把柄。」

「他拿捏我，有什麼奇怪。」蕭朔看著雲琅，不動聲色攬住他，「別費心力了，回頭再說。」

「斬草除根，直接找茬殺了你不更乾淨？」雲琅靠在蕭朔臂間，歇了口氣，「我不……不很懂這個，可兵法中有驅虎吞狼。你想一想，朝中，可有勢力是要你制衡的……」

「別說話了。」蕭朔沉聲：「再廢一句話，我直接掐昏了你，你我都省力。」

雲琅閉上嘴，他藥力耗得差不多，身上不自覺地發冷，摸索著攥住蕭朔袖子，很周全地往身上蓋了蓋。

雲小侯爺半闔著眼睛，皺了皺眉，「太薄。」

蕭朔拿過厚裘皮，將雲琅囫圇裹了，拿暖爐焐著，叫人靠在肩上。

雲琅靠著他，悶悶咳了兩聲，「蕭朔……」

「宮裡知道我心神激盪吐了血，只說我睡了一夜，愈發不好了。暖轎直接從宮裡出去，洪公公會安排。」蕭朔不想叫他費力，湊在雲琅耳邊，低聲道：「你不必擔心。」

雲琅點了下頭，又盡力想了一圈，「你那時夢裡……」

蕭朔抬手，虛扼在他頸間。

「……」雲琅靜了半晌，低聲嘟囔：「會玩。」

蕭朔被他氣得眼前黑了黑，咬牙低聲：「你究竟……」

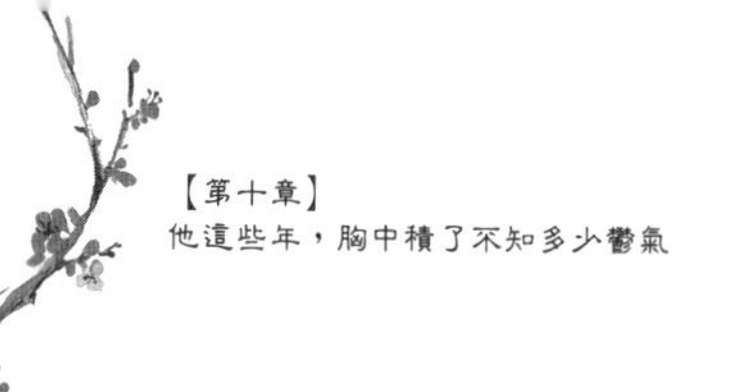

「我活著，蕭朔。」雲琅摸著他的手臂，一點點握住，「別害怕了。」

蕭朔氣息狠狠一滯，胸肩輕悸，低頭看著安靜蒼白的雲琅。

雲琅氣血太虛，冷得厲害，往他身上偎了偎，「就是藥力差不多了，睡一覺，還會醒的。」

蕭朔靜了良久，低聲：「還會醒？」

「會。」雲琅保證：「很快。」

蕭朔右手微微發著顫，使了幾次力氣，硬穩住了，將自己的袖子塞進雲琅手裡。

雲琅低頭看了半晌，輕輕笑了一聲。

蕭朔胸口起伏，定定看著他，將人一點一點藏進懷裡，閉上了眼睛。

雲琅被蕭小王爺扣下，押在轎子裡，抬回了王府。

「怎麼還去見皇上了？」梁太醫早被請到府上，抄著藥箱火急火燎跑出來，「不是說就在偏殿值夜嗎？又做噩夢了沒有？先別說話，把安神湯喝了，我扎幾針……」

蕭朔下了轎子，「不妨事。」

「怎麼不妨事？」梁太醫朝他瞪眼睛，「上次你從宮裡回來，接連幾日陷在夢魘裡，心神失守，險些醒不過來，不記得了？」

「您老就別提這些了。」老主簿忙著勸：「請您來只是不放心，勞您幫忙看看。」

老主簿被雲琅哄得找不著窗戶，在府上搬了一宿的被子，這會兒總算緩過來，低聲道：「如今雲公子回了府，與我們王爺這幾日愈發親近，王爺不跟著也好多了……」

「哪裡親近了？」梁太醫皺著眉，「我看分明還是水火不容。再說他這是心病，誰回來了管什麼用？過來，診診脈……」

蕭朔俯身，探進轎子，抱出了個由厚裘皮嚴嚴實實裹著的人。

梁太醫：「……」

「他又用了碧水丹，此時有些發熱，要勞您替他診一診。」蕭朔將雲琅抱穩，叫他靠在肩上，「您方才說什麼？」

梁太醫：「……」

「既無事，我便先帶他去書房。」蕭朔暫且不剩什麼心思管別的事，吩咐老主簿：「閉鎖府門，只說我在宮裡吐了口血，如今病得愈發沉了，不能見人。」

老主簿忙點頭，去交代了玄鐵衛。

梁太醫看得目瞪口呆，拽著老主簿，往回拖了拖，「他兩人……幾時又這般要好了？」

「不知道。」老主簿訥訥：「此前我說雲公子同王爺親近，也無非是王爺把每日默念三百遍不拆了雲公子，減到每日一百次罷了……」

「那大抵……是事急從權。」梁太醫悄聲道：「用完碧水丹，人會氣血兩虛，混沌沉睡，是叫不醒的。若是不用抱著，扛回書房，也不很得體。」

「正是。」老主簿連連點頭，忍不住又瞄了一眼王爺不知為何皺得厲害的腰帶，「定然、定然不是……」

梁太醫壓低聲音：「不是什麼？」

「定然不是。」老主簿用力搖了搖頭，正色道：「我們王爺行得正走得直，既不看話本也從不去青樓的。」

梁太醫：「……」

老主簿勸服了自己，安排玄鐵衛去將府門鎖死，追上蕭朔正要回稟，又聽見兩人間隱約動靜。

雲小侯爺睡得暖暖和和，被轎子外的風一吹，皺了眉含混，「冷。」

「就不冷了。」蕭朔將裘皮裹嚴，「我們回府。」

「什麼府？」雲琅睡得沉，想醒卻又醒不過來，格外不情願，「不去鎮遠侯府……」

「不去。」蕭朔輕聲：「回端王府，回家。」

雲琅滿意了，埋在他胸口，低聲嘟囔：「王叔。」

老主簿看雲小侯爺睡得踏實，酸楚得說不出話，帶人悄悄迎上來，「王爺，叫我們……」

蕭朔搖了搖頭，任雲琅在懷裡迷迷糊糊折騰，「嗯。」

「王叔。」雲琅咳了幾聲，「好疼……」

蕭朔已走到書房門口，肩背倏而繃得鋒銳，停下腳步，低頭定定看著他。

雲琅實在不舒服，苦著臉，低聲抱怨了幾句。

蕭朔闔眸立了一陣，示意老主簿推開門，抱著他進了書房，小心放在榻上。

「小侯爺大抵也是在宮中牽動舊事，想念先王了。」老主簿不敢驚動，守在一旁，「要叫梁太醫來看看嗎？」

蕭朔坐在榻邊，看著雲琅蹙了眉翻來覆去折騰，慢慢握了他的手，「等一刻再叫。」

老主簿忙低聲應了，放輕動作退到邊上。

「歇一歇……」蕭朔盡力回想一陣，照著記憶裡父親的語氣，摸了下雲琅的髮頂，「歇一歇便好了。」

雲琅扒拉開他的手，蜷著轉過去。

「我幫你揉。」蕭朔扳住他的肩，叫他躺回軟榻上，「胸口疼？」

「哪裡都疼。」雲琅難受得心煩，很不高興，嘟嘟囔囔：「讓蕭朔揉。」

沒想到雲小侯爺和端王的刎頸之交還有自己的份，蕭朔怔了下，靜坐了一陣，輕聲道：「好。」蕭朔伸手，替雲琅慢慢揉著胸口積瘀。

老主簿大氣不敢出地守在邊上，看著王爺周身凌厲冷鷙竟被揉得漸漸消泯，幾乎說不出話，屏息悄悄退到屋外。

雲琅躺在榻上，他氣息不穩，其實並不舒服，但有人哄脾氣就好了不少，「渴。」

蕭朔應了一聲，起身要去叫人，老主簿已眼疾手快，接了下人端來的參茶送進來。

蕭朔接過來，坐回榻邊。

雲琅咳得肺疼，「讓蕭朔倒。」

「好。」蕭朔替他倒了一盞茶，將雲琅稍扶起來，餵他喝了兩口。

雲琅神思昏沉，憑著本能折騰人，其實並不能喝多少下去。蕭朔拿過布巾，替他仔細拭淨了唇角水痕。

老主簿看著眼前情形，老懷大慰，抹著眼淚搬過來兩床被子。

蕭朔不知府上哪來這麼多被子，看了一眼，攬著雲琅坐穩，叫人將被子墊在雲琅身下，「還要蕭朔做什麼？」

雲琅上身被墊起來些，氣息順了不少，混混沌沌搖頭，「不好意思……」

「沒什麼不好的。」蕭朔淡聲：「他欠你的，應當償你。」

「他欠什麼。」雲琅睡昏沉了，這件事倒還分得很清，「我才欠。」

蕭朔不欲同雲琅爭辯，靜坐了一陣，摸摸他的頭，「他很想你，想讓你高興。」

雲琅沒能理解這句話的意思，茫然，「什麼？」

「無事。」蕭朔道：「還要他做什麼？」

雲琅被照顧得舒服了，躺在榻上已很知足，沉吟著折騰了兩個圈。

老主簿又是心酸又是高興，一心要幫上些忙，屏息凝神，悄悄探近榻邊。

雲琅高高興興，「讓蕭朔穿小姑娘的衣裳，給我跳個舞。」

老主簿：「……」

蕭朔坐在榻邊，深吸口氣，分幾次慢慢吐息。

老主簿哭不出來，滿腔複雜地立在榻邊。

蕭朔將雲琅放下，他胸口起伏，眼睛都已有些發紅，死死按著火氣，「去，弄一套……」

「王爺！」老主簿失聲勸道：「不可！」

蕭朔眉峰擰得死緊，「有何不可？」

「小侯爺……這些年是太苦了。」老主簿愁腸寸斷，「又是被咱們府上所累，您自是該多補償他。可縱然再寵，也不能……」

老主簿橫了橫心，進思盡忠，「您也知道小侯爺的脾氣，無非想一齣是一齣，過後自己都未必記得。可您若當真穿了，先王在天之靈看見，又當是何心情？」

「父王看見。」蕭朔面無表情道：「會將我關在屋裡，叫玄鐵衛將門窗盡數嚴鎖。」

老主簿忙點頭，「正是──」

「不准我跑，叫上母妃。」蕭朔道：「一起來看。」

「……」老主簿細想了半晌，竟當真如他說得一般無二，一時痛心疾首，跌足長嘆。

「況且。」蕭朔坐了一陣，不急不慢道：「我何時便說，尋來給我穿了？」

老主簿還在搜腸刮肚地找話勸，聞言愣了下，「您不穿嗎？」

蕭朔莫名掃他一眼，「我瘋了？」

老主簿張口結舌，一時不知該說什麼，訕訕作揖。

「近日裡，雲小侯爺時常反躬自省。」蕭朔道：「曾對我說過，他於推己及人、將心比心上，差得實在太多。」

「小侯爺如何想通的？」老主簿駭然，「您按著他狠狠打屁股了嗎？」

「……總之。」蕭朔弄不清一樣刑罰如何能扯出這麼多事，煩躁一陣，拋在一旁，「總之，他曾對我說，要我時時提醒他一二。」

老主簿不明所以，愣愣跟著點頭。

「今日之事，你來作證。」蕭朔道：「你亦親耳聽了，是他得寸進尺，欲壑難填。」

老主簿被他們王爺的文采驚了，不敢反駁，低聲：「是。」

「他既然要作弄我。」蕭朔繼續淡聲道：「我便當真弄來這麼一身，伺機叫他推己及人，穿上試一試。」

老主簿欲言又止，立了半晌，小心試探道：「若是……您一讓雲小侯爺穿，小侯爺就受了驚嚇、舊傷發作，胸口疼得喘不過氣呢？」

進宮這一夜，已有不少分揀出來的舊日卷宗堆在書房榻邊。蕭朔拿過一份，皺緊眉，「他又不是文弱書生，豈會半點經不起嚇？」

「平時自然經得起，您一讓小侯爺穿那等衣裳，說不定就會經不起的。」老主簿謹慎措著辭，迂迴滲透，「若是還要跳舞，小侯爺還會昏死過去，人事不省……」

蕭朔：「……」

老主簿親耳聽了雲琅的周密計劃，忠心耿耿同他保證：「真的。」

蕭朔原本不曾考慮到這一層，聞言細想，面色又沉了幾分，將手中卷宗拋在一旁。

「您不是知道，小侯爺哪裡怕癢嗎？」老主簿幫忙出主意，「雲小侯爺裝暈，定然不能亂動。您若能伺機呵他的癢……」

「都已年紀不小，又不是弱齡稚子。」蕭朔冷聲：「如何能這般不成體統？」

老主簿這些天看著府中上下折騰，險些忘了這兩人都已不是弱齡稚子，乾咳一聲，「是。」

「罷了……尋來掛在他院裡，日日叫他看著。」

蕭朔自宮中折騰一夜，身心也多有疲憊，用力捏捏眉心，不耐煩道：「再蹬鼻子上臉，便拿來放在他面前，叫他賞玩半個時辰。」

老主簿眼睛一亮，忙應了：「這個法子好。」

蕭朔吩咐妥當，又回到榻邊，細看了看雲琅氣色。

雲琅自小便有這些毛病，越是不舒服越要沒完沒了地折騰。如今不鬧人了，睡得氣息平緩，想來已緩過了最初的一陣難受勁。

安安穩穩，倒像是半分過往也不帶。

只不過是哪天日色太好，貪杯飲多了甜釀，暈頭轉向，翻窗子進來一頭栽在他榻上。

蕭朔抬手，替雲琅將髮絲撥開，慢慢理順。

「您也定然累了。」老主簿悄聲道：「可要歇息歇息？這便叫太醫過來……」

「不必。」蕭朔道：「讓他來便是，我將這些卷宗看完。」

老主簿應了是，不再煩他，悄悄去叫梁太醫了。

蕭朔拿過一份卷宗，翻了幾頁，終歸靜不下心。抬手按按眉心，又看向雲琅。

他的袍袖一直塞在雲琅手裡，雲琅還未出宮心神便模糊了，手上沒力氣，幾次沒能握得住，都被蕭朔重新塞了回去。

糾葛得次數多了，雲琅總算不勝其擾，混混沌沌扯住了蕭小王爺的袖子。

扯到這時，也不曾再放開。

蕭朔坐了一陣，伸手握住雲琅已攥得有些泛白的手，擱在掌心停了一陣，一點點握實。

他攏著雲琅的手，等到暖了些，又一點一點揉開發僵的指節，將袍袖從雲琅手中抽出來。

抽離那一刻，雲琅身子跟著一顫，氣息忽然亂了幾分，伸手去搆。

「在。」蕭朔將自己的手給他，「不曾走。」

雲琅胸口些微起伏，他醒不過來，卻又睡不實，皺了皺眉，將掌心微溫的那隻手慢慢握緊。

蕭朔正坐在榻前墊上，握回去，輕聲叫他：「雲琅。」

雲琅心神模糊，眼睫勉力翕動幾次，終歸無以為繼，悶咳了兩聲。

「那些事。」蕭朔空著的手覆過來，落在雲琅額頂，「沒有一樁是你的錯。」

「世事造化而已，你從不欠我。」蕭朔緩緩道：「你因我殫精竭慮、因我顛沛出一身病傷。如今你被我困於府中，竟連一場痛痛快快的仗也打不成。」

「你若在心裡怪我。」蕭朔：「就去多喝些解憂抒懷的湯藥。」

拽著梁太醫，守在門外的老主簿：「……」

「稍穩妥些，我便送你去醫館。」蕭朔靜坐一陣，慢慢闔了眼，低聲道：「你若不怪我，便……允我一夢。不必說話，不必做事。」蕭朔道：「暮春閒臥，對坐烹茶。」

雲琅睡得囂張，一向扯著什麼便往懷裡拽。攥著蕭小王爺的手，對大小沒分沒寸的，依然自不量力，囫圇著整個往懷裡囤。

蕭朔由著他胡亂拉扯，肩背無聲繃緊一陣，慢慢伏身，抵在榻沿。

梁太醫向屋內張望，細細望過了這兩個不叫人省心的小輩氣色，輕嘆一聲，扯著老主簿悄悄出了書房。

蕭小王爺一諾千金，雲琅睡了兩日，還不及全然醒透，便被馬車大張旗鼓拉去了醫館。

「這般雷厲風行。」雲琅躺在醫館偏廂的榻上，心情複雜，「好歹也是出府遠行，都不來同我道個別嗎？」

天快黑時被運出的王府，走的還是側門，連個燈籠都沒打。雲琅被來回抬著折騰，中間昏昏沉沉醒了一次，讓厚裘皮劈頭蓋臉蒙上，再醒來就躺在了醫館。

雲琅反覆琢磨，總覺得彷彿是被掃地出門，「我昏過去前，讓蕭小王爺馱著我騎大馬了嗎？」

老主簿跟在車外，心驚膽戰，「您還想了這個？」

「倒不曾。」雲琅道：「我小時候唬過他的事裡頭，這件是最惹他生氣的。」

兩人從小性情便截然不同，雲琅精力旺盛，一向閒不下來，嫌蕭朔無趣，沒少找茬藉引子捉弄頗受先生太傅們喜愛的小皇孫。

蕭朔自詡比他大一年，聽了書裡的孝悌教誨，總要做出個兄長的架式，動輒便不與他計較。

雲琅算過，十次裡能將人惹火一兩次。這一兩次再攢到十次，大略能有一次是讓蕭小王爺咬著牙自不量力追著要揍他的。

不像現在，兩個人吵了這麼多次，蕭朔竟一次手都不曾同他動過。

雲琅躺在病榻上，念及往事，一時幾乎有些懷念，「他如今可真是太無趣了……」

老主簿不知他在想什麼，稍鬆了口氣，低聲道：「您往後……最好少唬王爺一些。」

「怎麼。」雲琅忍不住好奇，「他終於要親手揍我了嗎？」

老主簿忙搖頭，「倒不是。」

老主簿有些心虛，看著雲琅，乾咳一聲，「總歸是為了您好……」

雲琅不明所以，他才醒不久，也攢不出多少力氣，胳膊一鬆躺回去，「知道了。」

老主簿終歸心有餘悸，將錦被替他細細掩實。

畢竟……就在今早，王爺已下了決心。

無論雲琅以後有什麼欲壑難填的妄念，都要先讓雲小侯爺推己及人，自己先試上一回。老主簿特意找來的衣裳，如今就掛在小院牆上。若不是雲琅這兩日都睡在書房，定然早就看見了。

「我們對外說，是您傷重得快不行了，眼看要在府裡斷氣，故而抬來了醫館。」老主簿悄聲道：「勢雖然做得足，頭一兩日卻還可能會有人探虛實。」

老主簿不敢細想雲小侯爺看見後的情形，清心明目，轉而說起了正事，「梁太醫會設法周旋。到不可為之時，您只管吃了那一劑藥，其餘的都不必管。」

雲琅在府裡已聽得大致清楚，點點頭，撚了下袖中的小紙包，「知道。」

「梁太醫是杏林妙手，醫館開在城內，輕易又不出診，高官顯貴也多有來登門拜訪的。」老主簿低聲道：「即便有找您來的，也不會叫人生疑，只管放心。」

雲琅輕點了下頭，將那一小包藥粉往袖子裡塞了塞，側身道：「正好，我也有些事。」

老主簿向外看了一眼，點頭，「您說。」

「當初情形緊迫，他為了保我，將破綻賣給了皇上。」雲琅這幾日心神都不甚清醒，好不容易等到腦子清楚些，撐著坐起來了些，垂首沉吟道：「雖說陰差陽錯，不曾幹出刑部換死囚這等膽大包天的事來，可一個私通朝廷官員、營私結黨的罪名是跑不了的。」

老主簿聞言微愕，細想一刻，臉色跟著變了變，「我們當時情急，確不曾想到這個……」

「他大抵能想到，無非不當回事罷了。」雲琅拿過參茶，喝了一口，「也不全然是壞事。」

「如何不是壞事？」老主簿憂心忡忡道：「您大抵不知道，咱們府上這些年本就被盯得緊，又被潑了不知多少髒水。若是以此事發端，牽扯過往……」

雲琅笑了笑，側頭看了一眼窗外。

老主簿微怔，「您笑什麼？」

「沒事，挺久沒聽您說過『咱們府上』了。」雲琅不以為意，擺了下手說回正事，「府上這些年情形不好，我是知道的。」

老主簿一時不察，怔怔看著雲琅風輕雲淡，跟著無端生出滿腔酸楚，沒立時出聲。

「雖說以此發端，牽扯過往，的確能叫咱們小王爺吃個狠虧。」雲琅像是很喜歡這等說法，照著說了一句：「但終歸不是什麼掉腦袋的大罪。端王遺澤尚在，皇上還不曾徹底將他養廢，養得天怒人怨世人得而誅之，是不會在這等時候便下手除掉他的。」

雲琅靜了一刻，又道：「況且……」

老主簿忍不住道：「況且什麼？」

「沒什麼。」雲琅撚了撚那包用來假死的藥粉，「此事以後再說。」

老主簿遲疑了下，看著雲琅神色，不再追問，「是。」

「以如今皇上的性情，既然不能一舉得手，乾淨俐落斬草除根，一時便不會動他。」雲琅靠在榻邊，指腹慢慢摩挲著杯盞，緩聲道：「可那一日，太師府的刺客還是朝他下手了。」

「正是。」老主簿這些日子也始終憂心此事，「太師府與皇上……姻親聯繫，如同一體，您也是知道的。」老主簿皺緊了眉，低聲道：「既然太師府的刺客對王爺已有殺心，我們怕皇上……」

「我原本也以為，太師府與皇上如同一體。」雲琅道：「但去宮中之前，我去找了一趟京中舊部，同他問了些事。」

老主簿微怔，不明就裡停下話頭。

雲琅也不再向下說，拿起參茶吹了吹，嚐了一口。

「您問了什麼？」老主簿急道：「可是同王爺有關的？太師府……」

雲琅虛抬了下手，看向闔著的屋門，笑了笑，「景參軍，既然到了，何不進來聽呢？」

老主簿愕然回神，匆忙站起來，轉向屋外。

屋門被推開，衣著樸素的中年文士立在門外，定定看著雲琅。

「朝廷千里執法，將龍騎參軍帶回京城，審訊拷問……只送回來了塊染血的鐵牌。」

雲琅細看他半晌，一笑，「原來是幫小王爺養兔子來了，甚好。」

「將軍。」景諫靜立半晌，進了房門，「當日蒙琰王搭救脫險，情形所迫，未及傳信，請將軍見諒。」

雲琅看他隱約提防神色，釋然一笑，「無妨。」

景諫並不多話，將門闔嚴，立在一旁。

老主簿隱約不安，來回看了看，遲疑出聲：「小侯爺……」

「我去見過京中舊部，問著了些事。」雲琅喝了口參茶，道：「若我不曾猜錯，如今太師府與宮中，只怕也並不像我們所見那般同心協力。」

「一來，皇后龐氏專擅後宮，至今竟只有兩個嫡生的皇子留了下來。皇上尚是皇子時，要借勢太師府，須得隱忍不發，如今既然已登大寶，不會再一味縱容下去。」

雲琅：「皇上登基一年，選了幾次妃了？」

老主簿守在王府裡，不清楚這些，支吾了下，「此等事……」

「兩次。」景諫道：「一次七夕乞巧，一次歲暮補位。」

「太師府大抵也察覺到，皇上對皇后已有厭拒之意。」雲琅點了下頭，「二來，當年這位皇上曾對支持他的人做過什麼，老龐甘看得應當比任何人都清楚。」

「您是說……鎮遠侯府？」老主簿隱約聽懂了點，遲疑道：「若是來日再出了什麼事，太師府也會如鎮遠侯府一般，被皇上隨手推出去除掉嗎？」

「於皇上而言，倒不盡然，要看來日出了什麼事。」雲琅有些冷，順手將暖爐拿過來，在袖中攏了攏，「可在老龐甘而言，他只怕已然這麼想了。」

「皇上最怕的事，無非當年陷害端王的行徑被公之於眾。」景諫靜了片刻，看著雲琅，接話道：「若是有人將當年舊事盡數翻扯出來，於皇上而言，最順手的辦法便是再推出一方頂罪。太師府與侍衛司所畏懼的，正是此事。」

「不錯。」雲琅笑笑，「所以老太師和侍衛司那位高指揮使，都卯足了力氣想叫我當時就死透，大家乾淨。」

景諫視線微凝了下，神色隱隱複雜，落在雲琅身上。

「所以您剛到咱們府上時，才一再來刺客？」老主簿終於聽懂了，「比起皇上，他們才更怕您把當初的事說出來。因為縱然真相被翻出來，皇上一樣可以再如當年那般重查一次，將他們推出來抵罪，自己擇得乾淨……」

「是。」雲琅道：「或者……他們乾脆就以為，我這次回京，是為了翻案回來的。」

老主簿微愣，「翻什麼案？」

「……」雲琅失笑，「我姓雲，您說翻什麼案？」

老主簿從不曾想過這一層，愣愣立在原地。

「恐怕不止他們。」雲琅把冷了的茶盞擱在一旁，「還有些人，也是這麼想的。」

老主簿接了茶盞，替他換了一盞熱參茶，聞言心底微動，回頭看向景諫。

「王爺說……」景諫緩緩道：「雲將軍不擅權謀，如今一看，只怕並不盡然瞭解將軍。」

雲琅笑笑，「這些都不懂，仗也不必打了。」

「先王當初便不懂，一樣守住了燕雲邊境，可惜時運不濟，為奸人所害。」景諫盯著他，「雲將軍，我知你向來懂得取捨，為了做成事，輕易便可捨棄旁人。」

「景參軍！」老主簿在府中也曾見過他，跟著皺緊了眉，「你說的這是什麼話？當初那般情形，你讓小侯爺怎麼護住你？你……」

「我能活下來，是因為我在軍中職權低微。」景諫語氣冷下來：「朔方軍……沒了七八個。」

「我們被關在大理寺地牢審訊，一遍一遍地問，問不出便扒一層皮。」

景諫牢牢盯著雲琅，「輕車都尉叫人拖來了十來張草蓆，乾淨的給我們睡，一張最破爛的，裹他自己的屍首。」

雲琅垂眸靜坐，神色不動。

老主簿再聽不下去，沉聲：「景參軍！」

「聽不下去了嗎？」景諫冷嘲：「雲將軍想來不曾受過這些苦楚，只怕也想不出……」

「我在想。」雲琅慢慢道：「這些話，你們從沒同琰王說過？」

「琰王信將軍至深。」景諫漠然道：「說這些給王爺，無非惹得他暴怒叱責……」

「把他們都叫來。」雲琅抬了下手，示意老主簿不必插話，抬頭對景諫道：「我在這兒，叫你們痛痛快快地罵。」

景諫蹙緊了眉，牢牢盯著他。

「心中有怨氣，判斷便會有失分寸。」雲琅道：「如今我們所謀之事，容不得半分差池。你等既然替他甄選分辨，一旦還積著舊怨，難保什麼時候不會出錯。」

「我等不會意氣用事。」景諫錯開視線，「如今……」

「當我是回來替雲府翻案的，對我百般提防，千般警惕。」雲琅靠在榻邊，看了看手中茶盞，在桌沿磕了磕，「甚至覺得我為了翻案，會犧牲掉你們王爺……」

雲琅揚手，將茶盞重重摜在地上，「還說不會意氣用事？」

景諫臉色變了變，一時被他懾住，怔忡抬頭。

「時至今日，還滿腦子舊日恩怨！」雲琅厲聲：「若是來了個當初明哲保身，如今良心發現的，你們當如何？把人轟出去？如今琰王府是個什麼情形，心中莫非沒有數嗎！」

「小侯爺。」老主簿嚇得手足無措，伸手去扶他，「您不能動氣。王爺也只是叫他們居中傳話，到時如何，還是叫王爺親自決斷……」

「居中傳話，靠冷嘲熱諷來傳嗎？」雲琅撐坐起身，「一個個在京郊莊子待久了，沙場學的那些東西，都就飯吃了是不是！遠交近攻，你們倒好，還未開戰，把助力先往外推！」

「你們想沒想過，若是我因為這般一通貶損，記恨了琰王，起身走了，你們當如何？你們再存著怨氣，把哪句話傳得換了個語氣、變了個意思，叫他體會錯了，又該當如何？」

雲琅眸色凜冽，語意凌厲雪寒：「將來在朝在野無人照應，不要腦袋闖進皇宮裡造反嗎！」

景諫被他劈頭訓斥，面色隱約脹紅，一時竟半句話也說不出。

「我真是瘋了，當年把他一個扔在京城。」雲琅手有些不穩，扶在榻沿，咬牙冷聲：「這般凶險，身邊竟一個長腦子能商量的人都沒有，無怪他被逼成如今這般脾氣。」

老主簿不敢再說話，扶著雲琅，替他小心順著胸口。

「你們若能替他好好辦事，過來想罵什麼，我今日盡數受了。」雲琅胸口起伏，將老主簿隔開，「若是不能，便自回莊子去守著，我自去想辦法……」

「小侯爺。」老主簿眼看他氣息不穩，惶恐低聲：「您先平平氣，他們……」

雲琅只覺得胸口血腥氣逼得煩悶欲嘔，悶咳幾聲，倉促抬手掩了，嗆出一片暗紅血色。

老主簿目眥欲裂，「小侯爺！」

「不妨事。」梁太醫推門進來，「叫他側躺，別嗆了血。」

老主簿忙扶著雲琅躺下，急道：「您怎麼進來了，醫館不用坐診嗎？」

「吵成這樣，若是坐診，滿京城都知道有人來砸醫館了。」梁太醫坐在榻邊，展開一卷銀針，「他血氣不暢，老夫當初從琰王那裡學了一招……」

老主簿滿心餘悸，苦笑道：「再這麼來幾次，氣血雖暢，我們小侯爺只怕撐不住了。」

「他這些年，胸中積了不知多少這般鬱氣。」梁太醫扶著昏昏沉沉的雲琅，等他將血咳盡，示意老主簿將人放平在榻上，「旁人往他身上加的，他自己往自己身上加的，故人長絕，咬牙往下吞的……盤踞不散，積鬱成疾。」

老主簿聽得不安，看了看仍緊咬著牙關的雲琅。

「你們王爺，關心則亂。」梁太醫道：「從不肯正經同他反目，不准他內疚、不准他自責。」

「原本也不是小侯爺的錯。」老主簿急道：「豈能叫他背負……」

梁太醫一針落下去，「可他自責。」

老主簿怔忡立著，不知該說什麼，悵然低頭。

「侍衛司拷刑分三層，一層是為撬人嘴，二層是為封人口，三層是為斷人氣。」

梁太醫悠悠道：「有人輾轉打聽問過，他在牢裡，三層走過兩整輪。此等舊傷並鬱氣糾結，若不發散，遲早要出大事。」

景諫不知這些，愕然立在一旁。

「你們王爺要我說這些，原本便是給你們聽的。」梁太醫道：「不想你們脾氣這麼急，琰王爺還沒到，你們便來興師問罪了。」

「還有什麼……嘉平元年二月。」梁太醫被迫背了不少，慢吞吞道：「廣南東路報逆犯雲琅蹤跡。三月，荊湖南路報重兵圍剿逆犯，傷其一箭，無所獲。四月，湖北路江陵府報逆犯出沒。五月，夔州路圍捕失手……」

景諫心下微沉，細想了半晌，隱約明白了是怎麼回事，惶然看向雲琅。

「京中聽說逆犯在各府流竄，消息又這般準確密集，便也集中精力去設法圍剿，漸漸不再管什麼朔方軍勾結之事。琰王府趁機出手，將人保了下來。」梁太醫背到這裡，仁至義盡，將銀針一一取出，示意老主簿扶起雲琅，「罵了一通，發洩出來，可覺得好受些了？」

雲琅面色淡白，靠著牆緩了緩，扯了下嘴角，「說這些幹什麼。」

「你們王爺押著老夫，一個字一個字背的。」梁太醫拿過碗藥，遞給雲琅，「還以為你見了他們，心裡會高興些。」

雲琅失笑，「我如何不高興……」

「高興歸高興。」梁太醫道：「我看你心中仍有鬱氣不平，不妨再罵幾句出出氣。」

「罵什麼。」雲琅淡聲道：「叫他們回去罷。」

景諫打了個顫，悔之不及，啞聲道：「少將軍——」

「你們回去想清楚，再來回話。」雲琅撐著坐起，「如今我信不過你們，我有事找蕭朔，要自回去一趟。」

雲琅並不看他，朝梁太醫道：「您可有叫人有些力氣，又不像碧水丹那般虎狼的藥？」

梁太醫不怕事大，示意手中湯碗。

雲琅問也不問，接過來一飲而盡。抹淨唇角道了聲謝，扯了一件蕭朔叫人帶來的墨色披風，推開窗子逕自出了醫館。

琰王府，蕭朔坐在書房，放下手中卷宗。

「夜深了。」玄鐵衛低聲道：「王爺可要就寢？」

蕭朔並無睡意，搖了搖頭，「再拿些過來。」

「老主簿臨走，說您這幾日不闔眼守著雲小侯爺，如今該睡覺。」

玄鐵衛一板一眼，「您若不好生休息，雲小侯爺只怕也要生氣……」

蕭朔不以為意，正要叫他退下，神色忽而微動，起身走到窗前。

「有人？」玄鐵衛豁然驚醒，「什麼人，出來！」

「怎麼回來了？」蕭朔看著濃暗夜色，撿起窗前飛蝗石，「可是有急事？」

雲琅坐在他房頂上，不冷不熱，「生氣。」

玄鐵衛提防半晌，勉強聽出是雲小侯爺，「您看……」

「先下去。」蕭朔道：「守在外面。」

玄鐵衛遲疑半晌，還是低聲應了，退到屋外。

窗外依然沒什麼動靜，隔一會兒便砸下來一顆飛蝗石，骨碌碌滾過幾圈，停在窗櫺邊上。

「下來。」蕭朔探身，「究竟出了什麼事？」

雲琅一撐房檐，掠下來，立在窗外。

「你見著他們了？」蕭朔側身給他讓開些地方，叫雲琅進屋，「我並非有意瞞你，只是……」

蕭朔蹙了下眉，看著雲琅映在月下的臉色，沉聲：「怎麼回事？」

雲琅由窗戶翻進來，自顧自坐在榻上，摸了塊點心塞進嘴裡，咬牙切齒嚼了。

「他們……」蕭朔已大致猜出了怎麼回事，神色驀地沉下來，「我已叫梁太醫帶話，他們竟還是不聽？」

「聽了。」雲琅道：「小王爺當真好心，送的一份好禮。」

蕭朔定定看著他疏離神色，手輕顫了下，「你……」

是他派去的人。

他親自下令瞞著雲琅，想叫雲琅看見舊部安好，能高興些。

若是那些人當真敢陽奉陰違，明裡不對他說，暗中仍對雲琅遷怒，又不聽解釋……

蕭朔這些天各方籌謀，又日夜不休守著雲琅，未及想過會出這種事。喉間一時有些發緊，澀聲道：「我……並不知道。」蕭朔從未在雲琅身上見到這般神色，周身冷得幾乎發木，閉了下眼睛，啞聲：「是我的過失……」

「難不難受？」雲琅磨著牙，把他揪過來，「你這些天，就是這麼嚇唬我的。」

蕭朔頭疼得厲害，一時不知他在說什麼，皺了皺眉，「我……」

「躺下睡覺。」雲琅眼刀黑白分明，狠狠刮他一眼，「人我幫你訓完了。」

蕭朔被他扯在榻上，胸口仍起伏不定，抬頭定定看著雲琅。

「你不要因為他們是我的舊部，就對他們寬容到這個地步。」雲琅都不知該怎麼訓他，「如今你是在做什麼？放縱他們這般添亂，出了岔子你受得起？你……」

雲琅眼睜睜看著蕭朔抬手，忘了防備，被他用力攬進懷裡，「幹什麼？」

「抱歉。」蕭朔低聲：「我不知道。」

「沒因為這個怪你……你放我下來。」雲琅被他箍著，抬手扒拉，「你以為我誤會成什麼了？你故意叫他們來氣我？不明就裡，幾句議論罷了……」

蕭朔將他拉進懷裡，死死圈緊。

雲琅皺了下眉，被他胸口熱意暖著，原本的力道一點點鬆下來，抵在蕭朔頸間。

「若是生氣。」蕭朔低聲：「就罵我。」

雲琅靜了片刻，悶聲道：「罵你幹什麼。」

蕭朔抬手，落在他背上，慢慢撫了兩下。

「你知道嗎？景諫說輕車都尉給自己找了條破草蓆，拿來裹屍首的。」

雲琅有些發抖，低頭在他領口蹭去些水氣，「沙場將士，要死也是馬革裹屍。他們都是無辜之人，我……」

蕭朔：「你也是無辜之人。」

雲琅狠狠打了個顫，扎在他肩頭靜了半晌，長吁口氣，「我走了。」

「奪嫡的是我父王與當今聖上，昔日慘案，從犯是太師府、侍衛司和鎮遠侯府。」

蕭朔並不放手，繼續道：「朔方軍是被牽累的，六部是被牽累的，還有……你。」

「你天生貴胄，十六歲上馬統兵征戰沙場，戰無不勝。若無當年之事，你一成年就會被封侯，與鎮遠侯同爵同級。」

「被無辜牽累的人是你。」蕭朔抬手，覆在他額頂，「雲麾將軍。」

雲琅打了個激靈，眼眶通紅，胸口起伏著硬側過頭，「什麼歪理。」

「你若生我的氣，天經地義。」蕭朔道：「我一直在等你報復我，可無論如何激你，你都從不曾出手。」

「你等著。」雲琅悶聲嘟囔：「我遲早……」

蕭朔低聲，「什麼？」

「不遲早了。」雲琅狠了狠心，一咬牙，「轉過去。」

蕭朔微怔，輕蹙了眉，「幹什麼？」

「轉過去。」雲琅冷聲：「讓不讓人報復了？」

蕭朔靜了片刻，順著他的意放開手，起身背對著雲琅站定。

「你如今身子未好。」蕭朔道：「縱然發洩，也當看顧自己，不要……」

雲琅一把拽開他的腰帶，把蕭朔的外袍扯開，狠狠撩了起來。

「……」蕭朔：「雲琅。」

雲琅一言不發，照著蕭小王爺的屁股狠狠搧了五個巴掌，打完後踩著窗櫺就跑，一頭沒回了茫茫夜色。

（未完待續）

【特別收錄】——

作者紙上訪談第一彈，分享創作二三事

Q1：三千大夢敘平生老師您好，請您先跟讀者打個招呼吧！能否談談當初怎麼開始走上寫作這條路？

A1：大家好！寫作是從很小就喜歡的了，小時候就很喜歡想故事，腦子裡一刻不停地在想，後來發現這些故事可以寫下來，就慢慢走上了這條路。

Q2：老師寫過很多題材的作品，很好奇您怎麼有辦法產生這麼多有趣的故事？平常都怎麼收集靈感的？

A2：現實生活中到處都是靈感，看到的人、遇到的事、做過的夢，都可能成為靈感。

Q3：請問寫作對您而言的意義是什麼？不知您有沒有比較偏好的創作題材？

A3：寫作對我來說是避風港，是能得到安寧的天地。沒有特別偏好的題材，對什麼都很有興趣，都很想嘗試一下。

Q4：請老師來談談《殿下讓我還他清譽》的創作緣由吧，請問當初是怎麼想到寫這個故事？怎麼塑造出兩位個性一冷一熱的主角？

A4：這個故事原本是我的另一本娛樂圈題材小說裡，主角拿到的一份劇本。在那個劇本中，意外塑造出了一個金尊玉貴又天生將星的小侯爺，也定下了他宿命一樣的悲劇一生。因為大家很喜歡這個故事，所以決定把這個故事單提出來。

確定了小侯爺的人設後，另一位主角幾乎是直接脫胎出來的——這個人必須和雲琅羈絆匪淺，必須能夠解開雲琅心中的負罪感，那最合適的就只有蕭家的遺孤，而這個遺孤在成長的過程中，又勢必會因為過往的血仇和身邊的環境而逐漸封閉，變得冰冷孤戾起來。這兩個角色是在故事成型的那一刻跳出來的，沒有辦法再進行任何改動，他們就是他們。

Q5：創作過程中有沒有發生什麼有趣或難忘的事情？有沒有遇到什麼困難？

A5：為了確定背景連買帶看了幾十本書大概是很有趣的事了。

這個故事的背景定在類似宋朝的架空朝代，為了最大限度貼近原型，甚至去找了不少古代戰爭的專業資料，還特意調查研究了古人罵人的方法。

（未完待續）

i小說 037

殿下讓我還他清譽1

國家圖書館出版品預行編目（CIP）資料

殿下讓我還他清譽 / 三千大夢敘平生著；. -- 初版.
-- 臺北市：愛呦文創有限公司, 2021.11
冊；　公分. --（i小說；37）
ISBN 978-986-06917-0-2（第1冊：平裝）. --

957.7　　110016654

作　　者　三千大夢敘平生
封面繪圖　蓮花落
書衣繪圖　Zorya
責任編輯　高章敏
特約編輯　楊惠晴
文字校對　劉綺文
行銷企劃　羅婷婷

發 行 人　高章敏
出　　版　愛呦文創有限公司
地　　址　10691台北市忠孝東路四段59號10-2樓
電　　話　（886）2-25287229
郵電信箱　iyao.service@gmail.com
愛呦粉絲團　https://www.facebook.com/iyao.book

總 經 銷　聯合發行股份有限公司
電　　話　（886）2-29178022
地　　址　231新北市新店區寶橋路235巷6弄6號2樓

美術設計　Rooney Lee
內頁排版　陳佩君
印　　刷　沐春行銷創意有限公司
初版一刷　2021年11月
初版三刷　2022年7月
定　　價　360元
I S B N　978-986-06917-0-2

愛吻文創